George Sword's Warrior Narratives

- Compositional Processes in Lakota Oral Tradition -

乔治・斯沃德的勇士叙述

〔美〕德尔菲娜・瑞德・舍特 著

王焱 王喆 译

南海出版公司

目录

CONTENTS

序

一直以来我对乔治·斯沃德（George Sword）的作品都饶有兴致，便由此开始研究之旅。在1896年至1910年间，乔治·斯沃德借用英文字母拼写拉科塔语，创作了一部长达245页的作品。在此之前，学者们对拉科塔地区的叙事文体和歌谣所进行的研究虽然都收获颇丰，但更侧重于内容而非拉科塔口头传统的形成过程。而我更想通过乔治·斯沃德的作品来展示拉科塔口头传统的构成，并进一步了解其风格特征。从通常运用于历史及人类学学科中的定性角度出发，分析在特定文化内涵中的拉科塔口头叙事，并进行调研、描述与解释，这属于历史与人类学中特殊类型的个案研究。目的是在分析拉科塔部落相关历史文献和原始文本的过程中，解决研究中所提出的问题：拉科塔文学作品是如何定义的？本研究展示了拉科塔人的口头叙述方式，以及通过口头叙事形成的独特的口述文字。研究过程中我们发现，乔治·斯沃德的叙事中明显展现了某些程式化结构，这些结构深藏于拉科塔语言中，用以记叙、描绘不断重现的主题或故事。更重要的结论是：这些程式化结构的模式源于拉科塔口述叙事传统。该分析方法可用于确定任一叙事文本是否源于拉科塔口头传统，为进一步研究提供线索。

导 论

本研究旨在通过乔治·斯沃德的作品来展示拉科塔人的口头叙事方式，以及拉科塔人如何通过文字记录口头叙述，这些文字与美洲印第安人同欧洲人接触后产生的书面文字又有何不同。因此我们面临的第一个挑战，便是证明拉科塔语中的叙事是口头叙述。判断口述作品的最佳方式是找到其中特定的程式化结构。在研究过程中我们发现，乔治·斯沃德的叙事明显体现了特定结构的重要性，这些特定结构蕴含于语言、不断重现的场景或主题，以及反复出现的故事之中。这带来了一个关键问题：这些特定的程式化结构模式是否源自拉科塔地区的口头叙述传统?

一直以来，学者们对美洲印第安人的口述作品难下定义。由于无法理解其口头文字，致使人们对这种口头文学多有误解。本次研究对用拉科塔语书写的口述故事进行了分析，基于该分析得出的结果将有助于确定拉科塔口述故事的构成方法；同时也可能适用于与之相关的苏语（包括达科他和纳科塔地区土语的书面文本）。研究建立在我对乔治·斯沃德用拉科塔语所作文本的翻译和分析的基础之上。乔治·斯沃德是美洲印第安人，出生于 1847 年，1910 年因肺结核逝世（尽管拉科塔的冬历①显示他死于 1911 年到 1912 年间的冬季)。斯沃德将这些叙述故事写给与他生活在同一时代的人，在引言里，他写下了想对他们说的话，这些话最能体现斯沃德的叙述特点。因此，想要充分理解斯沃德的叙述，读者必须具有一种意识，即了解他如何精心挑选词语并进行构思，以此表达拉科塔人的想法和概念。乔治·斯沃德将他的读者带入了一个独特的拉科塔世界。这一点在他作品的语言中得以体现，也是本次研究的重点。[1]

研究背景

目前，人们还未充分理解美洲印第安人口头传统的过程。对于口头传统，学者们普遍缺乏明确概念。拉科塔人的口头叙述是北美印第安人口头传统的一部分，就其本身而言，也是世界各地口头传统的组成部分。[2] 所以要先了解在欧洲早期的文学中，人们是如何理解口头传统的，并以此类比推演，了解人们如何看待美洲印第安人的口头传统，这一点很重要。

自 1856 年以来，戴维·拜纳姆②一直工作于哈佛大学口述文学研究中心，研究基于口头传统的口述文学。回顾这些年的工作，他指出:“诗歌和讲故事的形式始于遥远的史前时代，人们无法以科学方式猜测它们的起源。但有一点可以肯定，我们生物学上的祖先直到能够有节奏地讲话和叙事，才算从动物演化成人类。在神话世界中，这被认为是神的恩赐，十分神圣。至少在任何对人类的实际定义中，此

①冬历（winter counts），美洲印第安部落对一年中所发生大事的记录，通常绘有图画，从当年的冬天记录到来年冬天。

②戴维·E. 拜纳姆（David E. Bynum）：美国作家、学者。

类智力是不可或缺的”。

在18和19世纪，许多研究荷马的学者认为其作品《伊利亚特》和《奥德赛》源于一册或多册原始文本。相反，弗雷德里希·奥古斯特·沃尔夫①（1759－1824）则认为荷马生活的年代可能还未出现字母表，因此读者也还无法阅读他的作品。也就是说，他没有理由写出《伊利亚特》和《奥德赛》（米尔曼·帕里，《荷马史诗的形成》，xvi）这类长篇大作。早期的学者，如沃尔夫及其后继者，对于口头传统并没有清晰的概念（帕里，《荷马史诗的形成》，xvi）。而米尔曼·帕里②（1902－1935）则着重通过研究叙述来研究口头传统（《荷马史诗的形成》，421）。[3] 帕里明白口头传统对早期欧洲文学的发展起到了关键性的作用，“[他]知道，对于口头传统机制的错误认知已在欧洲和美国的学界持续了几个世纪之久，他只有更加激进才能打破这些无知的看法”（拜纳姆，27－28）。[4] 帕里所做的工作改变了人们对口头传统的认识，而且在他的帮助下，口头文学的研究焦点从内容转为口头传统。

帕里的理论影响了世界诸多文化的研究工作，其中就包括美洲印第安人的口头传统。起初，帕里基于对《伊利亚特》和《奥德赛》的文本分析得出了自己的理论，他对文本的语言和书写方式最感兴趣。[5] 他专注于研究名词——绰号的使用，这属于荷马作品的文学修辞部分。就这样，帕里的研究使得之前被孤立的传统进入了文学研究领域。

帕里一直在试图回答这样一个问题：《伊利亚特》和《奥德赛》

---

①弗里德里希·奥古斯特·沃尔夫（Friedrich August Wolf）：德国古典主义者，现代文献学奠基人。

②米尔曼·帕里（Milman Parry）：美国学者，“帕里－洛德理论”的提出者。

的作者是如何创作这些诗歌的？他提出了一个假设，即它们不是原始的文学作品，而是古老的希腊口头传统的产物（拜纳姆，28）。帕里以文字认知为基础展开工作，其研究认为，乔治·斯沃德叙述故事时，通过使用有限的书面语进行文学创作，创造了一种与当代文学截然不同的文本。[6]

问题陈述

早期，帕里仔细研究了荷马两部作品的遣辞。[7] 他意识到仅仅知晓荷马式诗歌具有的传统风格是远远不够的，所以他采用了一种方法，通过对语言和措辞的准确分析来估判文本风格的传统程度（《荷马史诗的形成》，1）。尽管帕里受到了作品《伊利亚特》和《奥德赛》的启发，但真正激发他完成这项研究的，是他的直觉，他认定荷马式的诗歌具有特定的结构（《荷马史诗的形成》，xxiii）。

乔治·斯沃德在写作时对于单词和短语的选择促成了我的这项研究，就像早期有一则观点认为他的作品中存在特定结构，是故帕里的口头理论得以适用。[8] 帕里曾假设《伊利亚特》和《奥德赛》是古希腊口头传统的产物，这为帕里－洛德理论，也称口头程式理论，或者此处所使用的口头理论奠定了基础（拜纳姆，28）。起初帕里在他的博士论文中阐述了这一理论，他采用了一种方法，即确定《伊利亚特》和《奥德赛》中所使用的词语和表达都是传统的。[9] 本文所做的这项研究沿用帕里的方法，通过分析乔治·斯沃德叙述故事的原始文本解决以下问题：口头理论是否也适用于乔治·斯沃德的叙述故事，可以用来确定它的构成方法呢？[10] 在对美洲印第安文本进行分析时，那些源语言十分流利的本土学者也极少将口头理论运用其中。[11] 由于多数美洲印第安文学被认为源于口头传统，是故将系统性地运用口头理论作为定义具体美洲印第安文学的第一步意义重大。

本研究的专业性意义

近期，学者们指出原住民曾使用除书写以外的其他形式创作了长篇诗作和歌曲（特德洛克，《2000 年》，2）。[12]“更长篇幅的口头文学作品是如何产生的”这一问题一直困扰着 18、19 世纪研究荷马及其文学的学者们，他们并没有得出合理的解释。随后帕里和艾伯特·洛德（Albert Lord）研究了该问题，他们对荷马所作诗篇以及塞尔维亚－克罗地亚语史诗中的长篇幅诗歌进行了分析（帕里，《荷马史诗的形成》，445；洛德，《叙事歌手》，13；进一步讨论参见本书第二章）。[13] 在这一点上，重点是要知道学者们普遍相信美洲印第安口头传统主要依靠作者们卓越的记忆力而非优秀的创作过程（登斯莫尔，61）。[14] 学界流行着这样一个错误观点，他们认为美洲印第安口头传统叙事和歌曲是依靠惊人的记忆力才得以流传至今。为了驳斥这一谬论，本研究汲取了帕里、洛德的研究成果，探究美洲印第安叙述者如何在创作中创建程式，在一个特定的传统之后下，如何在其叙述中运用反复出现的词组、不断重现的主题和故事范型。

金伯利·M. 布莱泽（Kimberly M. Blaeser）对于奥菲丽娅·塞佩达①的诗集《海洋之力》（*Ocean Power*）所做的分析，反映了部分学者对口头传统的看法。布莱泽写道：

---

①奥菲丽娅·塞佩达（Ofelia Zepeda）：诗人，亚利桑那大学语言学教授。

在非殖民化的行动中，塞佩达……合并了本地语言，并且激发且象征性地再制定了传统仪式。该书的一部分内容源于她的一段回忆，回忆部落前往海边寻盐的仪式之旅，而这段回忆与鲁思·德希尔[①]在《为权力歌唱》（*Singing for Power*）一书中对这次旅行的描述有着千丝万缕的联系，这些联系甚至也构成了书的部分内容。这本书为自己设定的任务是要“*记得*”让那些仪式和语言流传至今的人，并从中受益……所以它开始成为一名修复者，将那些古老的方式和信念*铭刻*于人们心中，或将它们的面貌还原如初，也许这也是它为自身准备的一场盛大的仪式，只为与那些古老的信念神圣地邂逅，只为它们世代流传……通过仪式的方式*追忆*那些古老的人和传统以及他们的生活方式，就如同一趟泰然之旅。塞佩达的文本能够取得如此具有象征意义的成就，部分原因是其中包含了 Tohono O'odham[②]语，不断重复的赞美诗般的风格……*重述*着那古老的歌曲和古老的生活。

我将布莱泽的文章中涉及塞佩达使用的源于口头传统的语言的文字标成斜体，另外将似乎表明“杰出的记忆力”和口头传统之间存在紧密联系的单词也标为斜体，包括回忆、记得、铭刻、追忆、重述。这篇分析并未给出 Tohono O'odham 口头传统的明确定义或产生过程。布莱泽忽视了诗集所使用的语言，以及反复出现的、赞美诗般的行文风格。同样，鲁思·芬尼根（Ruth Finnegan）认为，“传播理论通常会默许采用一些记忆理论”（《口头传统》，114）。

印第安原住民运用叙述及歌唱的方式创作了许多诗歌和散文，

①鲁思·德希尔（Ruth Underhill）：人类学家。

②印第安语，指生活在索诺兰沙漠中的一个美国原住民部落。

因此，随着我们对这些作品的理解不断深入、欣赏力逐步提高，“下一步我们需要明白，在欧洲人发现并进入美洲之前，当地就有文学的存在——不仅仅是口头文学，还有书面呈现的文学作品”（特德洛克，《2000 年》，1）。有了这种认识后，我们需要考虑和解决一些问题，比如如何用更清晰的概念来描述美洲印第安口头传统中口述文学的具体结构与组织技巧，这与丹尼斯·特德洛克（Dennis Tedlock）呼吁承认美洲印第安口述文学和铭文是文学的一部分，是同样重要的问题。

本研究运用在美洲印第安研究中尚未广泛使用的方法，对拉科塔人基于口头传统而形成的文字作品进行分析；特别说明的是，所研究文本的语言正是进行这项分析工作的学者的母语和主要使用语言。得出的新方法将用于研究特定部落的文字作品，而对于本研究则是用于拉科塔基于口头传统的文字作品。

为了明确研究的重点，我们采取以下步骤。首先，选取乔治·斯沃德手稿中的部分叙事，对其进行分析。一开始我选取了前三段叙事，在确定需要增加研究对象的长度之后，我又选择了关于日舞①的叙事。[15] 然后，我回顾了这些故事的内容，以明确它们是否属于“文学”范畴，从而判定是否符合本次研究的主题。第三，我需要明确对这些故事的了解，用以阐明该分析将如何解决这项研究最初提出的问题：美洲印第安文字作品该如何定义？[16]

本研究对美洲印第安文字作品或美洲本土文字作品等相关主题的内容进行了深入评估，随后完成了这本书。其中产生了一个问题，即缺乏对这类文学作品构成的明确定义。根据目前已知的情况，似乎无

① Sun Dance，美洲原住民的一种祭祀舞蹈仪式，是当地平原原住民部族最重要的仪式。

法确立一个一般性的定义，所以我决定将研究范围集中于某个具体的美洲印第安部落或其领地。[17] 本研究的理论背景是 20 世纪 90 年代后殖民时期的文学、文化及其思想和理论。由于美洲印第安文字作品缺乏明确定义，目前被后殖民主义评论排除在外。[18] 这正是矛盾之处，后殖民主义思想和理论曾对某种文学定义方向，即其是为了排斥或边缘化某些民族而进行批判，从而获得了一定影响力。后殖民主义思想所产生的影响是对忽视经验及观点上不同文化、社会、区域和国家所产生的区别这一现象的质疑。（帕里，192）

着手研究时我提出了一个观点，即在特定的部落或部落领地产生的文字作品中，叙事的依从性可以为美洲印第安文字作品确立一般性的定义。然而，长此以往研究的范围太过宽泛，所以我修改了目标，将研究范围缩小到部落中具体的个人：乔治·斯沃德，他是苏族奥格拉拉部落①人，我应用一种口头组合理论分析他的叙事。同时，我将研究问题缩减为：拉科塔文字作品该如何定义？通过研究口头传统，我尝试性地给出了解答，所分析的对象是乔治·斯沃德用拉科塔语所著的文学文本，这证明了我们使用的文本源于口头传统。

方法论概述

乔治·斯沃德的口头叙述作品是由拉科塔人用拉科塔语写成的原始文本，这体现了其特殊性，作品现收录于詹姆斯·R. 沃克（James R. Walker）的作品集中，藏于科罗拉多州历史协会。乔治·斯沃德有意避开了提供文化信息的一般方法，即构建信息提供者与译者之间的

---

①苏族奥格拉拉部落（Oglala Sioux）：拉科塔人七大分部落之一。

关联，而是选择“像说话一般地”将这些叙述故事写成文字（《沃克特藏》，108:1）。[19] 本研究选取其中 2240 行文字作为对象，其中包括诗歌和叙述并将这些叙述的原文译成了英文，其中一部分直译，一部分运用了文学翻译的方法，[20] 原文及英语译文详见附录。[21] 由以上内容可知，本研究所做的一部分工作是分析乔治·斯沃德的叙述内容。而我们的创新之处在于对乔治·斯沃德所使用的行文风格和写作技巧也进行了探究，这又回到了最开始提出的那个重要的问题：这些叙述是如何构成的？[22]

20 世纪 30 年代，米尔曼·帕里在南斯拉夫地区收集到了许多用塞尔维亚－克罗地亚语写成的口头史诗的范本。早期，他按照这些范本的框架行文，研究了荷马史诗的形式结构，向我们展示了口头叙述如何决定书面写作形式（洛德，《歌手》，1）。在此之前，帕里发展了口头程式理论，这是一种分析方法，用以确定《伊利亚特》和《奥德赛》中使用的字词句是否为口头传统的产物。他将这一方法运用于荷马作品的传统表达中，证明了作者是按照格律选择其中的字词和短语（帕里，《荷马史诗的形成》1，xxv）。[23] 尽管帕里从未明确指出或证明荷马是一位口头诗人，但在早期作品中他强调了荷马史诗是以口头形式写成的（l, x-lxi）。为了验证自己的理论，帕里在南斯拉夫地区工作期间曾经尝试观察一位诗人口头即兴创作诗歌的过程，并对这一过程进行描述（l, xi）。

为了搜集用塞尔维亚－克罗地亚语所演唱的口头史诗材料，并分析由口头演唱所产生的书面形式，帕里来到南斯拉夫的野外考察，其中很重要的一点是，他所找的歌手都是“文盲”。据帕里的学生艾伯特·洛德说，“未受过教育的人不会受缚于追求固定的形式，这种观念只会随着写作的发展而产生。他们不会写作，也没有记忆固定格式

的文本，在这样的情况下他们迅速创作，从而形成了这些歌曲。”（洛德，《歌手》，2）

尽管乔治·斯沃德可以用拉科塔语阅读和写作，但是他的思维结构或许和那些“文盲”很相似，因为他们对于固定形式所持的态度相同，[24] 这一点在乔治·斯沃德那些从短到长的叙述中体现得淋漓尽致。从描写日舞的长篇叙述来看，他可以有效地处理传统题材，并且根据拉科塔传统展开和扩充故事。[25] 乔治·斯沃德向人们展示了自己的古语运用能力，而且表现出了对于新的表述形式的不满——随着拉科塔人逐渐熟悉书面写作，新的表述形式应运而生。（《沃克特藏》，108:1）。

詹姆斯·莱利·沃克博士（Dr. James Riley Walker，1849－1925）是松树岭①一家服务机构的医生，他让乔治·斯沃德了解到，拉科塔的知识财富可以通过书面作品存留于世。自 1896 年 9 月起，沃克博士让乔治·斯沃德开始相信奥格拉拉拉科塔口头传统自身无法保存那些重要的歌曲和叙述，即为拉科塔人所作的诗歌、散文或文学作品（沃克，《拉科塔的信仰》，18）。[26] 起初，斯沃德在和沃克交流文化信息时需要一名翻译，但后来他也开始运用拉科塔语将叙述和歌谣记录成文字。在他 49 岁时，乔治·斯沃德和奥格拉拉苏族人生活在一起，这时他已经精通拉科塔口头传统的实践过程，完全相信了人们需要通过书面形式将这些叙事和歌谣系统性地记录下来。正如他的研究所描述的，乔治·斯沃德通过使用古老的方式遣词造句来展现自己的技巧，而他对拉科塔语新的表述形式的不屑也进一步说明了他的书写反映了一个古老保守的传统（《沃克特藏》，108:1）。[27]

---

① Pine Ridge，松树岭印第安人保留区，位于美国南达科他州。

了解一名歌手或叙述者如何学习这门技巧，对于理解他们的创作过程十分重要。帕里和洛德观察到南斯拉夫的歌手们在学习口述史诗这一技巧时分为三个阶段：首先学习歌曲的共同思想；第二，学习其中反复出现的固定结构和范型；最后，在观众面前演出。在整个过程中，思维和表达的韵律显而易见。通过观察，他们分析了口述行为决定表达形式的方法（洛德，《歌手》，21）。那位歌手之所以表现得十分专业，是因为在没有书面文本的情况下，他学会了通过使用固定结构快速地创作并吟唱这些歌谣（洛德，《歌手》，2）。同样，在乔治·斯沃德的童年、青少年时期，以及在他成为拉科塔的先知①之后，他都听过许多歌谣和叙事，也许正是学习这些提升了他自身的技术。后来，他学会了口头叙述的技巧，并且余生都在不断练习。[28] 第三章将会介绍乔治·斯沃德的生平，这也是理解拉科塔口述行为的背景材料。如上文所述，本研究旨在说明拉科塔人如何建构口头叙述，以展现口头叙述如何产生了一种特殊的文字形式。[29]

下文将做出说明：在乔治·斯沃德关于日舞的叙述中，很显然第81小节存在基本固定结构，这也表明了这部分叙述的构成方法。[30] 乔治·斯沃德所选取的每一个小节都由一组表达完整思想的单词组合而成。我选取了其中一个长7行的小节，将它逐行罗列出来，我也将乔治·斯沃德叙述中的诗歌小节同样罗列了出来。[31] 对美洲印第安人的叙述故事，戴尔·海姆斯②的观点与之类似，他在作品《我想告诉你却徒劳》中写道：

简言之，类似将言语通过分行的形式组织起来是人们可以接

① Wicasa：拉科塔语，意为圣人、先知。

②戴尔·海姆斯（Dell Hymes）：20世纪70年代美国社会语言学家。

受的诗歌的最为广泛的定义……该观点认为，从组织结构上看，口头叙述和诗歌一样成行排列，所以其主体也如诗歌一般；只有当人们抛开成行排列这一结构本身，找到其背后所遵循的准则，并且将这些准则联系到文本的组织架构，他们才能真正意识到这种观点所产生的问题……研究古老的文本可以使我们直面这一问题。从以下一点可知：如果口头叙述是按照成行排列的结构传统来行文，那么这一结构只会在一行行的言语以及每行之间的相互关联中体现。(341) [32]

因此，从上文初步的举例来看，成行排列的结构在乔治·斯沃德的叙述中十分重要，尤其是其中一些拉科塔歌曲（本研究认为是诗歌）。在这些叙述中，每一个用来表达某一特定想法的短语都会用一个有节奏的句法范型来强调（洛德，《歌手》，3）。[33]

乔治·斯沃德描写日舞的第 81 小节共有 44 个音节，包括 7 个具有固定结构的末尾音节：[34]

Tka anpetu wanji
to wanjica ca
okatakin wanica
ijolilita ca
he ognaya o mite
wayecila kin
kta ce eyapi ce ① [35]

①拉科塔语。

在乔治·斯沃德的叙述中，像诗歌一样成行排列的结构都遵循着某些准则，如都使用起始语、结束语或相关的话语特征，其中可能包括描写时间流逝的话语，以及使用反复出现或者押韵的动词。这一选段每行音节的个数分别为7-5-7-6-7-5-7，最后一组的7个音节组成了结束语，其中两个词组 Kta ce 和 eyapi ce 中的音节数分别为2-1、3-1，这些便是叙述方式或者固定模式。[36] 这节的行文结构展现了其节奏范型，首先，小节的开头使用了 Tka anpetu wanji 这一短语，这是表示时间的开头语，稍作停顿，第二行接 wanjica ca；之后再停顿，后接 katakin wanica；停顿，后接 iyolilita ca；接着，在停顿之后作者使用了一个古老的词组 he ognaya o mite，然后以 wayecila kin 结束。其中，wayecila 是一个动词，意思和 wanyanka 相同，表示“去看”。开头的四行引出了之后很重要两行内容：he ognaya o mite 和 wayecila kin。[37] 在第五行，或者说第五组音节中，作者没有使用 ob，而是选择了 om，这是一种古老的拉科塔方言的表述。如今 ob 在拉科塔语中更为常见，意为介词“和、随着”，[38] 这也是拉科塔人的口头用语。第五和第六行表明了这一节所描述的人或物：他们出现于晴朗的碧空之上。以下出现的范型起初被认为是叙述手法，后来变为固定模式：kta ce eyapi ce 是一种常见的固定结构，强调是“别人所说”，与“正如乔治·斯沃德所说”区分开来。这些特征和词语间的分隔相结合，就形成了乔治·斯沃德叙述中的行和小节。[39]

这些在叙述中反复出现的范型使得作者能够快速地进行创作，其中包括出现在一般故事中的普遍主题，乔治·斯沃德通过不同的手法将这些主题运用于不同的故事中。[40] 例如，在第3个叙述的第23节，和日舞的第124节都出现了这样的场景，一个侦察兵返回军营，向战友汇报自己所侦查到的情况。这两节出自不同的故事，但是它们的行文结构却惊人地相似，因此两处词组 sunmanitu、oskiciye 都用来表示敌人的移动。[41] 口语中 sunmanitu 表示“狼”，oskiciye 表示“移动”，将动物当成参考物是拉科塔文化中十分重要的一部分，因为拉科塔人认为在战争中他们不再是人，而是一种类似动物的生物。在全面地对沃克所收集的全部材料进行研究之后，尤其是在研究那些乔治·斯沃德说服松树岭其他先知帮助沃克一同录制的关于拉科塔口头传统的材料后，我们也许会更为清晰地了解不同的叙述者如何将一个特定的主题运用于不同的叙述之中。

1896 年，沃克从位于美国宾夕法尼亚州卡莱尔①的一所印第安人学校转学到松树岭印第安人保留区②，那儿的学校是专门为讲拉科塔语的奥格拉拉苏族人开设的。在那十年中，沃克受到诸多激励，决心投入到对苏族人的口头传统的实地考察当中。1902 年，任职于美国自然历史博物馆的克拉克·威斯勒③从纽约前往松树岭参观，会见了沃克并鼓励他收集资料。1905 年，乔治·斯沃德和小伤④、美国马⑤、灰雁等人将拉科塔文化相关的知识系统性地授予沃克（沃克作品集）。在仔细比较过以上几位的个人叙述之后，也许就能发现叙述所必须的因素：叙述者会运用已知的具有固定结构和主题的素材来复述这些故事（洛德，《歌手》，3）。这是创作过程中的一个阶段，在这一阶段中，不同版本的叙述在主题内容和叙述者对主题的处理方式上都有所不同。因此，叙述者可以决定一篇叙述的长度，这取决于他想要面面

①美国宾夕法尼亚州坎伯兰县的县治。

②位于美国南达科他州。

③克拉克·威斯勒（Clark Wissler）：美国人类学家。

④奥格拉拉拉科塔族首领。

⑤奥格拉拉拉科塔族首领，政治家。

俱到还是言简意赅。一些叙述者具有较强的叙述能力，他们会在叙述中加入十分详尽的文化背景描写，是故篇幅会变长，而有些则只是讲述了故事中必要的细节，这样的叙述会较短。[42]

本研究使用的研究方法并未广泛运用于对拉科塔口头叙述和歌谣的分析中。例如，其中的一个研究方法是确定叙述成行排列背后所蕴含的原理，包括分析单词和短语的音节结构，分析拉科塔语的语法、句法，以及关键叙述手法——如表示时光流逝的起始词和结束词，在小节和乐句的结尾处不断出现，还有那些反复出现的押韵的动词，在文中向听众传递重要的文化信息（详见第六章中对拉科塔主题的讨论）。本研究的总体目标是为这样的评价提供有效的方法。

研究的界定

本书的研究范围及研究目的仅限于乔治·斯沃德作品中拉科塔口头叙述传统的构成要素。而本研究的结果仅来源于经查验的原始文本和其中的语言。而研究的其他方面均没有明确的限制，例如对原始文本所使用语言中文化内涵的分析，在本书第七章中也有所讨论。

作为一名叙述者，乔治·斯沃德技巧娴熟，他将拉科塔口头叙述传统的精华之处展现得淋漓尽致。例如，他在第一个故事的 24－26 节是以高超的叙述技巧用一首诗歌结尾（详见附录 1）。其他一些并不精通拉科塔语的学者，包括《拉科塔神话》（*Lokota Myth*）一书的编者伊莱恩·贾纳①，都十分认可乔治·斯沃德独特的叙述才能。埃拉·德洛里亚②曾写过评论乔治·斯沃德作品的文章，贾纳对这些评

①伊莱恩·贾纳（Elaine Jahner）：编辑，作家。

②埃拉·德洛里亚（Ella Deloria）：拉科塔族人，教育学家、人类学家。

论进行了探讨，她认为，乔治·斯沃德作品所需的相关资料是由其他一些讲拉科塔语的詹姆斯·沃克的同事所提供的。[43] 据贾纳所言，通过这样的对比，我们可以了解到乔治·斯沃德是一位多么才华横溢、别出心裁的叙述者（沃克，《拉科塔神话》，ix）。而如今乔治·斯沃德的叙述故事并未跻身文学作品之列，其中最重要的原因之一是现存译文的质量存在问题（详见第七章）。特德洛克认为，人们之所以很难接受和认同一种观点，即在欧洲人到来之前美洲就存在文学作品，也是由于上述原因；叙述的翻译往往追求语言结构而非文学特性，因此存在许多问题。特德洛克指出，"专家们在把构成一篇……文章的标志归类，再进行粗略地翻译，之后他们就对文学作品失去了兴趣，转而投向其他，他们提取其中的信息片段再重新整合，使其适用于源于欧洲的语篇形式。"（《2000 年》，1）长此以往，美洲印第安口头传统被认为是一种古老粗糙的形式，不断被边缘化，从而失去了其文学作品的地位；而糟糕的翻译也导致人们完全忽略了印第安口头传统的诗性。[44]

因此，将帕里和洛德的工作成果运用于口述诗歌的创作过程中，最重要的是要了解他们所面临的首要挑战：证明他们所研究的用希腊语、日耳曼语、塞尔维亚－克罗地亚语所写成的叙事具有口语的特征。正如帕里和洛德在口头理论中所阐述的，程式化结构是界定口头创作的最佳标准。本书通过研究乔治·斯沃德用拉科塔语所著的叙述故事，说明了口头理论适用于拉科塔口头叙述，并且帕里在其作品中首次发现的一般用语具有重要意义。[45] 那些反复出现的短语、主题、故事范型各不相同，但从中可以看出，无论是在乔治·斯沃德的任何一篇叙述中，还是在整体口头传统中，它们都是一致的。此外，通过分析这些叙述故事，我们可以得出一个常见的结构形式，这类似于帕里和洛德研究口述诗歌所得出的成果。

最终，通过这类分析我们可以得出，这些拉科塔叙述故事是通过口头创作产生的；这类分析可以用来确定特定的拉科塔传统叙述是否为口头形式，为进一步研究口头理论在拉科塔叙述中的适用性，以及进一步分析其程式化结构和主谓结构做足了准备。

关键术语释义

本研究的关键术语为程式和主题。本书中术语程式和程式化的定义来源于帕里在其作品中对该词语的定义和讨论，在帕里关于荷马风格的研究中，程式一词被定义为“通常在相同韵律条件下使用的，用以表达特定基本概念的一组词语”（《荷马史诗的形成》，272）。而程式化这一术语则用来表示某一特性如程式一般。本研究中所使用的另一术语主题是源自帕里对于程式的定义；之后，洛德将帕里定义中的一些基本概念定义为诗歌的“主题”（洛德，《歌手》，68）。在歌谣或叙述故事的创作过程中，歌手和叙述者可以运用程式和主题，从一个概念转为另一个概念，从一个主题进入到下一个主题，从而进行快速创作（洛德，《歌手》，124）。本书的第四章将会讨论拉科塔口头叙述中的程式，关于主题的讨论请见本书的第六章。

结论

本书共分七章。第一章说明研究目的，第二章将涵盖口头叙述的实践和形式，第三章描述乔治·斯沃德的生平，而第四至六章则展示对于斯沃德叙述文本分析的结果，第七章总结其文化意蕴的相关内容并进行讨论。本书最终要展示拉科塔人的口头叙述方式书面记录形式，从而使其区别于其他印第安叙述故事。

注释

[1] 学者德尔·海姆斯的著作《我想告诉你却徒劳》是一部美国印第安民族志诗学作品，于1981年首次出版。他在引言中表示，他将穷尽一生来“倾听美国印第安传统作品的声音，这些作品可谓是真正的‘作品’，例如美学成就、文学、产品”(8)。同时他还引用人类文化整体概念的开创者德国学者恩斯特·卡西尔的一句话，“(文本)不仅仅用来表示(叙述)场景……这三个维度——物质存在性(存在)、客体呈线性、独特人格的迹象——是真正‘作品’的决定性要素及必要要素……若排除其中一个维度……只能产生文化的表面现象，而无法揭示其真正的深度”(9)。海姆斯解释道，首先必须建立起语言和文化的细节，以及两者之间的关系，如此，在最终的分析中，叙述者个人的声音也将随之而来(10)。

[2]“北美印第安人”、“美洲原住民”、“当地人”指的是北美洲的同一个种族，尤其是美国的部落。上述词语在本研究中交替使用。

[3] 参见帕里“比较研究”。

[4] 为了对米尔曼·帕里所搜集的资料进行补充，戴维·拜纳姆陪同艾伯特·洛德前往南斯拉夫，随后，拜纳姆发展出区分口头诗歌与口头模仿诗歌的方法，帮助洛德确定了如何通过程式的使用密度来证明诗歌的口头性。(弗利，《理论》，45-46)。洛德和拜纳姆于1974年出版了*The Wedding of Smailagic Meho*一书，其中包括原文及译本，原文是由帕里的著名叙事歌手艾维多·梅德多维奇于1935年口述而成。拜纳姆重新编辑了帕里所收集的《塞尔维亚-克罗地亚史诗歌谣》，从而帮助洛德实现了帕里对于口头史诗的比较研究。(弗利，《理论》，56)。

[5] 海姆斯表示，“诗学需将文体和指称功能放在同一水平线进行比较，以获得对语言和能力的理解”。

[6] 特德洛克认为：北美印第安人在后哥伦布时期便很少使用拼音文字，这是由于当时的社会和文化中缺少了欧洲传教士及科学家的直接干预。其中也(有)一些……例外……如伐木者通过手写信件的方式传播鬼舞信条，乔治·斯沃德书写了一部全面介绍奥格拉拉宗教的作品，以及塞阔雅所发明的切罗基语音节文字广泛应用于祈祷符号……在爱斯基摩和克里族中，传教士引入的部分书写体系背离了它们原先的目的，但和本地语言读写相关的计划至今仍与欧洲人改变宗教信仰的

目的相联系，无论这些计划的使命是否和宗教有关。(《口语》，125)

[7] 对帕里而言，“荷马”代表的是创作《伊利亚特》和《奥德赛》及其原著的一位或多位诗人。

[8] 其他学者也将口头理论运用到美洲印第安文本中。例如，海姆斯写道，“切奴克族的叙述中具有程式化的元素，这对米尔曼·帕里、艾伯特·洛德，以及其他人的史诗研究起到了关键作用”(318)。虽然口头理论经常与洛德联系在一起，但它实则是由米尔曼·帕里在其一部著作中提出。

[9] 帕里于 1928 年获得巴黎大学博士学位。

[10] 洛德进一步发展了帕里的方法论。

[11] 正如海姆斯的作品《西北海岸原住民》中所写的一样。

[12] 特德洛克认为，“同期的玛雅演说家能够选用适合特定场景的短语，在不需要写作的情况下即兴创作出长串的平行诗句。”(《2000 年》，2)

[13] 帕里表示，“最后，还可以通过南斯拉夫叙事诗歌来理解荷马史诗作者的问题，即将这一问题建立在庞大的诗歌结构而非短诗的基础之上。这是关于主题技巧的问题，我们在之后会详细叙述。简单来说，这一原则可表述为：较短的塞尔维亚歌曲可用于理解较长的穆斯林歌曲，而穆斯林歌曲则可用于理解更为宏大的荷马史诗。”(《荷马史诗的形成》，445)

[14] 洛德指出，“但学者们可以求助他们‘极好的记忆力’，从而‘很好地证明’文盲的存在。他们认为一篇文章可以世代相传，而文章的形式和内容不发生任何变化，或者只是由于无关紧要的记忆缺失而发生细微变化。如今这则神话仍然具有强大的影响力。”(《歌手》，9)

[15] 选择的过程让我有一段时间可以熟悉乔治·斯沃德的笔迹，从而翻译他的叙述。整部手稿的翻译是一个较长的过程，超出了本研究的范围。

[16] 本研究在初期重点分析拉科塔语言使用的重要性，尤其是乔治·斯沃德在其叙述中所使用的拉科塔语。

[17] 在位于康涅狄格州米德尔顿的卫斯理大学，我以一般的美国文学研究作为开端，并通过教学、调研、写作，以及出版美洲印第安文学范畴的回忆录和自传进行文学评估。

[18] 更重要的是，后殖民时期文学评论的影响源自它对以下观点的排斥，即“每当（文学）作品被认为具有普遍意义时，以白人、欧洲为中心的标准和实践都会想方设法被提升到更高的地位，而其余的则被边缘化，沦为次要角色”（巴里）。

[19] 帕里指出，“荷马习得程式的唯一途径便是从小听其他诗人创作时的话语。我们不难想象荷马从手稿中学习程式，同时也能够想象他将程式运用于写作当中。他一直注重这些程式并非他不得不这样做，而是出于他本身的意愿。”（《荷马史诗的形成》，322）同样，乔治·斯沃德也以说话的方式进行写作。

[20] 附录完整地展现了这些叙述的原文及英语翻译。海姆斯指出，早前阿斯特罗夫（1946）和戴（1951）所写的选集通过翻译呈现美洲印第安诗歌，尤此可知，“和阿斯特罗夫一样，戴必须依靠评估翻译的质量来评估原文，对译文的评估在于鉴赏其英文版本的文学价值，从文学角度而言……这需要专业学习印第安语（或爱斯基摩语）的顶尖译者”（38）。因此，我们可以得出以下结论，过去的文学评估主要依赖于母语非原始文本语言的译者所著的译本。

[21] 海姆斯写道，“不知为何，本土文学没有……像其他文学一样受到……大众的关注。无论出于何种原因，美洲印第安作品的原始文本往往被人们所忽略，他们通常仅查阅并分析其译文。”（7）本书的研究完全基于乔治·斯沃德作品的原文，这一点十分重要，正如海姆斯反复强调的，“现代人类学奠基人弗朗茨·博厄斯明确表示了研究原始文本的必要性”（7）。

[22] 帕里使用“风格”一词表示“思维方式”（《荷马史诗的形成》，325）。同样，该词在此处表示一种参考形式，即拉科塔风格。这一问题也许可以从附录的叙述中找到答案，其反映的思想完全具有拉科塔风格。

[23] 口头理论的主要构想如下：作为一名研究荷马诗学的学者，起初帕里所感兴趣的是，古希腊《伊利亚特》和《奥德赛》的作者是如何在欧洲文学传统形成之初便创作了这两首伟大的叙事诗。在进行研究之后……他做出了这样的假设：（这些诗歌）……最初并非文学作品，而是来源于古希腊口头传统……为了检验自己的理论，同时从现存的口头传统中学习口头文学的特征……帕里于 1933 年（来到）南斯拉夫，在那里他听说……英雄史诗的口头传统仍流传于世……帕里由此确信，荷马实际上是一位口述诗人，他精通古希腊口头传统的知识，在《伊利亚特》和《奥德赛》的创作过程中，他不仅不需要甚至无法进行书面写作。帕里以高超的技术精确地论证了这一假设，很快，它作为口述理论被国际古典研究学者们所熟知。如今，它被认为是（20）世纪古典研究中最为重要的理论性进展，但它所产生的

影响不仅局限于古典学习的范畴。(拜纳姆，28)。

[24] 在口头诗歌方面，洛德表示，我们比歌手更清楚其中的变化，因为我们了解其表演或记录……或是写作的稳定性。我们考虑到内容和措辞的变化；这是因为对我们而言，在特定时刻叙述的内容和措辞都已确定。但对于歌手而言，歌曲中故事的实质不能改变（因为在他看来，改变意味着虚构故事或伪造历史）。他认为的稳定性不包括措辞，也不包括故事中的非关键部分。(《歌手》，99)。

[25] 这与塞尔维亚－克罗地亚的传统相类似：帕里与南斯拉夫最著名的歌手，来自比耶洛波列的 Avdo Mededovic 进行合作，进行以下试验……其他歌手加入了我们……Avdo 被帕里安排在屋内听那位歌手的表演。在一曲结束后，帕里问 Avdo 是否也能演唱这首歌……这是一首很长的曲子，歌词长达几千行。事先并未告知要演唱的 Avdo 开始演唱，在这过程中，歌曲的长度不断增加，内容也更为丰富，Avdo 增添了许多人物感受，赋予了更深刻的情感，这一点不同于其他歌手。(洛德，《歌手》，78)

[26] 科罗拉多州历史协会的负责人基思·施鲁姆表示，早在 1896 年，乔治·斯沃德便与沃克进行合作，其原始手稿并未注明日期，但可能早于 1905 年。

[27] 这与帕里对荷马史诗中关于语言的研究相类似，荷马史诗中的不同方言有助于我们判断荷马叙述的古老程度。在乔治·斯沃德的叙述中，“达科他”方言的使用也起到了相同的作用。

[28] “ wicasa”，此处指一个男人，这是一种自我尊重，他认为自己的所作所为显示了男人该有的样貌。

[29] 介绍乔治·斯沃德生平的章节表明了帕里的思想，法国专家欧内斯特·勒南的话也反映了这一点，勒南主要研究中东地区的古老语言和文化，以民族主义和民族认同领域的作品而闻名。他说道，“我们怎样才能掌握远古文学的特征以及独创性呢，我们是需要深入创作者的个人和道德生活；还是设身处地，以他们的角度思考问题，以期看到他们所看到的，与他们有相同的感受；再或者观察他们的生活，最好能够和他们一起生活吗？”(帕里，《荷马史诗的形成》，2) 帕里经常在作品中提到勒南的这番话；事实上，它们似乎适用于任何口头传统的文化研究。

[30] 在研究的初期，我使用逐字翻译的方法，这一小节显示出很强的程式化特征。

[31] 我在为卢瑟·立熊的作品《我的印第安童年》作序时首次运用了这一方法，我

写道，在篇幅最长的“狩猎和捕鱼”一章中，立熊采用了抒情的语调，就像在回忆带翅生物的自然生活方式亦即他所谓的鸟类的语言。这种语调在作者描述黎明时分的草原鸡舞时尤为明显；立熊努力去把握完美的时机，这正如拉科塔人在拉科塔社交和仪式舞蹈中所展现的，他使用一种接近诗体的形式描写草原鸡舞，这体现了他对完美时机和节奏的重视。他按照自由诗的形式将描述分成小节，因此这篇散文以诗歌的形式呈现如下（瑞得·舍特，引言，viii-ix）：

黎明时分

他们在中心

围成一圈

一位领袖

人群向右移动

所有的步伐

行动一致

掌握完美的时机

所有的鸟

安静下来

他的喉咙深处

发出声响

像鼓发出的

两次敲击声

鸟也保持着

这一状态

在确切的时间

没有突然的行动

或不一致的噪音

只有平稳的节奏

每只鸟

都发出咯咯声

他的尾巴

羽毛相互摩擦的这一刻被保留

所有的尾巴一起有节奏地

移动，移动

[32] 海姆斯继续表示，“我不期望所有的美洲印第安传统都与切奴克族的传统相平行，但我认为对于切奴克文本的分析，以及在初始元素和相关话语特征方面对诗篇和诗行的识别等这类些研究的起点都将证明其普遍性。”(341)

[33] 这是口头文学学习的第一阶段，其特点是思维和表达节奏的内化，以及学习歌曲的共同概念。(洛德，《歌手》，2)

[34] 这一节在日舞叙述的第 17 节重复出现。第 4、第 5 章中会进行更多讨论。

[35] 间断和行数相一致；本节共分为七行。

[36] 下文会更多讨论音节模式的内容，以及歌手如何在音节模式的基础上逐字记忆程式化歌曲。最初，我认定的“叙事手法”后来被确定为“程式”。

[37] 这一诗节同样也出现在《黑麋鹿如是说》中。其中黑麋鹿祈祷道：“世间的所有生物都十分相像。带着柔情，他们从地底冒出。看着无数孩子的面庞。”(内哈特，4)。乔治·斯沃德的叙述中指的是在晴天仰望天空的脸庞；由上下文可知，这些正是日舞表演者。

[38] 帕里讨论了语言，以及使用古老的程式化语言形式的保守倾向：“因为现在我们知道，《伊利亚特》和《奥德赛》使用了一些相对古老的语言形式，而有的形式是希腊人在日常生活中不会使用的。同时，荷马所使用的不同方言的形式和话语都遵循一种固定的记忆。”(《荷马史诗的形成》，326)

[39] 这与语言学家海姆斯在西北海岸印第安口头传统中所发现的相类似，“反复出现的……虚词……是衡量的标记……它明确了诗篇。明确了的诗篇被分为三个和五个（‘小节’）。在诗篇中，动词是诗行的标记。有时其他……元素会出现在就整体而言需要诗篇措辞之处”(318)。海姆斯继续说道，“一旦我们对切奴克族和其

他地方的范型习以为常，我们就知道（美洲印第安）语言是形式和意义复杂协调的伟大成果”（319）。尽管本研究未涉及海姆斯确定的任何特征，但他确认程式的行为表明了这些程式的特征和存在性。由于我熟知拉科塔语，在研究早期我便在拉科塔叙述中识别了这些元素；因此就我而言，海姆斯的观察与本研究有关。

[40] 因为乔治·斯沃德在开始时表示他写的是“当他说话时”，就创作而言，有人会说，他被迫以一种与实际表演相似的方式进行创作；而帕里表示，“任何诗歌中的程式都取决于‘主题’”（《荷马史诗的形成》，272）。

[41] 此处举例说明了反复出现的场景和主题。

[42] 所搜集的其他材料也显示了这一点，例如比歇尔和曼哈特所写的“所谓头部日舞，太阳的幻象”。

[43] 在对于荷马的分析中，帕里写道，“我们只有将一种风格与和它相似或相对的风格进行比较，才能意识到其美感、适恰，以及原创性……因此，在判断荷马的写作风格时，我们应该注意那些他所熟悉的，以及他同代人所熟悉的风格。”

[44] 海姆斯分析了由亨利·斯库克拉夫特抄录和翻译的欧及布威语作品《萤火虫赞歌》，他对这部作品的直译和意译进行了评价，补充了三个注释，“两种翻译在内容上都与原文相一致，字面翻译相对更为具体”；“两者都未能充分体现原文的结构”；“由于以上两点，大多数人……都希望由精通阿尔冈昆语（最好是欧及布威语本身）的专家来分析原始文本”。（40-41）据海姆斯所言，源语言对于理解原始文本至关重要，因为它“决定了翻译结果”，以及对原始文本语言的流利性，或者它“给到文本分析语言学角度的帮助”。（42）

[45] 帕里在“南斯拉夫歌曲研究”中写道，“如今收集口述文本不是为了增加诗歌收藏，而是为了得出一种适用于所有口头诗歌的概括性结论，在外部因素无法解释诗歌是如何构成时，我可以运用这一结论确定诗歌是否为口头的，以及如何去理解口头诗歌。”（《荷马史诗的形成》，440）

第一章　拉科塔传统

简言之，本研究旨在明确口头史诗的形式，以了解它与书面史诗的不同。所采用的方法是：观察歌手在无字传统盛行时的创作，并了解他们如何在不进行书面阅读和写作的情况下，学习和练习他们的艺术。

——亚当·帕里，《荷马史诗的形成》

在这项研究中，我描述并检视了拉科塔人的口头叙述实践，从来确认构成某种必要形式的因素，并对其进行详细分析。出于对乔治·斯沃德的作品的兴致，我开始了此项研究。乔治·斯沃德借用英文字母来拼写拉科塔语，创作了一部长达 245 页的作品。我所感兴趣的是，在没有任何书面文本作为辅助的情况下，他是如何创作这些长篇的，尤其是关于日舞的叙述。过去，研究荷马诗歌的学者们发现很难解释基于口头传统的文学作品完成时会有多长（洛德，《歌手》，10-11）。[1] 他们无法理解口头诗歌和长篇叙述作品中的口头创作技巧。在早期的研究中我察觉到了这一问题，克服困难来寻求答案：乔治·斯沃德是如何创作的；他的作品是否源于比他同时期的任何作品都要古老的口头传统。这些文本的具体写作年代我们无从得知，但很有可能是在 1896 年至 1910 年间——1896 年詹姆斯·莱利·沃克博士来到松树岭，而 1910 年则是克拉克·威斯勒提到乔治·斯沃德作品的那一年。

科罗拉多州历史协会馆长基思·施鲁姆认为，虽然手稿没有注明日期，但这些叙述故事被认为是乔治·斯沃德在1905年前所创作的。

乔治·斯沃德作品的价值在于他能够阅读并且借用英文字母拼成的拉科塔语。在直觉的引导下，我学着在他用拉科塔语言和语法所写的原始文本中辨认他与众不同的书写，接着从他大量藏于丹佛市科罗拉多州历史协会的作品中挑选出四篇进行翻译。我花了两年的时间将乔治·斯沃德的作品从拉科塔语译成英语，在此过程中，这些叙述越来越显现出诗歌般的特点，这是源于一种古老而保守的实践。

当时，我正缺少分析乔治·斯沃德创作结构的框架，而帕里和洛德的作品帮助了我，它们为分析乔治·斯沃德的著作提供了一个框架，我对其十分感兴趣，尤其是帕里所强调的，应该从文本出发寻求解决方案。[2] 乔治·斯沃德的作品与帕里所研究的史诗十分类似，并且帕里对荷马史诗的结论也同样适用于乔治·斯沃德的叙述，“像这般变化多样、生生不息的巧妙创作必定是许多诗人长期努力的结果，他们都在寻找最好、最简单的方式，用相同的诗歌形式来讲述相同的故事”（《荷马史诗的形成》，266）。[3]

乔治·斯沃德仅仅通过记忆和口头语言写下了这些故事，其中一些篇幅还很长。而指导帕里和洛德的研究，并且影响着此次研究的一个重要因素，是他们确定在古老的歌谣和与之类似的乔治·斯沃德的叙述中存在的诗歌均源于声音而非写作，它们是歌手或叙述者回忆、追随其他叙述者所使用的风格而创作的（帕里，《荷马史诗的形成》，270）。帕里认为，书面写作也许更为人知晓，但它并不会影响口头叙述的风格和形式，这些风格和形式都源自传统的，其中富有丰富的文化内涵（《荷马史诗的形成》，270）。事实上，一些研究荷马诗歌的学者认为，书面写作或许和口头叙述研究并不相关。弗雷德里希·奥古斯特·沃尔夫指出，在创作《伊利亚特》和《奥德赛》这两部史诗的第一部分时，人们的读写能力还十分有限，这些故事都并未成形。沃尔夫相信，“公元前950年左右，这些史诗经由游吟诗人的传唱而形成，而直到……公元前6世纪才通过口头传授的方式流传于世”（帕里，《荷马史诗的形成》，xv）。同样，在乔治·斯沃德生活的年代，书写还未在拉科塔流行，他所创作的故事和书面文本并不相同；可以说尽管这些叙述是通过文字形式呈现的，它们依然是口头的。乔治·斯沃德表示，在创作初期他按照口述的方式写作，选取古老的语言而拒绝使用新的语言。（《沃克特藏》，108:1）。他将音节、词、词组组合成容易记忆的句子、小节、主题，以及故事模式，他十分熟悉这些内容在拉科塔口头传统中的运用。他依据拉科塔口头传统确定的固定模式使用熟悉的单词和叙事短语。（帕里，《荷马史诗的形成》，269）。

根据乔治·斯沃德的创作，在拉科塔语中，音节相互组合构成单词，同样，名词和动词的变形相组合构成句子。[4] 在拉科塔语的简单句中，动词的变形可以充当句子的主语，也可以插入介词音节所构成的前缀或后缀充当句中的动词；动词在语句的构成中起到了十分特殊的作用，这在之后的段落中有所提及。而当简单的句子结构变成错综复杂的句法时，拉科塔语的动词变形也变得复杂起来。事实上，在拉科塔语中约有五百个构成单词的音节，其中五分之一是完整的单词，而其余的音节中，有些仅仅是词干，有些是前缀或者后缀，也有少数的音节可作为词干、前缀或者后缀（比歇尔①，《语法》，129）。[5]

①尤金·比歇尔（Eugene Buechel）：美国语言学家、人类学家，罗马天主教传教士。

虽然乔治·斯沃德在创作时有足够的自由，但其行文风格受限于拉科塔传统。换言之，他讲述故事的方式并不完全是原创的，而是延续了一种植根于拉科塔文化中的叙述方式。在拉科塔口头传统中，该叙述风格被许多人所沿用。[6] 举例来说，它与南斯拉夫口头传统中的传统很相似，即诗人们所吟唱的史诗会依照一定的用词风格，其中都包含大量的词组，这些词组起到两个作用：其一，每个词组都表达了一个基本思想；其二，每个词组都填充了诗歌结构，用来组成一个句子（帕里，《荷马史诗的形成》，270）[7]。在帕里之后，洛德对这些要素进行了详尽的阐述，并运用它们定义了程式这一概念，从而展开了进一步研究（详见第四章）。在评估行文风格时，帕里想要确定当诗人们按照一定程式编写叙事诗歌时，他们使用的措辞是否为口头的，是否来源于悠久的传统，因此他对原始文本进行了分析。[8] 帕里发现，在诗人进行诗歌创作时，其措辞中包含的程式越多，就越能说明这些程式并非出自一个诗人之手（《荷马史诗的形成》，272）。这一推论同样适用于乔治·斯沃德的作品，特别是其关于日舞的叙述（详见本书第四、第六章）。

乔治·斯沃德所掌握的写作知识证明了他具有一定的读写能力，虽然这种能力可能仅限于拉科塔语，因为在生活和创作这些故事时，他是否精通英文写作还尚待商榷（详见第三章）。当时，书写这一记录形式逐渐被人们所熟知，拉科塔文化正处于由口头转向书面的过渡时期。帕里认为：“或许人们对书写有所了解……所以写作知识可能会影响诗歌文本的呈现方式，但不会影响诗歌的风格、形式，并且无法改变一个事实，即它是由诗人这个群体以及诗人所处的社会群体共同创造的。”[9] 因此，想要判断某一种特定的诗歌风格是否为口头的，并且来源于传统，最佳的方法是将这首诗歌吟唱出来，仔细聆听，或是将它与其他使用相同程式的诗歌进行对比（《荷马史诗的形成》，270）。对于乔治·斯沃德的作品来说，《黑麋鹿如是说》①一书是很好的参照物，其中"很久以前"②章节使用了与斯沃德文本相类似的程式化语言（详见第四章）。据帕里所言，我们无法真正理解荷马，最主要的原因是我们没能看到口头诗歌与书面形式的诗歌的区别（《荷马史诗的形成》，269），同样，学者们在看待美洲印第安基于口头传统的文学作品和文学研究时也存在相似的问题。早期，帕里主要专注于研究这些诗歌是如何产生的；在创作中，诗人的读写能力对作品产生了一定影响（《荷马史诗的形成》，421, 270）。美洲印第安基于口头传统的文学作品也是如此。

目的及研究视角

本书的研究目的在于阐释拉科塔人如何创作叙述故事，并由此产生一种书面文字形式。[10] 研究对象主要为乔治·斯沃德所创作的四篇叙述故事，这些故事在语言的使用方面显得与众不同，其中蕴含了特殊的拉科塔习俗和传统，它们同历史上的与当时的拉科塔文化和社会息息相关。本研究的一项重要假设是文学派别——通过语言的构成、故事的形式和结构等各种方式区分出不同的故事类型——在一个不受外部因素影响的文化框架下产生。

本研究为定性研究，涉及对一部具有文化特异性的口头叙述作品进行调研、评述并阐释，这类研究在历史和人类学学科中较为常见，是一种特殊的案例研究——人种志研究。主要研究方法是分析拉科塔

① *Black Elk Speak*。

②拉科塔语，*hanbleble*。

的历史文献和原始文本。首先，对口头叙述的主要来源进行评估，包括拉科塔语的录音和文字，这些资料藏于弗米利恩县南达科他大学的口述历史研究中心、华盛顿国会图书馆的民俗中心，以及丹佛市科罗拉多州历史协会。然而，在这些材料中，我只选择了乔治·斯沃德的原稿作为研究对象，主要原因是其文本中数不胜数的诗行和拉科塔语的广泛使用。[11] 这篇原始文本以拉科塔语写成，其中包括三篇短篇叙述和一篇关于日舞的长篇叙述，我将它们译成英语，用以分析具有种族特色的口头传统。而这些我所鉴别和评估的历史录音和文本，其实只是现存的大量拉科塔语口头文学作品中的一小部分。

研究方法

研究分为三个步骤：首先，对拉科塔语叙述故事的原始文本进行分析；其次，采用逐字翻译和文学翻译这两种方法，将文本译成英语；[12] 最后，运用口头理论对拉科塔文本进行分析，以明确此类叙述的创作过程。因此，所选文本的 2240 行内容均由原始语言拉科塔语译成了英语。为了确定这些故事是如何被创作的，以及掌握口述作品的第一手信息，在翻译的过程中，我对这些叙述故事的基本结构进行了全面分析。目的是为了明确拉科塔口头叙述的形式。此处的“结构”意为逐行、逐节的程式化结构。研究的基础是将这些故事从源语言拉科塔语译成英语，重点在于乔治·斯沃德作品中的拉科塔语言和文化，乔治·斯沃德是拉科塔古老语言的使用者，而他将自己说的话书写下来。乔治·斯沃德写过一篇关于改变的文章，这篇文章证明了在 1882 年被殖民或者说被迫迁移到松树岭印第安保留区之后，拉科塔奥格拉拉部落所经历的迅速转变。[13]

叙述文本的翻译分为三个步骤：首先，逐字将拉科塔语翻译成英语；其次，按音节对每个单词进行分析，掌握其意；[14] 最后，在语境中分析每个小节中的单个词语。[15] 正如前文所提到的，在拉科塔语中单词是由音节组成的，而构成所有单词的音节约有五百个。四篇拉科塔语原文及英文翻译详见附录。

在我所使用的翻译方法中，按音节翻译法在词意不明确时可以准确地表示动词的变形。例如，乔治·斯沃德使用了 eyapi 一词，它是由词干 eya 变形而来，具有动词词性，意为“他们说”，这也是一个程式化的词语，表示一句的结束。拉科塔语中，动词的变形出现于第一人称、第二人称，以及第三人称的单复数，特殊情况下会于第一人称的复数形式即“二元”形式下出现，[16] 该形式十分特殊，常用于介绍故事中的讲述者。乔治·斯沃德并没有采用二元形式，[17] 而是选择了第三人称复数——即用 eyapi 表示“他们的”，用来表明这些故事是人们所讲述的。[18] 按音节翻译法的实际运用并没有将乔治·斯沃德所叙述的内容理论化或一般化，而是运用充分的事实依据，展现文章原本的内容。

当音节组合在一起构成单词、词组，有时甚至是整句话时，它们便有了另一层次的意义，就如同一个动词插入介词前缀或后缀就形成了它的变化形态。这些音节的意义在于构成了新的单词，而这些单词也被所构成的文章赋予了意义。例如，在进行逐字翻译时，wakinyan tonwanpi 被认为是两个独立的单词；但在语境中该复合词 意为“闪电”（比歇尔，《拉科塔语－英语词典》，531）。[19]

起初，拉科塔语并非书面语言。因此乔治·斯沃德在借用英语字母表来表示拉科塔语中的辅音和元音时，并没有使用区分特殊辅音的标记。[20] 作为拉科塔语的使用者，乔治·斯沃德能够直观感受到拉科塔语在发音上的十分细微的区别，通常很容易发音；也就是说，拉科塔语很流利的人能够阅读用英文字母书写的拉科塔文字，并且发音也很容易。了解拉科塔语中语音如何发音很重要，例如，写作 z 或 v 的浊音和写作 s 或 f 的清音；拉科塔语中并不会使用英文字母 v 和 f（尤尔，41）。当时和现在所使用的英文字母有：a、b、c、e、g、h、i、j、k、l、m、n、o、p、s、t、u、w、y、z；并未使用的字母有 d、f、q、r、v、x。因此，拉科塔语的发音包括唇音、齿龈音、腭龈音、软腭音，以及喉音；不包括唇齿音和齿音。在发硬颚齿龈音时会发出清音的喉音。拉科塔语中特殊的辅音通常用变音的符号表示。本书遵循乔治·斯沃德的正字法①，即字母 r 表示喉音 h，字母 q 表示声门塞音。[21] 他假定读者对拉科塔语语法较为熟悉，因此可以依赖上下文正确发音，比如区分以下两个发音的差异：he（意为“那”）和 re（意为“一座高山”）；所以讲拉科塔语十分流利的人能够根据句中单词的位置进行发音。

拉科塔语的发音还包括声门闭锁音、塞擦音、鼻音、近似音，且有一定的摩擦音。在拉科塔语中，近似音 [w] 和 [y] 是由舌头移动或滑动产生的，通常是由舌头移动或滑动到附近元音的位置所产生的半元音或滑音；当它们出现在 wa、we、wi、wo、ya、ye、yo、yu 等音节的开头时则为浊音。如今，这些词成为了辅音和元音的语音符号，在翻译拉科塔语时经常被使用；然而在乔治·斯沃德创作时这些符号还未被使用。

此外，有一点十分重要，单词的发音是由翻译得来的，并不能代表其拼写。在拉科塔语中，元音有紧元音和松元音之分，前者比后者

①指确定正规使用的、书写和语法符合相关规范的文字。

的音更长。在发鼻音时，除了 e 外，其他元音在拉科塔语中的发音与在法语中的发音类似。若一个音节以 bl、gl、gm、gw、mn 开头，两个辅音之间则会插入一个非中央元音或短 /e/ 音，而复合元音或双元音只会出现于几个单词中。当两个或多个元音相连时，每个元音都分开发音。

拉科塔语是一门相对晦涩难懂的语言，若想要理解乔治·斯沃德作品中所出现的方言，我们需要从语言学的角度对拉科塔语进行简单的分析。[22] 此外，还需重点关注乔治·斯沃德的作品中用来构成句子的词语，以及用来表示拉科塔语辅音和元音的英文符号。拉科塔语原始文本中并不存在标点，而是使用某些单词作为句标，例如连词 na 用来表示某一个新句子的开始。

在掌握以上知识后，我们才可能理解乔治·斯沃德原稿的行文结构。[23] 因此，他的作品在语言和文化方面都至关重要，这不仅在于作品保护了拉科塔语这门古老的语言的语音、语法、句法，还保护了其背后所蕴含的整个拉科塔文化。从乔治·斯沃德使用拉科塔语对蜥蜴、海龟、蜻蜓等的命名来看，他在名词命名上煞费苦心，每个单词都嵌入了有关拉科塔文化的知识，包括每种生物在文化景观和叙事传统中所处的位置，如 tusweca（蜻蜓）所展示的拉科塔文化生活和想象。就仿佛他知道有一天拉科塔人将不再记得那些描述他们文化家园的共同居住者的普通词汇。

逐字逐句的翻译起初似乎并不奏效，尤其当读者是非拉科塔语使用者时，这一翻译过程则显得更为徒劳，他们无法透过每个词或词群触及到其背后所蕴含的文化知识。[24] 随着研究的不断深入，仅使用逐字逐句的翻译显然不足以将文本的内涵表述透彻，所以将每个词拆分成音节，用来研究其结构，最终这些音节一同组成了每一个诗节中的词群。[25]

乔治·斯沃德手稿里有三篇叙述中包含了逐字逐句的翻译，手写在每两行文字间的空隙里。然而，这些翻译对于本研究并无用处。因为我的研究方法证明单词只有在语境中才有意义；而且这些手写的翻译似乎是一种训诂的意义。[26] 当然，在极少数情况下，如乔治·斯沃德的叙述文字难以辨认时，这些翻译会有帮助。在描写日舞的长篇叙述中，我们并未发现手写体英文翻译。相关译文现存于一篇由达科他学者埃拉·德洛里亚所写的论文中，该论文全篇引用了乔治·斯沃德关于日舞的叙述，于 1929 年发表在《美国民俗杂志》中。[27] 德洛里亚在引言中写道："以下关于苏族奥格拉拉部落的叙述文本最初由一位名为斯沃德的作者写成，他来自奥格拉拉部落，该故事与沃克博士的手稿一同完成。由于达科他人所使用的正字法并不完善，且手稿的部分内容晦涩难懂，在几位老先生的帮助下我将文本陈列如下。该叙述的重要性不仅在于其语言价值，更在于它赋予了日舞这种由一位达科他老人所进行的仪式重要的意义，此外，叙述中所出现的祷词和歌曲也十分重要。"(354)

德洛里亚直接指出，文本使用的正字法具有局限性；然而她所持的观点，即该文本的重要性仅在于所传递的语言学和人类学相关信息，也并不全面。事实上，该篇叙述的重要性在于其文字内容及价值。乔治·斯沃德运用原始的拉科塔语进行描写，加深了读者对这篇叙述故事的了解，同时也向一部分人证明，他的作品是以书面形式写成的。[28] 他所描述的事件中的一些人物，在更大的事件中也都是人物；在拉科塔，口头叙述中人物角色大多是匿名的。[29]

我仅仅基于乔治·斯沃德的作品本身对其进行分析，未依靠此前的任何研究成果，但吸取了前人的错误经验，注重分析口述文章的形成过程（详见第五至七章）。此外，我通过拉科塔冬历中记载的内容，验证了乔治·斯沃德的个人陈述；冬历见证了拉科塔人民的历史。运用拉科塔冬历来丰富乔治·斯沃德的人物历史，这代表了一种非殖民化的方法，自 20 世纪后期以来，美洲的原住民学者们呼吁要在研究美洲原住民时将原住民自己的历史记录纳入其中（德文·A. 米黑苏赫[①]，1）。

根据口头叙述及口头文学的相关研究课题，我将翻译完成的英文译本与本文一起命名为《乔治·斯沃德的勇士叙事：拉科塔口头传统的组成过程》。第一步是以拉科塔人的角度将叙述文本从拉科塔语译成英语。完整的译文详见书后附录。

此次分析的重点在于仔细研究美洲印第安文学大专题下现存的内容。其中关键的一步是确定学术界在多大程度上发展了本土方法，来定义属于部落的特定文学。人们对当前定义与分析的美洲印第安口头和书面文学进行了讨论，其中一篇评论提出了十分关键的问题：要以印第安民族自身的角度来定义和分析美洲印第安口头叙述，这是因为现有的分析方法普遍都是由非印第安学者来制定的。目前，印第安学者正通力合作，提出了一套以印第安民族角度来分析美洲印第安书面作品的方法（韦弗、沃马克、勇士，15）。正是由于还没有相应的理论和方法问世，这些学者所做的工作为我们开辟了一条正确的道路。[30] 如前文所述，口头理论为本研究分析用拉科塔文字写成的具有部落特色的文学提供了有效的框架。当然，口头理论还适用于世界各地的其他文化。帕里和洛德所发展的理论方法可应用于分析其他语言的口头文学中所蕴含的世界性的传统，拉科塔则属于

①德文·A. 米黑苏赫（Devon A. Mihesuah）：美国历史学家、作家，乔克托族人。

其中的一种。

这便从印第安人的角度引出了一个关键问题：如今的学者怎样看待美洲印第安文学？

美洲印第安文学

一般而言，文学包含小说、诗歌、喜剧、评论等文字作品，这些作品被认为具有重要或永恒的艺术价值。由于美洲印第安文学也包括了基于口头的文学类型，其与世界上的其他文学并无不同。正如拉弗恩·布朗·鲁奥夫①所言："'文学'包含了口头作品和文字作品两种类型，尽管许多人因为文学这一术语的起源而仅将其视为文字作品，但这种对'文学'过于严格的阐释往往忽视了一点，即在我们的文学遗产中，都有一部分作品是建立在口述的基础之上，无论它是否为印第安文学。"对于文学的定义，鲁奥夫更倾向于美洲印第安语言学与文学学者威廉·布莱特所提出的观点，"在社会中，这些谈话或文本内容被认为具有以原形态进行传播、宣传、保存的价值"（vii）。[31]学者们普遍认为，20世纪以前，口头传统一直是美洲印第安文学的主要形式（鲁奥夫，vii）。[32]著名的口头传统研究学者约翰·迈尔斯·弗里利（John Miles Foley）曾写道："我们在接触一个实际的活动之前往往会先考虑版本和译本，这就如我们在实际进行阐述之前往往所做的准备工作。这种惯性思维并未得到验证，这是一种极其以版本为导向、受文本决定的文化……通常对我们而言口头艺术更像一件作品，而正是它的出版物和译本使其成为了作品。但我们却

①拉弗恩·布朗·鲁奥夫（LaVonne Brown Ruoff）：美国作家。

常常轻易忽略了它的生产过程。这种条件反射会对口头传统造成最严重的后果，因为口头传统无论是在规模还是多样性方面都是书面文学无法比拟的。”

对于美洲印第安口头传统和书面文学的研究，通常都是以两者的这种区别作为切入点。埃里克·切菲茨①在其作品《1945 年以来美洲印第安文学哥伦比亚指南》的引言中写道，尽管口述是美洲印第安社会与文化生活中不可或缺的一部分，但他选择区分口头叙事与书面文学，是基于政治、历史、文化等原因：“我使用‘文学’这一表达，或者更准确地说，使用‘文学’这一字面意义来表示由字母所形成的内容，即书写。欧洲人眼中的美洲本土文化是口头形式的，在 1492 年欧洲人入侵以前，书写并不属于印第安人掌握的技能之一，甚至在欧洲人进入后，如果不是印第安部落因为地理位置②而隔绝了书写的影响（到 19 世纪下半叶，美国所有部落都结束了这种距离），他们对于书写的采用也会产生分歧”（55）。相较于口头形式，一些学者更倾向于使用书面形式来记录美洲印第安文学史，切菲茨便是其中一位，他说道，“我别无选择，只能叙述，因为口头和书面之间具有不连贯性，无法将它简单地写下来”（55）。这样一来，切菲茨便不必去解释口头传统的形式。进一步来看，许多美洲印第安文学传统主义者认为口头形式和书面形式之间并无间断；在不同形式的诗歌中，语言为他们保留了连贯性。[33]

切菲茨似乎并未意识到自己对于美洲印第安口头传统的理解限制了美洲印第安口头传统的范围，他继续说道，“无论如何，这只是故

①埃里克·切菲茨（Eric Cheyfitz）：美国作家。

②美国建国后一直到 19 世纪中后期，联邦军对境内的北美原住民进行过清剿，印第安许多部落的族人被驱赶到荒凉的俄克拉何马或者爱达荷等地。

事的大纲，之后我会进行扩充。美洲印第安文学是在接触了欧洲文化后才产生的，因为‘文学’一词源于拉丁语词汇‘字母’，指字母书写技术，它无法传递欧洲人入侵以前语言与印第安口头传统之间的关联，尽管我们（印第安人和非印第安人）可能会想象出这种关联”(55)。除此以外，他提出了一项重要的主张：抵制将土地理解为不动产和抵制将口述理解为拼音文字这两者之间是有关联的。他认为，自从书写被引入印第安部落以来，便破坏了这片土地上传统的本土关系。在切菲茨谈所谓的“(后）殖民时期印第安国度①建设”的文章中，他采用了一种“基于联邦印第安人法②内术语的美洲印第安研究（AIS）方法”(6)。他从后殖民主义的角度出发，在文章内加入了美洲印第安研究中的相关术语，使其对于美洲印第安文学研究的方法具有合法性。切菲茨在分析时直接引用并修改现有的术语而不发展所需的新方法，如今的印第安本地学者们正在改变这类行为。

本研究并未明确涉及美洲印第安文学史中的历史、政治背景，有关乔治·斯沃德的例外。因此，在第三章介绍乔治·斯沃德的生平时，遵循“通过某一时代特殊的生活条件来解释这一时代的特定产物”这一方法，力图效仿帕里的研究成果（帕里，《荷马史诗的形成》，xxiv)。从印第安人的角度出发，结合乔治·斯沃德的自传以及相关历史信息，解释了乔治·斯沃德生平的重要事件，而这些历史信息来源于拉科塔冬历的保管者，他的身份类似于部落历史学家。主要目的是借助分析乔治·斯沃德的作品挖掘拉科塔口头叙述的形成过程，从而描述拉科塔口述的形式；[34] 其中，作品本身尤为重要，而同样重要的是能够理解作品中所使用的语言是传统的产物。[35] 本研究的一个重点是依靠作为

①指美洲印第安保留区的所有土地。

②美国独立后制定了一系列调整印第安人自治的联邦法律。

文学语言的原始拉科塔语，让如同一幅路线图的拉科塔语的叙述故事，在精通该语言的人们面前打开，指引他们回归原始传统的方式，通过口头传统来传达基本思想。因此，乔治·斯沃德的文本代表了一个值得被保护的美洲印第安人群体，也代表了通过拉科塔口头传统记录在其手稿中的拉科塔文学。这是一个开始，我们将继续沿着正确的道路发展印第安本土方法以定义特殊的部落文学。

拉科塔口头传统

19 世纪时人们对拉科塔口头传说很感兴趣，由此出现了一段收集和出版口头叙述和歌曲的活跃时期，并一直延续至今。[36]《沃克特藏》便是其中的一部作品，据沃克所言，该书于 1896 年开始创作，同年他被调往松树岭印第安保留区。1902 年，时任纽约美国自然历史博物馆人种学主任的人类学家克拉克·威斯勒到访保留区，此后开始资助沃克进行实地考察。威斯勒从 1903 年 6 月 8 日起，与沃克保持了长时间的通信往来。他首先给沃克寄去了 100 美元的资助款和一些关于藏书的建议。在之后 7 年的通信中，威斯勒鼓励沃克对战争用盾及其制造进行研究，并对如何向收集者支付报酬提出建议（1904 年 3 月 31 日）；资助了沃克一台留声机用于记录仪式和歌曲（1904 年 10 月 13 日）；要求沃克提交一份正式的申请以为他的研究提供资金支持（1905 年 3 月 1 日）；记录有关苏族音乐的唱片内容（1905 年 3 月 17 日）；建议使用测量杆测量拉科塔人的身高（1906 年 4 月 11 日）；记录“熊赞歌”①的收集过程，并询问他们的目的、重要性、翻译

①美洲印第安人表达对熊的膜拜的歌曲。

（1906 年 6 月 17 日）；询问沃克关于拉科塔比赛活动手稿的创作情况（1906 年 7 月 6 日）；表明博物馆对拉科塔族人的头骨或骨骼很感兴趣（1906 年 10 月 30 日）；记录关于沃克出售一套鹰爪藏品的内容（1907 年 1 月 25 日）；讨论对于拉科塔族人的身高测量对儿童成长研究价值，以及对于小儿科的价值（1908 年 12 月 11 日）；对沃克前往纽约的行程提出建议，并且评论了拉科塔语的手稿（1909 年 7 月 31 日）；讨论了 1910 年的工作安排，其中包括恢复印第安人的本土服饰以及收集原始的手稿和译稿（1910 年 1 月 27 日；《沃克特藏》）。

威斯勒在写给沃克的信件中提到了一些与乔治·斯沃德直接相关的内容，他们讨论了乔治·斯沃德的作品，以及作品的两种翻译：写于每两行之间的字面翻译和作品的意译（1910 年 2 月 20 日）；向沃克提出了对于《日舞》手稿的建议（1910 年 8 月 4 日，1911 年 2 月 14 日，1912 年 2 月 5 日、25 日）；对收集者所提供的资料和翻译发表自己的见解（1911 年 10 月 31 日）；引用了一列“达科他之神”中的内容（1912 年 2 月 2 日）；评论“印第安方言的翻译方法”（1912 年 3 月 8 日）；并且指出如何标记重读元音、乔治·斯沃德的拼写错误，以及如何在《日舞》的手稿中进行修正（1912 年 3 月 26 日）。[37] 沃克是最早使用乔治·斯沃德手稿的人，他可被视为拉科塔本地语材料的提供者。

20 世纪的学者们引用乔治·斯沃德作品的情况很多，有的学者直接使用乔治·斯沃德的作品，却未提及他的贡献。如达科他州作家埃拉·德洛里亚在文章中只标明了自己的名字（详见她于 1929 年在《美国民俗杂志》上发表的关于乔治·斯沃德《日舞》叙述的翻译）。有的学者如雷蒙德·德马利①也使用了乔治·斯沃德的作品。作为《拉

①雷蒙德·德马利（Raymond DeMallie）：美国人类学家。

科塔的信仰与仪式》（*Lokota Belief and Rifual*）一书的编辑，他在前言中写道，“本书的第四卷将会呈现乔治·斯沃德作品的翻译，他是奥格拉拉族的勇士、印第安事务处警察，也是松树岭保留区内印第安犯罪法庭[1]的法官。应沃克的要求，斯沃德大量记录了传统生活方式的方方面面，从宗教、神话到仪式、战争，甚至游戏，此外，他还写了一篇自传介绍自己。所以，与前三卷所呈现的主体内容不同，第四卷是从个人的角度审视整个拉科塔族的生活”（沃克，《拉科塔的信仰与仪式》，xiv-xv）。德马利所提到的乔治·斯沃德的自传篇幅很短，本书第三章详细记录了乔治·斯沃德的生平。截至本研究之日，德马利所提及的第四卷尚未出版。

已经出版的作品中关于乔治·斯沃德的内容仍存在许多问题，例如，德马利在论述拉科塔语的变化时将这一观点归因于乔治·斯沃德，“[斯沃德] 坚称，自从白人传教士使用文字将拉科塔语书写下来后，这门语言便发生了巨大的变化。他认为既然拉科塔语曾是一门正式语言——现在仍在许多仪式和正式演讲中使用——那么每个音节都是一个具有特殊意义的单元”。德马利进一步阐明这一观点，“据斯沃德所言，传教士所接触到的与英语单词相对应的连续的拉科塔音节实则是短语。但是年轻一代的奥格拉拉族人接受了新的观点，并且拉科塔语也发生了一定变化，年轻人已经无法理解古老的正式语言”（沃克，《拉科塔的信仰》，21）。而乔治·斯沃德真正所说的是，“白人的介入使拉科塔语发生了变化，他们将其写成文字，而现在的年轻人正是按照这些文字说拉科塔语，所以年轻一代的奥格拉拉族人无法理解正式的拉科塔语”（《沃克特藏》，108:1）。他没有直接提及与拉科塔语相关

---

①设立在美洲印第安保留区的执法部门，后按照联邦法规运行，又称联邦法规法庭。

的传教士，因为在这段时间或是之后的时间里，拉科塔族人的教育并非主要依靠这些传教士。[38] 拉科塔社区中还存在其他的教育类机构，如印第安事务局，所以乔治·斯沃德很可能使用 wasicu 一词来表示欧裔美国人。[39] 而沃克所提到的“传教士”一词可能比乔治·斯沃德认为的更具有政治性。[40] 乔治·斯沃德与沃克的关系在一些学术著作中有所体现，由其中可知，沃克仅从乔治·斯沃德处了解了拉科塔语，[41] 但沃克却将其归因于托马斯·泰恩（Thomas Tyon）和乔治·斯沃德二人。[42]

伊莱恩·贾纳是另一位熟悉乔治·斯沃德作品的学者，他是《拉科塔神话》一书的编辑，并为该书撰写了引言。在一篇名为“塔特：正如冬令营所讲述的，拉科塔人的神话”的评论中，贾纳写道，“手稿与 1917 年出版的经编辑的材料之间存在着结构与主题上的差异，这种差异使得人们纷纷猜测哪一种更贴近斯沃德的原意，而不仅是按照原文生硬地拼凑。相较于编辑过的故事，先前未出版的手稿向我们展示了一位更有艺术天赋的叙述者”（沃克，《拉科塔神话》，15）。除了文学，乔治·斯沃德的著作对人类学和其他学科都做出了重要的贡献；如前所述，这也许是因为特德洛克和其他学者提出了翻译中存在的问题，包括贾纳对翻译与原稿的相似度所做的观察（也可参见特德洛克，《2000 年》，1）。这些观点反映了口头传统正确的发展进程。

什么是美洲印第安口头传统？[43]20 世纪及 21 世纪初的学者们还没有足够的能力来回答这一问题。对于这种现象，其中的一种解释来自切菲茨，他认为既然不存在美国本土文学，那么在没有字母书写技能出现时就与语言无关；“美国在接触欧洲之前不存在本土文学，确切地说，‘文学’一词起源于拉丁语，意为‘字母’，由此用以表示字母书写的技能，它无法翻译出在欧洲入侵以前美国本土的口述与语言之间的关系。”随后他做了进一步阐述，“[而且，] 它也是美国本土文学（我是指印第安人的书面文字）的主要动力之一，来想象在和欧洲接触之前文学与语言的关系……坚持传统是美洲印第安人抵抗欧洲殖民主义的重要方式”(55)。切菲茨和其他学者并未考虑到一种可能性，即在与欧洲接触之前，这种存在于文学之前的智力表达形式就已经存在。我的研究并不是为了抵抗，而是为了描述欧洲人抵达美洲大陆以前，也许是几千年以前就存在的事物。它将周密地分析口头传统中语言的使用，从而对一个民族的文学的某一方面进行系统性分析。

其他的学者试图通过广泛的田间调查和收集大量的文化材料来描述口头传统，以达到理解并解释口头传统的目的。弗朗西斯·登斯莫尔①便是其中一位，她自 1907 年起为史密森学会②、美国民族学局③录制音乐，1911－1914 年，她录制了大量的拉科塔歌曲并将它们抄录下来。此外，登斯莫尔还采访了创作这些曲子的歌手，从歌手处得知他们创作歌曲的技能是从别人那儿习得的。登斯莫尔认为这支持了关于原创作者的公共的理论，也在一定程度上解释了口头传统的部分内容。[44] 这种共同作者的观点如今依然存在，源于帕里和洛德所说的学者们的一种信念，他们相信存在一个固定的文本，并以某种方式代代相传，文本形式只会在传承过程中因记忆的缺失而发生细微的变化（洛德，《歌手》，9－10）。我们或多或少会认为基于口头传统的叙述故事就是“固定”的文本，或是说与之类似；但正如洛德所言，“当我们更仔细地观察口头创作的过程，并且能够更全面地欣赏个人歌手

①弗朗西斯·登斯莫尔（Frances Densmore，1867－1957）：美国人类学家。

②美国唯一由政府资助、半官方性质的第三部门博物馆机构。

③建立于 1879 年，对美国人类学的发展起过关键性的促进作用。

在宣扬传统的过程中所创造的角色时，我们必须要开始质疑我们对于歌曲的创作了”（《歌手》，99）。登斯莫尔一直在重复一个普遍存在的错误认知，即在文字出现之前，没有读写能力的人依靠的是强大的记忆力，她提到，“在目前的作品中，一个人录制 50 至 60 首歌是较为平常的，他们将曲子抄录下来后再从中进行挑选，由不同歌手所录制的同一首歌的不同版本也会被拿来进行比较”（61－62）。[45] 在登斯莫尔收集材料的那段时期，收集者们倾向于修改原文本，或者如他们所说的优化文本内容，如果某一版的歌曲或者文章可用，他们便会将内容杂糅在一起公开出版，当时洛德和其他学者也注意到了这一问题，并对他们进行了警告。[46]

如果口头传统的延续仅仅依靠机械记忆，那么长篇作品的存在就无法得到合理的解释。在研究荷马诗歌的作品中，帕里首先明确了这一矛盾。随后，洛德回应了帕里对该问题的观察，他写道，“如果荷马诗作是由多名作者一同完成，那么我们仍然无法解释它是如何达到如此长的篇幅”（《歌手》，10－11）。帕里和洛德都认为早期的理论和方法有很多不足，因为这些理论和方法无法使学者们理解口头诗歌的创作技巧（帕里，《荷马史诗的形成》，270；洛德，《歌手》，11）。也就是说，在研究口头文学时，学者们更注重研究内容而忽略了口头传统的发展过程（拜纳姆，29）。

在 19 世纪至 20 世纪初期，许多人热衷收集美洲印第安音乐和故事，[47] 这一现象在 19 世纪后期达到高潮，因为当时的学者和其他人都认为印第安人会从美洲的土地上消失。《沃克特藏》也是当时的产物，该书将乔治·斯沃德的叙述收入囊中。资料收集其实是一门艺术，它需要收集者具有一定的技巧，他必须清楚别人期望得到的东西，否则可能没办法完成得很好；而这种技巧很大程度上依赖记录员，记录员需要对整个记录过程做出客观的指导（帕里，《荷马史诗的形成》，474）。[48] 乔治·斯沃德亲手抄录了所有资料，而且作为沃克的朋友，他很清楚该向沃克提供什么。正因如此，乔治·斯沃德的手写稿大大提升了这些叙述故事的文化及语言学价值，此外，正如本研究所提到的，这些故事作为拉科塔口头传统的文学价值也得到了提升。

那么，自 19 世纪初起，收集美洲印第安歌曲和故事的工作是如何进行的？收集工作需要怎样的技巧？威斯勒从 1902 年开始支持沃克在拉科塔松树岭印第安保留区内展开田间调查，并出资赞助他的研究，并且从 1903 年 6 月 8 日起一直写信鼓励他。威斯勒在信中写道，“我可以遵循一般原则，即我们都需要一篇与乔治·斯沃德原文一致的正确的翻译。关于翻译，我建议意译，而你的经验表明在手稿两行文字间翻译更好，因为这样可以检查原文。当然我不认为我给你的建议是最好的，因为你了解那个特定的环境，也清楚自己想要什么样的资料”（1910 年 2 月 20 日，《沃克特藏》，4∶2）。

的确，沃克似乎具有一种洛德所理解的工作本能。虽然他可能没有接受过人类学方面的训练，但是他了解那些向他提供信息的人，并能从他们的角度来理解叙述故事。[49] 沃克明白除非他收集的资料都是真实可靠的，否则无法彻底地研究这些叙述故事，尽管在他生活的年代还未发展出对创作方法的研究。由于长期的田间调查，沃克积累了丰富的经验，他为线人们提供了更好的收集资料的方法，如他让乔治·斯沃德用拉科塔语将叙述故事写成手稿，他积极寻求威斯勒的帮助，希望能出版所搜集的资料。这与登斯莫尔的方式截然不同，登斯莫尔所做的工作包括收集、研究，并出版歌谣合集。内哈特①也采取

①约翰·G. 内哈特（John G. Neihardt）：美国作家。

了不同的方式，他收集了《黑麋鹿如是说》一书中叙述者所说的内容，并出版成合集。[50]

19 世纪末至 20 世纪初，收集者们从包括拉科塔部落在内的美洲印第安部落中收集了大量的文化资料。到 20 世纪初期，他们开始注重歌曲中的其他要素，如音乐分析和乐谱。正如登斯莫尔在其作品中写到的，音乐分析和乐谱被视为组成歌谣必不可少的成分。[51] 为了描写诗歌的成文过程，帕里和洛德与歌手本人进行了沟通，不仅如此，和信息提供者、歌手，以及叙述者保持联系也同样重要，在威斯勒的帮助下，这些叙述者所创作的故事由沃德出版。在与信息提供者进行沟通之后，帕里和洛德对作品的产生过程加以描述，从而对口头传统的研究做出了贡献。登斯莫尔和沃克都对与他们一起工作的歌手和叙述者们表现出了极大的兴趣，这其中包括乔治·斯沃德，他们被认为是生活在特定时间及特定地点的个体。登斯莫尔和沃克收集了许多拉科塔歌谣以及源于口头的文本，并将它们加以描述，整理成资料。这些资料储存了大量语言和文化方面的珍贵信息，这也正是登斯莫尔和沃克的作品的价值所在。[52] 对于本研究而言，这些资料也十分重要，我们能够理解叙述或诗歌的构成，从而分析原始拉科塔语中口头叙述及诗歌的构成过程。

尽管在 19 世纪和 20 世纪，人们为了在吟唱诗歌的同时出版它们的文本，于是在收集和编辑这些源于口头的文本如乐谱、录音，以及口头传统的背景方面取得了很大的进展，但许多学者仍然无法理解这些歌曲和叙述故事的构成过程。[53] 弗里认为，随着时间的推移，专家们在研究中更普遍地采用合作的方式，其中包含以下可变因素：探究和阐述的美洲印第安传统，实施调查的表演者（们），以及处在整个表演过程中的研究者（们）（埃弗斯和托尔金，x）。通过合作，学者们往往力求参与表演及传统承载过程的各个阶段，此外，据弗里所言，优秀的学者试图“承认在整个研究过程中，无论是最初的规划阶段还是野外调查及最终出版，研究人员必然会具有一定主观性”（埃弗斯和托尔金，viii）。尽管研究取得了以上进展，但对于美洲印第安口头传统的争议仍在继续，这一问题一直延续至今。

本世纪，人们重新对美洲印第安文学进行了评估，其中资料提供者和研究人员成为了重要的评估要素。印第安作家琳达 · T. 史密斯[①]在其作品《非殖民化的方法：研究与原住民》中提出了关键性的问题：“在研究中，研究对象转变为研究人员的原因是什么？”她明确了后殖民主义时期人们对于研究对象及研究人员的方法论争论，其中涉及政治以及印第安本土研究者的战略目标。史密斯认为，非印第安本土的研究者必须清晰地阐明自己的意图，如此才能成功通过她所谓的十字路口（143）。切菲茨将方法论的争议视为双方均否认彼此的存在（3），即后殖民主义研究常常忽略印第安本土人民和本土学者，而这两者也同样极力抵制或拒绝后殖民主义时期的方法论（韦弗、沃马克、勇士，39）。[54] 切菲茨认为，后殖民主义理论所遭遇的阻力是导致该时期的研究忽略印第安本土问题的原因。在这种环境之下，印第安本土学者们被迫依赖现有的研究方法和本土做法，或彻底冲破藩篱、推翻理论，并继续推陈出新，提出关键性问题，同时基于印第安本土研究方法明确新的分析法。这种做法是基于美洲印第安人的知识主权，而知识主权又依赖于政治及文化主权（M. 布朗，6）。

纵观美洲印第安研究的各个领域，口头传统是其中的一个分支，也是研究的重点。我们不难发现，为了了解美洲印第安文化，学者们

①琳达 · T. 史密斯（Linda Tuhiwai Smith）：新西兰怀卡托大学原住民教育学教授。

通常会采用跨学科的方式，将历史学、人种学，以及相关材料相结合，从而形成一种新的人种历史学研究方法（康奈尔－斯萨斯斯①，1）。20 世纪 80 年代，美洲印第安人受到了越来越多的关注，相关研究和出版物不断涌现，从而促进了人种历史学的广泛应用（康奈尔－斯萨斯斯，6）。切菲茨写道，这一时期研究美洲印第安文学的主要方法大多具有人种学的特点或形式，他认为这种方法“着重强调在有限的文化背景下印第安原始文本的形式或审美，却淡化或忽视了美洲印第安文学形成时的社会、政治、历史背景”。也许以上观点不具有普遍性，但在研究基于口头传统的文学时，我们需要将故事置于其创作时的文化背景中，这样才能理解决定文本形式的口述行为，而口述行为是在特定文化中定义文学的起点。[55]

此外，人种历史学方法还广泛应用于美洲印第安研究的其他领域，如联邦印第安人法及印第安人教育。直到 1988 年，在田间工作的学者们才意识到自己所进行的研究缺少理论框架。其中一位研究员说道：“无论是讨论过去的研究、书面作品，还是教学，我们都未将理论作为主导内容。”（康奈尔－斯萨斯斯，8）史密斯认为，本土人民的观点普遍被边缘化是造成这一现象的原因之一：“印第安人的周围充斥着西方的权威论调，即理论均来源于西方，他们所制定的规则将本地的一切都趋于理论化，印第安人彻底失去了发声的机会。”许多在该交叉学科研究领域工作的学者意识到，创建一套适用于所有研究领域，包括美洲印第安口头传统和美洲印第安文学下设的子领域的分析模式，仍是一项任重而道远的工作（韦弗、沃马克，勇士，15，201）。[56]

①马哈雷特 · 康奈尔－斯萨斯斯（Margret Connell-Szasz）：美国作家。

那么，在分析口头文学时，我们该如何构建问题并确定分析方法呢？印第安本土研究方法的依据是什么？我们应该以怎样的方式进行分析？帕里的口头理论是本研究适用的方法之一，该理论同样适用于世界其他地区的口头传统。[57] 与帕里用希腊语和塞尔维亚－克罗地亚语写成的作品类似，本研究以乔治·斯沃德的原始文本为例，得出其适用的方法，并归纳出一种在文化上较为恰当的分析方式用以分析源于口头的叙述故事。我们主要通过分析拉科塔语的原始文本来确定传统的叙述方式，流利使用拉科塔语对于分析十分重要，其关键在于方言，因为方言能够引出分析的参照框架。[58] 我的拉科塔语相对流利，这使我得以胜任这项工作。在分析中，印第安本土方法十分有效，我们可以正确识别并分析叙述中反复出现的或押韵的动词，从而理解它们的文化内涵，并在研究中做进一步阐述。[59] 此外，如前所述，美洲印第安学者一直主张在历史研究中使用本土方法，包括教当地部落的族人书写美洲印第安历史（米，1）。本研究同样使用本土方法，通过证实乔治·斯沃德的生平为当地人描绘拉科塔部落的历史。此外，乔治·斯沃德的故事将他作为一个人而非“研究对象”呈现在我们面前（米，10）。[60]

人们对20世纪早期收集的拉科塔相关资料一直存在很大争议，争议的焦点并不在于这些资料是否为传统资料，而在于最后呈现的形式是否为文学，或者只是口述文本。例如，在《黑麋鹿如是说》一书中，叙述者黑麋鹿被描写成一位精通传统歌曲和叙述的拉科塔人，他的故事固然引人入胜，但至今仍存在一个重要的问题，那就是将黑麋鹿的叙述写成此书的内哈特是否了解拉科塔的口头传统。[61] 当你尝试用原始的拉科塔语阅读乔治·斯沃德的作品时，你会清晰地发现文中的口头程式化结构模式，这一模式的口头特征以及结构对于我们理解拉科塔口头传统十分重要。[62] 帕里首先指出传统决定构思（《荷马史诗的形成》，270），同样，拉科塔传统为拉科塔口头传统的结构绘制了蓝图。下一章我将会介绍口头叙述实践，并展现拉科塔人的生活方式如何决定口头叙述的形式；文中只会提及有助于形成口头叙述形式的要素。正如对于帕里和洛德而言在收集歌曲的过程中有必要了解创作这些歌曲的歌手，了解叙述者乔治·斯沃德，并通过他的作品了解口头叙述实践本身也同样十分重要，这将是第三章中的内容。第四、五、六章分别从程式、文本、主旨层面对原始语言进行深入分析，剖析拉科塔口头传统的组成内容，从而确定该传统的特质，即这三章将通过分析原始文本向读者说明该如何满足口述实践的需求。最后一章总结了本研究所得出的原理，以及其对美洲印第安研究所产生的影响。本书仅展现了研究的初步阶段，并简单指出了下一步可能会进行的研究内容。

注释

[1] 弗里德里希·沃尔夫等学者发展了一种理论，即认为：“这些不成文的原始诗歌在公元前950年前后由吟唱诗人创作，并且通过口头方式传播，直至公元前6世纪发生‘庇西特拉图式修订’。在传播过程中，这些诗歌发生了巨大的变化，内容不断充实，最终形成了我们现在所看到的完整体，与其说它取决于原作者荷马，不如说是之后的编辑将这些诗歌融合成了一整部作品，尽管并不是每次都会成功。”（帕里，《荷马史诗的形成》，xv）

[2] 路易斯·沃恩表示，“通常我们可以提供一个理论来解释某种现象，或供我们考虑。在任何一种情况下，我们都能够做出最佳解释，进行推断论证。实际上，论证的结论往往说明了这一理论是对事实最好的解释。而我们则处于一种尴尬的境地，试图去判断它是否真是如此”（348）。在判断帕里的理论是否提供了最佳解释时，翻译过程本身为乔治·斯沃德的原文提供了证据。

[3] 对帕里而言，“荷马”意味着《伊利亚特》和《奥德赛》中的诗歌、创作该作品的诗人或这两部史诗的文本。

[4] 拉科塔语的音节通常以元音结尾，分为单元音或鼻腔元音，在特殊情况下少数音节以辅音结尾。（比歇尔，《语法》，5）。

[5] 由比歇尔的观点可知，音节的组合既可以包含原始词，也可以包含通过加前缀或后缀形成合成词的词干；词干之间也可以相互结合形成合成词，其间有多种结合方式。比歇尔还指出，词干与合成词都可和其他词相结合，形成复合词。（《语法》，6）

[6] 本研究将使用帕里在作品《口头叙述的史诗技巧研究II——运用于口头诗歌的荷马式语言》中对风格所下的定义：“作为语言，它们在特定的时间和地点被特定之人所使用的；作为措辞，它们是表达思想的素材；作为风格，它们是一种思想模式。”（《形成》，325）

[7] 帕里将程式定义为一组在相同韵律条件下经常使用的，表达特定基本思想的词。（《形成》，272）

[8] 帕里在早期对于荷马史诗的研究以及后来在南斯拉夫的研究中都做了这一点。

[9] 帕里和洛德在南斯拉夫收集材料期间，看到歌曲被作为民族主义的宣传作品出版。洛德总结道，“只要歌手本身不识字，并且不试图逐字逐句地重复歌曲，这些书对于他的作用只有听歌而已。”（《歌手》，23）

[10] 这就提出了一个问题：人们是否认为乔治·斯沃德可以代表拉科塔的所有叙述者，或者作为一名独特的天才叙述者存在于拉科塔庞大的传统之中。通过这一分析，我们可以确定，乔治·斯沃德的作品受限于拉科塔传统风格，因为他讲述故事的方式并不完全出自他本身。这一点可以参见帕里的观点：“（作为）语言……它们在特定的时间和地点被特定之人所使用；作为措辞，它们是表达思想的素材；作为风格，它们是一种思想模式。”（《形成》，325）乔治·斯沃德在叙述中使用的语言影响了这一观点。 某一特定的人在某一特定的时间和地点使用的；作为措辞，作为表达思想的材料；作为风格，作为思想的形式”(325)。他在叙事中使用的语言反映了这一观点。

[11] 我的拉科塔方言很流利。

[12] 在 1912 年 3 月 8 日寄给沃克的一封信中，威斯勒写道，“通常翻译印第安文本运用直译法，简单地将叙述翻译成对应的英语，而不是试图表明其语法结构，将其留给对该主题感兴趣的人。”（《沃克特藏》，4：9）

[13] 我是奥格拉拉苏族的在册人员，部落位于南达科他州松树岭印第安保留地，乔治·斯沃德也是在那里完成了他的叙述。

[14] 尤其是叙述中使用节奏动词时出现的动词变化形式。

[15] 这些叙述最显著的特征是诗节；诗节由一组诗行组成。第四章将对此做进一步阐释。

[16] 有时被称为“你和我”形式，蕴含特定的文化。

[17] 其对偶形式为 unkeye。

[18] 音节 pi 表示复数形式的“他们”。

[19] Wakinyan tonwanpi 是由名词和动词组合成的词组，其中动词 tonwan 意为“去看”，tonwanpi 是其第三人称复数形式。

[20] 海姆斯主要研究西北海岸的美洲印第安人语言，对此他观察到，“无需使用特殊符号和变音符，英文字母表中的字母就可以表示几乎所有的语音”（24）正如在这项研究中提到的，乔治·斯沃德将这一点熟练地运用在自己的写作中，例

如使用字母 r 表示将喉音 h，使用字母 q 表示声门音 k。

[21] 直到本研究开始时，拉科塔语都没有统一的正字法。

[22] 拉科塔语属苏语语系。

[23] 乔治 · 斯沃德能够流畅而细腻地使用拉科塔语。现在的问题是这份手稿是否只面向拉科塔读者，因为斯沃德通过手稿传递了特殊的知识。请参阅第六章关于文化含义的讨论。

[24] 这一过程对于那些不了解源语言的读者来说尤其令人沮丧。帕里将它的另一个影响因素视为文本书写的时期，“每一个地区和时期的文学都被认为只有作者和同时代的人才能理解……因此，对于生活在另一个时代同时又想要准确理解那部作品的人来说，他的任务就是要重新发现其中包含的各种信息，以及作者认为他的读者自身已具有的复杂思想”（《产生》，2）。本研究认为，只有流利掌握原文语言才能做到这一点，才能弥补语言和时间上的差距（弗利，《如何阅读》，120）。

[25] 正如乔治 · 斯沃德所言，它确定了拉科塔语确实由短词构成。叙述中本研究所分析的最长的词为九音节词 wicakiciyuecetupi，意为“惯例”，出现在日舞叙述的第 48 节。此外，第一篇叙述中大约有 87% 的词为短词；也就是说在 920 个词中仅有 117 个超过三个音节。

[26] 在 1910 年 2 月 20 日写给克拉克 · 威斯勒的信中，沃克讨论了乔治 · 斯沃德的书写，以及写于诗行间的直译和意译的比较。（《沃克特藏》，4∶2）。

[27] 关键在于德洛里亚熟知的是达科他方言而非拉科塔方言。

[28] 参见第六章关于熟练掌握原文语言的重要性。

[29] 正如海姆斯在《西北海岸原住民》中所提到的，这在其他美洲印第安民族中很常见（128）。

[30] 早在 1981 年，海姆斯就认为有必要发展每个美洲印第安传统背后特有的理论（341）。

[31] 鲁思 · 芬尼根表示，传播理论通常内在假设一些记忆理论，早期模型通常为被动态：故事被描绘成不受人物的影响而自行进展。就“传统者”而言，它是通过一种广义的、非文化的特定过程回忆储存在记忆中的事物。这种方法有时也基于对非西方社会的“传统”和“过去”性质的假设，其得出的结论是，在这个“原始”的国家，人们的回忆必须——而且是自然——比有文化的社会要好得多。（《口头

传统》，114）

[32] 口头文学有时被认为是神话、口头艺术、民间传说或口头诗歌和叙事。（劳夫，vii）

[33] 弗利写道，有必要审视如今对诗歌的假设："在许多情况下，我们所了解的诗歌将被通过最低级别的翻译传递到范围更广的口头诗歌中。所有的诗歌均来自口头传统，所以我们应该期待口头和书面表达之间的连续性。"（《如何阅读》，20）。弗利承认，在这些文化中存在不同的是特征和技巧，它们运作的方式也各不相同。此外，可参阅西蒙·奥尔蒂斯和其他诗人的诗歌，他们认为语言具有连续性。（韦弗，沃马克，《勇士》，vii-xxii）

[34] 参见帕里关于"从文本中得到解决方案"的陈述，他将注意力集中在阿里斯塔克斯（公元前 310 年 – 前 230 年）的作品中，亚当·帕里在《荷马史诗的形成》一书的引言中写道："回顾帕里的学术生涯，他在文学硕士时期所做的研究表明，起初其研究的内在动力并不是早期学者的真知灼见和建设性理论，而是荷马的作品本身。"（xxii）

[35] 对语言的依赖性被证明是有效的，这一点帕里无可估量。受其观点影响的包括安东尼·梅耶，他是一名语言学家，更倾向于将荷马的作品视为传统的产物。梅耶相信帕里的直觉，即荷马式诗歌的结构是完全程式化的，这增添了帕里的信心。

[36] 其中包括 1884 年为毕巴底考古与民族博物馆收集的艾丽斯·坎宁安·弗莱彻（1838 – 1923）的藏品和出版物，以及克拉克·威斯勒（1870 – 1947）的藏品和出版物；这项工作的核心是美国民族学局的出版物。

[37] 沃克关于日舞的研究成果于 1917 年出版，书名为"日舞"，其中的一章名为"斯沃德的自传"。

[38] 例如，德马利的观点盗用了乔治·斯沃德的言论。

[39] 拉科塔语中没有表示传教士的词语，但有与每个宗教教派对应的词语。因此，天主教徒在拉科塔语中为 Sapa un，圣公会教徒为 Ska un，这两个词分别表示"那些身着黑色的人"和"那些身着白色的人"。感知这些颜色在拉科塔文化中所代表的意义也十分重要。

[40] 对达科他方言的简要介绍表明，方言之间存在着主要的结构差异，比如词的辅音字母替换。斯蒂芬·R. 里格斯（1812 – 1883）是一名长老会传教士，他在 1852 年写了一部《达科塔语语法及词典》，并在 1871 年用达科他语写成了达科他

新约 wowapi wakan kin。由明尼苏达历史学会可知，1862 年美国与达科他战争期间里格斯曾担任翻译。拉科塔人使用冬历记载重要的历史事件（见第三章）。而达科他人没有记载冬历的习惯，他们与拉科塔人隔密苏里河相望。“无耳”的冬历于 1874 – 1875 年记录了乔治·斯沃德最后一次穿越密苏里河，那年的标题为“最后一次穿越”（ehako kowatan ai）。

[41] 参见德马利的言论，“沃克对于拉科塔语的了解似乎主要来自乔治·斯沃德”（沃克，《拉科塔信仰》，xiii-xiv）。

[42] 沃克在写给威斯勒的信中提到了乔治·斯沃德和托马斯·泰恩的去世，以及他感受到的失落。此外，“1911 年冬天，托马斯·泰恩采访了较为年长的巫师，并根据采访内容写成文本交予沃克。泰恩为混血……主要植根于拉科塔文化……精通拉科塔语。他所写的文本中包括日舞相关的内容，以及乔治·斯沃的所唱的歌曲……约翰·门罗对文本进行了翻译”。（沃克，《拉科塔信仰》，32）

[43] 同样，在帕里之前，学者们对口头传统并没有明确的概念，“弗里德里希·奥古斯特·沃尔夫和之后的研究者一样，缺乏对口头传统清晰的概念”（帕里，《形成》，xvi）。对此，拜纳姆表示：弗朗西斯·詹姆斯·查尔德在英国民谣中发现了一种原始的、出现在文学之前且关乎知识和道德的表达方式。查尔德知道英国流行的民谣在原则上属于一种古老的口头传统，而非书面文学 (5)。拜纳姆补充道，“对欧洲文化中口头传统成分的新认识被隐藏起来……帕里首次了解口头传统的途径和蔡尔德相同，但他掌握了知识后的反应则全然不同。”（26）

[44] 芬尼根对民俗的定义基于联合国教科文组织的“公共创造”方法。（《口头传统》，12）芬尼根表示：“该方法提供了（一种）‘艺术’观点，仍然是具有影响力的关于‘自然’或‘口头、‘民间’形式的‘公共’地位的假设。”（《口头传统》，122）

[45] 芬尼根注意到，“抄写是常见的文本处理过程，通常是将音频记录转换成书面文字形式。类似的问题也出现在翻译上——某种意义上抄写也是翻译的一种形式”（《口头传统》，194）。关于记忆，芬尼根表示，“记忆的过程可能是由特定社会中发展出来的特定装置和价值观形成的。因为人们常常认为，‘记忆’是自然的心理因素，或者，‘熟记文字’往往与缺乏读写能力相关联，直到最近一直没有社会策略层面的关于记忆或特定记忆方式的特定文化研究”（《口头传统》116）。

[46] 洛德指出，在一个以文本为基础的社会中，我们更有可能“寻求原创”文本。

他认为，在口头传统中，我们必须放弃“原始文本”的概念：我们有幸现场观看了第一场歌唱表演，但却感到十分失望，因为歌手并未通过大量的练习和反复表演来完善这首歌曲。即使他这样做了——在该过程中歌曲也会发生巨大变化——它必须被其他歌手所接受和传唱，最终融入传统，并且随着其他歌手的传唱继续发生变化，因此这一过程世代相传。我们无法从某首特定的歌曲中追源溯流，这些诗歌自然存在原始文本，但我们必须着眼于现有的文本，而不是试图依靠随意猜测的原文内容去“纠正”和“完善”它们。(《歌手》，100)

[47] 其中包括艾丽斯 · 坎宁安 · 弗莱彻于 1884 年为毕巴底考古与民族博物馆搜集的藏品和出版物；克拉克 · 威斯勒的藏品和出版物；以及弗朗西斯 · 登斯莫尔的作品。

[48] 见洛德，“荷马”。黑塞哥维那歌手尼古拉 · 伏日诺维奇协助帕里进行田间调查(1934 年，1935 年)；1938 年，伏日诺维奇被带到哈佛大学完成他的抄录工作。

[49] 作为一名内科医生和科学家，沃克的学术背景和所受的训练也许对他的研究工作有所帮助。

[50] 这正如海姆斯法兰兹 · 鲍亚士的学生爱德华 · 萨丕尔的搜集工作时所做的评论：“(萨丕尔）没有将原文读给路易斯 · 辛普森让其进行翻译，而是选择了这个译者……此外，众所周知，萨丕尔准备修改口述文本的顺序，甚至是语法形式，以形成似乎合理、连贯的内容。”(163)

[51] 海姆斯在一份报告中提到了登斯莫尔的研究工作，他写道，“不过，可参见肯尼斯 · 雷克斯雷斯所著的关注美国民族学出版物——特别是对弗朗西斯 · 登斯莫尔作品的鉴赏文章”(38)。该文章转载自《透视美国》第 16 期。

[52] 弗利将这一类型的叙述形容为“口头衍生作品或文本”(埃弗斯和托尔金，viii)。

[53] 弗利写道，“想象一个非常熟悉的场景：外来的学者按照精心组织的时间安排，在某段有限的时间内入侵某种文化，以对其语言进行取样。研究人员使用记录一起，从开始就实施外部的参照系，着手于在内部并无效力的信念，或者，最坏的情况下，这种信念会使他或她所寻求的经验事实发生扭曲，从而最终代表其他外来者。”(埃弗斯和托尔金，vii-viii)

[54] 韦弗写道，“对后殖民理论的本土批判，正如我前文所提及的，这一理论倾向于排斥原住民，并告诫他们不要参与进来。正如我在别处所写的，与之相关的点

是，大多数后殖民话术中都存在一个令人不安的具有时代性的词——‘后殖民’，实际上它表示殖民时代之后的一段时间，而对于盎格鲁殖民地上的原住民而言，这段时间还未到来。”（韦弗，沃马克，《勇士》，39）

[55] 正如弗利所言：“想要读懂这首口头诗歌，我们要先读懂文化。”（《如何阅读》199；见第六章）

[56] 非印第安裔作家埃弗斯与托尔金写道：“我们许多从事印第安人口头传统研究的人仍继续畅谈彼此的责任和对话，这将会在美国产生数以百计的其他部落文学和语言。”（12）

[57] 这一理论又名帕里—洛德理论，以及口头程式理论。

[58] 弗利写道，“精通口头诗歌语言的人都曾听说过这些程式；对他们而言并没有什么新意，也符合传统习俗观念。由于这些程式使用在文章中的效果取决于它们的习语特征，所以也决定了它们并不会有太多的创新。关于方言，过去人们一直忽略了乔治·斯沃德说拉科塔语方言这一事实。”

[59] 正如下文所阐述的，在相同的段落中反复使用同一动词，可使听众脑中产生固定的思想。

[60] 此外，也正是由于这些故事的叙述者——乔治·斯沃德的努力，他的名字被加进了本书的标题中。

[61] 埃弗斯与托尔金合作的书中介绍了这些问题产生的背景：诚然，印第安各界与学术界一直以来都尝试在语言、文化、文学、艺术和舞蹈等领域进行合作，但两者的关系较为尴尬，彼此的合作也并不公平。近年来，这段复杂的关系得到了改善，学者们开始重新回归资料本身，他们试图通过研究所收集的往来信件和手稿找出对早期人类学领域做出贡献的人们及其贡献。学者与原叙述者之间的关系受到了许多人的审视，如乔治·亨特和法兰兹·鲍亚士，弗朗西斯·拉·弗莱舍和约艾丽斯·坎宁安·弗莱彻，以及黑麋鹿和约翰·内哈特。

[62] 由于帕里的作品首次挑战了口头传统文学作品的概念，所以依靠口头理论我们能够更透彻地理解口头传统；乔治·斯沃德所写的拉科塔语原始文本与帕里的作品有类似。

第二章　拉科塔实践

几千年以来，世上唯一能够创造出富有韵律的话语和叙述的工具并非铁笔或钢笔，而是人人自出生以来就有的舌头。这是由于在人类进程的早期书写还未被发明，无法记录言语的起源。因此，长期以来，口头传统是知识代代相传的唯一途径。

——戴维·E.拜纳姆，《1856年以来哈佛大学口头文学研究》

自远古时期起，拉科塔人便以叙述的形式讲述故事，因为这是将文化知识传授给后代的唯一方式。[1] 目前，专家们还未完成对拉科塔或其他民族基于口头传统的书面作品的全面研究，[2] 而由于对口头传统的形式缺乏系统性研究，人们认为从口头传统到通过口述和翻译所形成的书面文本，印第安本土文化有了质的飞跃。不同于大部分欧洲文化，印第安本土文化所经历的变化通常比较突然。在此过程中，许多语言会迅速消失，这或许也是发生巨变的重要因素。因此，尽管如今仍存在同时期的叙述形式，如诡计之神①的故事，但乔治·斯沃德时期人们所使用的口头叙述类型都已不复存在。乔治·斯沃德所使用的口述类型在拉科塔文化中被广泛接受，因此，他的作品也代表了一段口述艺术蓬勃发展的时期。直到与欧洲人接触之后，拉科塔人

①一个存在于神话、宗教、民间故事中的角色（神或女神、灵体、人或者传说生物），具有极高的智力或者秘密的智慧，却常将其用于恶作剧或者违反世俗的规则与传统。

才逐渐了解书写这一形式，拉科塔人的生活方式也推动了叙述形式的发展。正如许多文化的发展历程，当书写被引入并具有与口述相同的作用时，旧的叙述形式便逐渐消失。[3]

随着19世纪初叶寄宿学校的引入以及第一所印第安人寄宿学校——卡莱尔印第安人学校的建立（1879－1918），包括拉科塔人在内的美洲印第安人便拥有了读写能力。卡莱尔印第安人学校的创始人理查德·亨利·普拉特上尉告诉拉科塔族的首领们，拉科塔人正是因为未受过教育，并且不会英语口语和书写而失去优势，才打不过白人。他告诉拉科塔部落首领斑纹尾巴和红云，教育可以使他们的孩子远离那些不知廉耻的白人，由此他说服了拉科塔族的首领将自己的孩子送往该学校。在第一批前往卡莱尔印第安人学校就读的学生中，许多都来自拉科塔的上流家庭。在掌握了英语的读写能力的同时，这些讲拉科塔语的学生发现由于英语中没有变音符，所以使用英文字母表示拉科塔语可以让读写更流畅，于是他们便按照语音学的方法书写拉科塔语，也确实增加了读写的流畅性。随着基督教的传入，尤其是在印第安保留区建成之后，许多教会都出版了拉科塔语版本的祈祷书和赞美诗集，如美国圣公会印发了公祷书，以便拉科塔人可以在教堂内用母语祈祷和吟唱圣典。20世纪早期，比歇尔为天主教会出版了 *Wowapi Wakan Wicowoyake Yuptecelapi Kin*——提顿语版圣经史。那个时候包括拉科塔人在内的印第安人并不能信奉他们自己的宗教，直到国会通过《美国印第安宗教自由法》（公法95-341号，92卷469页，1978年8月11日），印第安人才拥有了宗教自由。

此外，许多之前大名鼎鼎的拉科塔勇士在19世纪后期和家人一起加入了威廉·科迪（1846－1917）的演出团——野牛比尔的狂野西部。在随团演出的过程中，他们经常用拉科塔语写信回家。1887年至1892年间，表演者们在欧洲进行了四场巡回演出，并于1902年至1906年间进行了另外四场。[4]无论是亲自写信还是由抄写员代劳，用拉科塔语书写这项技能在人们的生活中已经盛行。在乔治·斯沃德创作故事的那段时间里，即使人们接触了书写也逐渐具备读写能力，但口头传统的运用几乎从未间断。正如拜纳姆所言，“富有节奏的话语是这世上最初传达复杂观念的交流媒介，而技巧高超的媒体人在学会写字之前就早已存在”（1）。

拉科塔实践

在保留区成立之前，拉科塔文化和社会中就存在一种高雅文化，男男女女都会讲故事，那些出生于20世纪早期的拉科塔人还记得当时他们的祖父母所讲述的故事，这段“阳春白雪”时期始于与欧洲接触之前，一直延续到1850年前后。[5]这便是帕里所说的一个民族的社会状况，它通过口头叙述和歌曲的形式创造了一个更高尚或更通俗的传统（《荷马史诗的形成》，461）。本研究重点关注18世纪至19世纪末拉科塔的高雅文化时期，以整理出完整的文化大事记。[6]在20世纪初期，也是乔治·斯沃德叙述的创作时期，拉科塔文化由于美国的镇压而逐渐衰落，当时美国士兵在战斗中击败了拉科塔人，并通过严格的警令和控制将他们限制在保留区内。[7]在第二次世界大战期间，人们将这些早期的保留区和集中营进行了比较。

当时乔治·斯沃德被任命为松树岭印第安保留区的第一任警察局局长，拉科塔人认为保留地新成立的警察机关在许多方面都与akicita①

①拉科塔语，指服务各部落的警察和勇士。

团体很相似，在拉科塔传统文化中，这一团体深受人们的尊重，具有很高的威望，他们的职责是维持部落的秩序，人们也都服从于他们的管理。Akicita 一词并不是直接用来指新成立的警察机关，而是指维护法律、维持秩序的保留地警察。在乔治·斯沃德创作叙述故事的那段时间里，拉科塔文化并未有任何缺失，人们都记得传统的创作方法，就像他们都能区分 akicita 一词新旧解释之间的细微差异。拉科塔人更倾向于用 cank sa 或者“短棍”来表示新成立的警察机关，特指整个警察团体。而保留区里的人们所适应的新环境和新的生活方式也意味着巨变的发生。

乔治·斯沃德的作品阐述了一个民族的信仰和传统缓慢变化的过程，这个民族在一块自古以来就属于他们的土地上建成了家园。只要这片土地能够经受住外来民族的侵略，土地上生活着的人们便也能如它一般坚韧，继续讲述他们的故事。这些故事种类繁多，虽然描述不同种类和体裁的区别不在本研究的范围之内，但涉及研究对象的内容我们会在下文进行讨论。乔治·斯沃德的口头文学同样源于口头传统，他的作品代表了人类社会的一种形式，即通过叙述来传授知识。正如本书的标题所示，这些故事中有一部分涉及拉科塔勇士，如《日舞》便讲述了一位勇士许下誓言并实现承诺的故事，至今流传的其他叙述则多为供男女老少娱乐消遣的故事。乔治·斯沃德的作品讲述了勇士们的生活方式，他们在特定的时间地点过着特定的生活，也正是他们保卫了整个民族。其中的一些内容如《日舞》，并未随着时间的流逝而改变，即使在今日依然令人印象深刻。目前，这类叙述技巧在拉科塔早已失传。oyake[①]，乔治·斯沃德以口头文学形式所表述的拉科塔

①拉科塔语，据说。

勇士的思想在过去使用得更为频繁。如今勇士精神仍然存在，这些歌曲仍在传唱，这种生活方式也年复一年仍在延续，是故《日舞》的实践仍在继续。

随着和口头叙述具有相同作用的书写被引入，旧的叙述技巧逐渐消失。在 20 世纪 60 至 70 年代，为了复兴传统，人们影印了拉科塔语传统叙述的副本，并广泛传播[8]，但这些努力只取得了短暂的成效，最终以失败告终。人们对口述技巧的实践和形式缺乏了解，是导致此次失败的原因之一，这同时也加速了传统的消亡。如今流传的多为诡计之神的故事，这些故事短小精悍，更容易让人们记住。《拉科塔故事文本》一书中包含该类型的叙述故事，尽管这些章节的翻译有时会与原文存在出入（见第六章）。[9]

在乔治·斯沃德所生活的年代，拉科塔人都以口头方式表述自己的观点，他们使用声音和手势将思想转化为一种瞬时的口头和视觉形态，这类似于洛德所描述的塞尔维亚－克罗地亚传统，人们通过语言和手势讲述故事，这些故事不会以某种固定的形式永久保存，而是以瞬间的形态通过听觉和视觉传播（《歌手》，78）。这在乔治·斯沃德第一篇叙述的第 24、25 节有所提及（见附录 1）。第 24 节将这个故事设立在另一个故事中，而第 25 节通过声音和手势来表达一个勇士被梦想所激发的思想。这篇叙述使用双音节或不断重复的音节来表示该勇士的行为举止，如下列每个动词结尾的下划线部分：hiyaya, owecinhanhan, ahiyaya, homnimni, wacici；[10] 以及副词的结尾：anongnong。在单词末尾使用双音节是拉科塔语中较难理解的一种形式，大多数语言学家都无法给出明确的解释。[11] 本研究认为，由于人们并未很好地了解拉科塔口头叙述的创作过程，所以对语言中的这些要素也知之甚少。

在第一篇叙述中，尤其是其中的第25小节，作者多处使用双音节描绘人物不停运动的场面，勇士以特定的方式完成某些动作，此处使用 hiyaya；以特定的方式唱歌，ahiyaya；在舞蹈中转身，iglu homnimni；向两边张望，anongnong wtowan；再继续跳舞，wacici。在这样解释之后，即使不精通拉科塔语的人也能体会每个词中所蕴含的运动的感觉。叙述者通常也会在讲故事时加入这些动作，例如当说到 iglu homnimni 一词时他们会将身体转动九十度朝向舞台中央，并重复上述动作。[12] 综上所述，这两小节阐述了乔治·斯沃德运用口头传统来表示声音与手势相结合的概念。据洛德所言，就像此处所表示的，声音和动作最终通过传统凝结成一种思想，而不断的重复可以使它们产生预期的效果。思想的形式呈现出一种“更高程度的固定性”，如果在一种文化中没有以固定的声音模式表达的文字和思想，这种情况则更为明显（洛德，《歌手》，25）。[13]

反复动词和韵律动词有所不同，前者是在文章中不断重复出现但不改变自身形式的动词，后者在变形时形式会发生改变。详情可见第一篇叙述中第26小节的诗歌，这首诗歌并未沿用第25节的双音节模式，而是选用了一个反复动词 iyapa，意为“跳动”，就像心脏的跳动一般，在听众的脑海中烙下了深深的印记（更多关于反复动词和韵律动词的描述请见第五、六章）。例如，日舞故事的第21节出现了一个动词 kage，意为“做”，文中反复出现了它的变形：micage、wakage，意为“为我做”和“我做的”。这两个词在两句重复的诗行 kola lena micage con 和 oyate waste wakage lo 中交替出现，第一行可翻译为“朋友，这是你为我做的”，第二行可翻译为“一个好的国家，我做的”。在相同的诗歌或段落中使用韵律动词在拉科塔口头传统中起着特殊的作用，因此叙述的重点应是思想而非形式，目的是确保将基本思想传达给听众。（帕里，《荷马史诗的形成》，270）。在乔治·斯沃德第一篇叙述的第 5 节，动词 icaga（可译为“生长”）变形成另外两个词 icagapi 和 waicaga，并在文中出现了三次。同一段中的动词 kaga 变形为其复数形式 kagapi，并在同一小节中重复出现了两次，也同样说明了韵律动词如何加强听众对于基本思想的印象。

此外，洛德认为，人们仅了解书面作品中的固定范型，但并未意识到口头传统中同样存在固定范型。在本质上，许多人像乔治·斯沃德一样是以音群而非书面的字词为载体进行思考，[14] 例如乔治·斯沃德在第一篇叙述的第 5 小节中使用了连词－名词范型，这体现了一般人的思维模式，这种模式在最开始时先表明基本思想，其中构成词群的每个音节都有其特定的意义和内在的韵律范型。连词－名词范型举例如下：连词 na 和名词相组合，形成 na maka 和 na wamakkaska，继而产生音群，音群可以帮助作者快速而富有韵律地进行创作。

<u>na maka</u> kin waicaga keyapi
na on katu kesa waste kagapi
na icaga kagapi
<u>na wamakaska</u>
na is wicasa hena is isam icagapi kta on
na tuktel maka wanji howinyapi canna yujajapi
na katu el onpi oyasin kahintapi.

（第四章我们会进一步讲述这一诗节中的停顿，这也形成了诗行。乔治·斯沃德在叙述中通常会使用七行诗节，这似乎与拉科塔歌曲的长度一致。[15] 本章节的“分析模型”部分将会进一步阐述拉科塔歌曲的特征。[16])

这一诗节的英文逐字翻译如下：

and, earth, the, grow, said they
and anything, good, make,
and, grow, make,
and, animals,
and, also, men, those, also, beyond, grow, shall, for,
and, where, earth, one, impure, then, wash,
and, what, at, are, all, sweep

以下是简单的直译："世上万物都生息繁衍，动物和人类也是如此。这世上的污秽之地终将被洗涤。"这篇故事旨在讲述"雷电给予万物生长的力量，也冲刷了一切污秽之物"。这是乔治·斯沃德传递给听众的文化信息。该诗节表明了拉科塔人能够运用富有节奏感的方式说话并创作叙述故事；na maka 和 na wamakaska 都富有韵律。[17]

拉科塔语的特点是它将短语看作一个整体，这无法与英语中的一个词语或单词相较而论，因此"话语单位"一词似乎更适用于拉科塔语。在拉科塔语中每个音节都具有意义，正如乔治·斯沃德所言，他的叙述向人们展示了口语，从而更为简明扼要地体现了口头传统而非日常用语。[18] 正如本研究所要说明的，乔治·斯沃德在创作中所使用的语言并非他或是他那一代人使用的语言，而是源于一种必须被广泛践行的传统（帕里，《荷马史诗的形成》，6）。[19] 例如，乔治·斯沃德第三篇叙述的第 22 小节描写了一名侦察兵返回营地，这个动作以三种不同的方式在小节中出现了三次，并且采用了名字－动词的思维模式：tuweya u kiy、tuweya ku、tuweya glipi。这类名词－动词的混合形式在拉科塔语的简单句中很常见。通过使用 ukiye、ku、glipi 这三个动词，例子中的每个音群都表达了小节的基本信息，即 tuweya、侦察兵、返回。

拉科塔形式

帕里和洛德都从形式上将践行口头创作这门技术和背诵文章这两种行为区分开来；前者中不存在固定形式的概念，而后者需遵循某种固定形式（帕里，《荷马史诗的形成》，337；洛德，《歌手》，5）。[20] 那些实践口头创作技术的人，如乔治·斯沃德，都是在叙述的过程中进行创作。正如当代口头传统的定义所显示的，乔治·斯沃德讲述故事的过程与那些按照固定模式叙述的人截然不同。20 世纪初期，达科他学者埃拉·德洛里亚试图检验沃克不同版本的叙述，她找到了当时为叙述提供资料的人，并从那人处搜寻信息。她理所当然地认为可以找到一个准确的版本，这给我们呈现了一种思考方式，即错误地认为口头传统文学中存在确切的故事版本。[21] 即使粗略翻阅有关日舞描写的拉科塔语或英语文章后，我们也不难发现这些文章中不存在准确的版本。洛德强调，形式的不断变化并不意味着形式的消失，在这一过程中仍然存在形式这一概念。他通过在南斯拉夫进行田间调查，研究了学习当地口头叙事诗歌技术的不同阶段，从而论证了这种形式（《歌手》，20），了解学习的过程也意味着在不同的文化中发现这类形式。因此，通常一名学生想要学习口头叙事诗歌完全是他在听到长辈们讲故事后下意识的决定，之后他才开始有意识地学习叙述故事，熟悉故事主题，同时学习鉴赏这些故事，甚至还会和别人一同讨论。[22] 在这个过程中他学会了歌曲或叙述的节奏，就像在拉科塔语叙述的小节或歌曲的词行中恰到好处地使用有节奏的动词来表达基本思想，从而将反复出现的词组和程式融合进歌曲和叙述中（洛德，《歌手》，34）。[23] 下一阶段的学习是学生通过听文化知识并吸收其中的内容来运用所学知识，最终在学成后于观众面前吟唱或讲述叙述故事（洛德，《歌手》，26）。

由于乔治·斯沃德创作叙述故事时正值拉科塔文化从口头到书面的过渡时期，因此当时有人认为他的拉科塔语读写能力不足以改变其思维模式（参见帕里，《荷马史诗的形成》，270）。本研究希望表明书写习惯并不会改变拉科塔口头叙述中的形式。乔治·斯沃德学习了字母文字，即使用英文字母表示拉科塔语中常见的元音和辅音，也仍是拉科塔人日常讲话中所使用的音。拉科塔口头传统中的语法和句法也正是由此才得以保存；乔治·斯沃德使用古语的行为与希腊人类似，他们也使用了口头文学传统中的古语。[24] 乔治·斯沃德承认自己不会英文读写，由此他解释了自己想要保留母语的生活方式的原因。他不仅在语音上将英文字母和自身母语相结合，而且能够通过书面文字了解到丰富的拉科塔口头传统。

帕里和洛德指出，当我们在学习歌曲和文化中的口头叙事诗歌时，不同的学习阶段可以让我们理解特定文化中的特定形式。以乔治·斯沃德为例，他学习的第一阶段，发生在其童年和青少年时期，第二阶段是在成年后，最后便是口头叙述的实践阶段。[25] 第一阶段他的身份是孩子和青少年，需要做的主要是聆听和学习；下一阶段是学会应用所学知识；而最后他充当了传统拉科塔成年男性的角色，人们期望这类角色能够运用口头传统方面的技能来传授文化知识，他们被称为 ozuye wicasa 或勇士。由于父亲在部落中的地位，乔治·斯沃德一直过着充实的生活，因此在童年时期他能够观察、聆听，并吸收许多信息；之后他也许会回顾这些经历，从中学习部落的习俗并运用到实践中，尤其是他父亲在担任勇士这一特殊身份时了解和践行的绝大部分习俗。拉科塔儿童六岁后就有机会见证当地发生的重大文化活动，并且在日后能准确地回忆（登斯莫尔，93）。[26] 例如，黑麋鹿出生于 1863 年，在九岁那年他经历了电闪雷鸣，当时的情景便印刻在他的脑海中，之后他将这次经历记录下来，由约翰·内哈特执笔写成了《黑麋鹿如是说》一书。乔治·斯沃德表示他父亲在 1856 年以前，即他只有九岁或十岁时就去世了；因此无论是黑麋鹿还是乔治·斯沃德，孩童时期的重大事件令他们记忆犹新并在日后记录下来。在父亲去世几年后，十三岁的乔治·斯沃德同其他拉科塔青少年一样参加了成人礼。同时，他被一个名为一颗星的男子收养，这位新父亲通过口头的方式向他传授了许多文化知识。成人礼后，斯沃德开始了成年人的生活，口头叙事的学习也进入了第二阶段。在该阶段，他学习了 Mato Lowanpi 这一作品中关于熊药①的仪式和歌曲。第二年，他将移动事物和神圣事物的守护神 Takuskanskan 奉为自己的守护神。Mato Lowanpi 可翻译为“熊歌手”，其中涉及了许多专为初学者量身打造的歌曲。无论是否有鼓声伴奏，开始表演歌唱，也就意味着第二阶段学习的开始。[27] 乔治·斯沃德所学歌曲的节奏和旋律是构成形式的基本要素，这为那些 Mato Lowanpi 初学者的思想表达提供了框架。[28] 因此，开始学习歌曲时，便已经被这些歌曲的范围和节奏模式所束缚（洛德，《歌手》，43）。

①对美洲印第安人而言，熊象征着潜意识中强大力量的觉醒。熊药是一剂具有奇效的精神良药，可以给人们带来治愈和重生。

分析范型

由于在拉科塔口头传统中大部分歌曲是被逐字逐句记录下来的，因此在乔治·斯沃德的叙述中，歌曲的节奏模式为分析提供了范型。[29] 乔治·斯沃德日舞叙述的第一首歌曲出现在第19－21小节，这首歌曲共有7行，每行有八或九个音节。从中我们可以了解口头叙述的模式：第1－2行有九个音节，第3行八个音节，第4行九个音节，第5行八个音节，第6行九个音节，最后一行八个音节；由此可知七行诗歌的音节模式为9-9-8-9-8-9-8。在对每一诗行中每个词的音节进行细分后，我们不难发现不同诗行也存在不同的模式，九音节诗行呈3-2-3-1的规律，八音节诗行的模式则为2-2-3-1。拉科塔语中一个词单元通常由一至三个音节组成，鲜有四个音节。[30] 因此日舞这篇叙述的第一首诗歌中，每个词单元的长度均为一至三个音节，其中最长的是动词kage的变形：micage和wakage，它们都具有相同的音节成分：mi-ca-ga、wa-ka-ga。如果翻译过来，kage意为"去做"，micage是"去为我做"，wakage是"我做"。

第一首日舞诗歌有七行，每行大约八或九个音节。在演唱时，歌手通篇需要记住约六十个音节。弗朗西斯·登斯莫尔收藏了诸多描写日舞的诗歌中最长的一首，名为《正午歌》，其长度为六十二个音节，与乔治·斯沃德的第一首日舞诗歌相似。这首歌曲有三个译版，每一版的音节总数均遵循21-19-22的模式（登斯莫尔，138）。这类长度的诗歌具有高度的重复性。据洛德所言，在用塞尔维亚－克罗地亚语演唱的史诗中，节奏模式为十个音节的诗行形成了固定的节奏。歌手们在演唱时需要快速地构思出十个音节的诗行，这对他们来说是不小的挑战（《歌手》，32）。同样，在乔治·斯沃德的叙述中，每小节七行的结构会使故事具有诗意，具体可参见本章前文中展示的第一篇叙述的第 5 节；它的长度相当于一首被逐字记录的拉科塔歌曲。因此这些拉科塔语歌曲为研究乔治·斯沃德的文本提供了范型。[31]

拉科塔口述作品

口述作品具有两个至关重要但却不存在于书面文学中的因素：第一，缺乏固定的范型文本来指导歌手的创作；第二，快速创作的重要性，歌手们需要在表演的过程中进行创作（洛德，《歌手》，13）。[32]那么，歌手或口头诗人是如何在没有书面文本的协助下进行即兴创作的呢？[33]带着这个问题，洛德请教了帕里。帕里理论的核心是当社会中还未出现读写时，诗人创作的方式是将大量自己从别人处听到的固定用语挑选出来并加以应用。

> 这些固定用语用符合诗体长度的词来表示特定思想。它提供了表达某种思想最为恰当的词，其中每一个用语或程式都是非凡的创造。这些用语由许多类词语构成，这些词与前后句中的程式相一致。因此，人们都参考某一个程式创造出与之相关联的其他程式；这些程式结合在一起就产生了一种行文风格，从而提供了标准化的诗歌创作技巧。最终，一篇诗歌中存在的所有程式都具有相似之处，在这种情况下该技巧就显得太过笨拙。这些用语被分成更小的语群，相同语群中的用语表示相似的思想或包含类似的词，接着这些语群再依次细分，使得每个语群中包含的用语具有越来越高的相似度，直到叙述的措辞系统化，即诗人在创作中已经习惯了这种系统性的过程，任何时候只要他想写一首诗或是

一个句子，他就可以毫不费力地找到所需程式的类型或者是某个特殊的程式（《荷马史诗的形成》，329）。

在第一章中讨论过，学生在学习口述诗歌的第二阶段会涉及这些程式的学习，将它们应用到口头创作中。因此在该阶段，乔治·斯沃德会学习到许多程式，并且足以用它们来唱一首据登斯莫尔所说在拉科塔口头传统中流传已久的歌曲（61）。同时，在第二阶段，指导者起到了很重要的作用。乔治·斯沃德的养父（hunka ate）一颗星代替了其生父担任他的老师。（《沃克特藏》，108:1）。据洛德所言，这一阶段的学习是模仿指导者的过程，指导者向学生展示自己的创作技巧，或者教授学生他所了解的传统程式和主题（《歌手》，23）。与此同时他可能还会教学生击鼓、吹奏长笛或鹰骨笛。学生在模仿的过程中需要通过倾听和练习来吸收知识。就乔治·斯沃德而言，他进入了一个特定的男性社会，这确保他会反复听学某些歌曲和叙述，从而学习其中的程式。

当歌手能够在观众面前演唱时，他就进入了学习的第三阶段；即需要完整地创作出他的第一首歌曲或第一篇叙述，在这一点上他会很大程度上模仿他的老师。（《歌手》，24）老师会告诉他传统并不是一成不变的，他努力在创作语言和主题方面尽量贴近老师的风格；在技巧更为娴熟时，他便会学着去缩短或扩充歌曲或叙述（《歌手》，22）。乔治·斯沃德在第三阶段可以完全独立地唱或叙述他从一颗星那儿学到的内容。由于一颗星没有给他提供书面文本，乔治·斯沃德便不断地练习，直到他可以进行创作或改写。因此练习变得十分重要。[34] 一颗星将他的 wopiye——医药包 [35]、箭、矛都给了乔治·斯沃德。

虽然受众是口头传统中重要的因素，但本研究对于受众的讨论十分有限，我们试图将其范围限定于口头传统的构成要素。洛德在其观点中表示，口头叙述过程包括口头学习、口头创作、口头传播（《歌手》，5）。[36]就像任何一种特定的部落口头传统，这些都属于一个独特的文化过程。叙述的长度和叙述者的描述都取决于受众。在本研究中，乔治·斯沃德叙述的受众是通晓拉科塔语的读者；在特定的文化背景下，他可能是一名成年拉科塔人，本身也是拉科塔勇士。乔治·斯沃德和许多像他一样的人代表了拉科塔歌手和叙述者，他们共同承载着拉科塔的传统。[37]乔治·斯沃德的名望在口头传统中起到了重要的作用，因为相较于拉科塔社会中地位较低的人，他对于传统产生了更深远的影响。1896年，四十九岁的乔治·斯沃德通过翻译向世人们阐述了他为什么有资格发言：他曾担任过巫医（pejuta wicasa）、警察局长（wakiconze）、战争领袖（blota hunka），同时他还是一名日舞表演者，身上的一道道伤疤见证着他实现了拉科塔勇士最难以完成的誓言。（沃克，《拉科塔的信仰》，74）。同父亲一样，乔治·斯沃德在上述方面和其他方面服务着他的族人；这些都是拉科塔的传统角色，它们并非采用世袭制，而是由受到特殊召唤的拉科塔人担任。乔治·斯沃德赢得了传统的领导角色，这需要他对口头传统有充分的了解。在他担任这些角色时他的受众遍布生活的各个方面，他的歌曲和叙述的形式也得到了完善。据洛德所言，歌手的观众将决定其歌曲和叙述的长度，而反过来歌手表演的时长又取决于他自身的能力以及观众群体的稳定性。（《歌手》，25）。这一点在登斯莫尔的作品中得到了证实，其中在拉科塔仪式上演唱的歌曲往往比一般的歌曲更长。

在完成整个学习阶段后，歌手或叙述者必定已经将传统运用得游刃有余，他获取了足够多的程式和主题材料，曾经听过的歌曲信手拈来，也能够根据情况自行修改叙述的长度。他所展示出的技巧表明了他对于传统的掌握程度。（洛德，《歌手》，26）通过这本叙述集，乔治·斯沃德再一次证明了自己的能力；在每一小节中他都向读者展示了自己可以即兴讲述所听到的故事，尽管洛德认为“在这方面……歌手并不是完全按照字面意思讲述他所听到的内容，而且他会根据自己的主观想法保持或增加故事的篇幅”（《歌手》，65）。简言之，口述诗歌的学习过程证明了程式在口头传统中的重要性，它可以使歌手在规定的节奏模式下表述基本观点，从而帮助他们快速创作。也就是说，程式化用语将叙述中常见的观点通过有节奏的形式表达出来。（《歌手》，22）

此外，主题也同样重要。叙述者本身决定了叙述的长度，叙述的篇幅会根据作者所选取的详述或简述的内容而发生变化。有些叙述者更擅长详述，他们会在故事中进行详细的文化描写，而另一些叙述者则只讲述故事中必要的细节。帕里由此得出结论，诗歌的主题决定了其中程式的选取和使用（《荷马史诗的形成》，272）。因此，在接下来的章节中我们会涉及一个问题，由上述要素所构成的叙述故事会具有怎样的形式？

下一章我们将走近乔治·斯沃德的生活，探讨他在这个创造了这一口头文学形式的民族中是如何生活的。正如第一章所述，帕里和洛德认为有必要了解他们所研究的歌曲的作者，我们也有必要了解本次研究对象的作者，并通过他的作品去体会实践。我们将会研究乔治·斯沃德的自传，并参考拉科塔冬历上记载的内容对其进行细节的补充。这两份资料都记载了乔治·斯沃德在生活中所担任的传统角色，正是这种传统角色使他有机会去学习这些歌曲和叙述。

口头理论的重点在于叙事史诗，而本研究重点关注属于诗歌范畴的拉科塔歌曲，以及属于诗歌文学范畴的拉科塔叙述，这些叙述的结构与歌曲一致。乔治·斯沃德在自传中经常提及一个对他来说很重要的人，那个人可能通过叙述和歌曲向他传授了文化知识；因此从他的自述中可以了解他所写故事的文化背景，当然最终他使用的拉科塔语也证明了这一点。对乔治·斯沃德的叙述逐字进行翻译这个过程虽然冗长而乏味，却给我们提供了可供分析的材料。从帕里对于《荷马史诗》的研究中我们了解到古方言的细微变化可能会产生怎样的影响，而我自己流利的拉科塔语方言对分析也有所帮助。以乔治·斯沃德的英勇叙述为例，其中达科他方言与拉科塔方言的细微变化反映了口头传统坚持古方言的保守倾向。[38]

乔治·斯沃德描写日舞仪式的叙述与其他相关叙述在主题上很相似，仅在细节上有些差别。乔治·斯沃德创作日舞叙述期间，包括威斯勒在内的许多人类学家收集了其他大平原印第安人部落①关于日舞的描写，其中许多发表在美国自然历史博物馆的人类学论文中。（沃克，《拉科塔的信仰》，13－14）[39]乔治·斯沃德的叙述对于勇士生活的描写与帕里和洛德所研究的作品较为相似，详情可见乔治·斯沃德的第三篇叙述和关于日舞的叙述。关于比较乔治·斯沃德的日舞叙述与《沃克特藏》或其他收藏中相同主题的叙述，接下来的研究也许会略有涉及。[40]

乔治·斯沃德的叙述向我们阐述了在拉科塔口头传统中，程式和主题是如何在创作故事的过程中发挥作用，从而产生了特定的形式。本研究重点关注程式，尤其是反复出现的有节奏的动词，它们是构成程式的重要因素，本文的第四和第五章将重点讨论叙述的题材。第六

①居住在大平原地区的不同美洲印第安部落的任一支系。

章涉及主题，我们将进一步观察拉科塔口头传统的某些特征，从而研究这种从实践中归纳得出的形式是以什么方式表现的。最后一章将对本研究在口头传统中的意义进行归纳和讨论，其中重要的问题是，乔治·斯沃德叙述的哪些内容来源于传统以及哪些内容是基于作者自身。[41]

注释

[1] 如今马凯特大学的档案中保存着这些原始材料，最近它们被重新整理成故事并出版，包括拉科塔语和英语两个版本。其中有一则关于日舞的拉科塔语小故事，由一位名为漂亮的鼬鼠的拉科塔人提供。这则故事在本研究中的使用有限，可以为之后的研究提供比较文本。

[2] 海姆斯写道，“通常除印第安人以外的其他人并不希望印第安文化留存于世。他们对于印第安的罪行和内心的愧疚使他们不断说服自己印第安文化已经消失了，或最好是消失了。如今，[在] 俄勒冈州……我们所了解的一切关于印第安文化的知识均来自于……法兰兹 · 鲍亚士，[他] 记录了契努克语中 Shoalwater 和 Kathlamet 两种方言 [语言及文本]，并一直为保存印第安文化而努力，这太令我们感到羞愧了”(6)。鲍亚士的学生萨丕尔分析了语言和文化相互影响的方式。于是海姆斯写道，“萨丕尔记录了 Wishram 和 Tekelma 两种方言 [语言及文本]……这些记录的萨哈泼丁语版均被出版……最初我们所了解的来自俄勒冈州的文学作品大部分都来源于 [欧洲] 的知识传统”(6)。

[3] 在后殖民主义研究中，阿什克罗夫特、格里菲思、蒂芬表示，“早期在传教士的控制之下，获取读写能力被视为文明的标志，而成为“开化的”人即使不是成为救世者所必备的前提条件，也与之相关……虽然传教士们因其过于原始而忽视或不鼓励口头实践，但他们仍对文学的发展给予了支持”(44)。不过对于美洲印第安人而言，我们所谓的读写能力的其他形式如今仍然存在，例如视觉读写能力。在苏族各个族群中，只有提顿族人或是讲拉科塔语的营居群保管着冬历。此外，部落中的大部分（有读写能力的）成员都熟悉手势语，因有些部落之间的语言互不相通，他们使用手势语同联盟中的其他部落进行沟通，其中包括夏延和阿拉巴霍族。因此，符号和手势是拉科塔人读写认知的一部分。

[4] 许多科迪演出团的表演者都是来自南达科他州松树岭的拉科塔人，塞尔和韦布赖特采访了一位拉科塔勇士瑞德 · 舍特，他随团参加了在欧洲的第一场巡回演出：瑞德 · 舍特就美国印第安人的待遇问题接受了《谢菲尔德领袖》的采访，这篇访谈刊登于 1887 年 5 月 5 日当天的报纸。“红种人的生活一直在发生变迁，”这位酋长说道，“下一代的印第安人和我们不一样。我们的野牛几乎都不见了，鹿也消失了，

白人占领了我们越来越多的土地。不过美国政府对我们很好，尽管他们夺走了我们的土地，吃掉了我们的鹿和野牛，但也在救济我们，让我们免遭饥饿，他们让我们的后代接受教育，教他们耕种和如何使用耕种工具。我们的孩子也会学习白人的文明，像他们一样生活”。(166)

我是瑞德·舍特的直系后代，他的大家庭目前都居住在南达科他州的瑞德·舍特平顶山村。

[5] 见瑞德·舍特，《“斑龟肺女人”的孙女》一书。

[6] 这样一直延续至今，因此 1900 年至 1945 年间被间断的时间可被看做文化的衰落期，之后 1946 年至 1972 年是文化适应期，1972 年至 2000 年间整体文化水平低下，而此后一直处于文化缺失状态。本研究将这些时期与拉科塔的历史重大事件相对应，例如第一次、第二次世界大战，以及 1972 年的伤膝河大屠杀，其中文化的衰落期主要是在语言流失的情况下形成的，这是由于语言的流失会导致文化的流失。

[7] 该说法与语言迅速流失这一事实并不矛盾，因为文化流失相对缓慢；甚至最近越来越多的调查显示，许多老一辈的拉科塔人继续通过存留古老的语言来保留和传授文化知识。因此语言的存在即代表着文化的昌盛。第四章讨论了 2007 年的一项研究，该研究表明大约 86% 讲拉科塔语的人都已年过三十，准确来说他们都是拉科塔文化的保护者。

[8] 特德洛克说道，“因为雷蒙德·德马利我关注了乔治·斯沃德于十九世纪创作的作品，但除了在苏族保留区内被大量油印和影印，他的作品并未得到广泛传播”。(《口语》，125) 20 世纪 60 年代及 70 年代初期，薇薇安一根羽毛则肩负起传播这些副本的重任。

[9] 见第五章比歇尔和曼哈特对“头部日舞：关于太阳的愿景”一文的翻译。海姆斯引用了 20 世纪英文文选编者阿斯特罗夫的一句话，这句话出自 1946 年阿斯特罗夫所写的关于美洲印第安人的文章，“总之，人们在阅读本土散文和诗歌时会受译者的影响，就像这本文选中所编译的文章，而其中的翻译则是良莠不齐”(37)。希望之后的研究能够涉及这些翻译，如同精通拉科塔语的学者们所翻译的。

[10] 紧张的故事情节会使用不断重复的内容和相同的动词，这样能够使听众身临其境，充分感受当下的状态。

[11] 比歇尔对内容的重复做出了解释：双音节和一些双音节词是苏族印第安人的语

言特点，它们通常取决于部分词语的词性，并在某些情况下构成完善的语法。重复不表示程度，也不强调音节的重要性，而是用来表示一个单元的复数，其中包含人物、地点、事物、时间等要素，或者用来表示某种行为、存在、状态的重复，这些是单词的复数形式所无法表现的。重复的音节一般为基础音节或主要音节，因此重复的单词主要为基本词或词干，动词、形容词（和由此延伸的名字）、副词、介词等都必须遵从重复的规律。在单音节词变为双音节的过程中，其重音会转移到形成的新单词的第二个音节，但人称代词的位置不受这一过程的影响。研究需要涉及的通常为单音节词和双音节词，这是由于音节重复的过程并没有改变新产生的单词的意思。(《语法》，136)

[12] 海姆斯写道，“查询原始的手抄本确实是必要的 [指博厄斯坚持使用如今还能找到的美洲印第安原始文本]……主要是需要“听”文章的全部细节……大部分由 [美洲印第安文本] 整理出的材料无法还原原始叙述表演中的手势、声音、语调，以及停顿……不过从中可以了解到许多表演的构造”。(7) 值得庆幸的是如果精通拉科塔语，我们就可以把重复音节作为分析的突破口。

[13] 据洛德所言，“不会写字的人其思考的内容通常是以声音组而非文字形式呈现，其两者之间没有必然的联系”。(《歌手》，25)

[14] 关于“什么是口头诗歌中的词”这一问题，弗利在其作品中给出了相似的答案：“对 [穆约] 库库鲁佐维奇而言，这里所说的词是一个话语单位，一种语言行为，是表演中不可或缺的构成因子。词的长度可以和短语类似，但不会比短语更短，例如在他表演中出现的‘可怜的俘虏’以及主人公的名字 Ograscic Alija；它也可以是一个诗行的长度，例如诗歌中出现的‘来自里卡的穆斯塔伊贝当时正在喝酒’；它甚至可以是几个诗行，例如一组对句，‘在他周围有三十位首领，/ 所有人都相互微笑’。”(《如何阅读》，13)

[15] 如前文所述，最初我在为卢瑟 · 斯坦丁 · 贝尔的《印第安人的童年》写序时便将拉科塔文本分为数个诗行：[斯坦丁 · 贝尔] 再次牢牢抓住了读者的想象力。以下内容以抒情的形式呈现：

猫头鹰住户

戴着

镶嵌猫头鹰羽毛的帽子

我们拥有伟大的信仰

相信

穿戴着猫头鹰羽毛

尊敬大自然

我们将受到青睐

获取我们自身

越来越好的视力

事实上猫头鹰住户的成员

都拥有敏锐的视力（瑞德·舍特，序，X）

海姆斯对此做出了恰当的评论，“简言之，由诗行组成的话语是我们所能接受的诗歌定义的底线”。（341）

[16] 据洛德所言，“歌曲的长度也很重要，因为篇幅短的歌曲被传唱的越广，最终也会流传得更为长久”。（《歌手》，100）

[17] 在 maka 和 wamakaska 中 maka 是重复词，意为世间；maka、wamakaska 中的辅音 k 发一种特殊的鼻音，这与 taku 中的 k 发音不同；乔治·斯沃德有时会用字母 q 表示不同的发音。相较于 maka 和 wamakaska，taku 中的 k 音为重音，因此听起来更为悦耳，也让听众更为舒适。为了说明这一观点，我通常会让听众重复这些音素来听其中的韵律。

[18] 乔治·斯沃德在写到语言的演变时，称这种语言为“老人的语言”。

[19] 帕里进一步阐述，“我们所谓的语言是指描绘特定人群在特定时间和地点所说的话的所有语音、形态、词汇要素……而所谓的措辞是指另一方面所考虑到的相同语音、形态、词汇要素，这是作者表达思想的一种手段。为了探寻荷马选用特定的词、形式，以及结构来表达思想的原因……这正是我们应该解决的问题”（《荷马史诗的形成》，6）同样，本研究也将重点研究乔治·斯沃德在叙述中所使用的语言。

[20] 对此，帕里表示，“因此即使是同一歌手每次吟唱口头诗歌也都会有些出入；并且其他歌手吟唱他的诗歌也是如此”。（《荷马史诗的形成》，336）洛德写道，“其实我们说口头诗人以口头的形式学习、创作、传唱歌曲，这也是有歧义的……如果读者将口头学习理解为反复听相同形式的内容，将它等同于死记硬背，那么他

将无法领悟口头史诗学习的特定方法”。(《诗歌》，5)

[21] 据洛德所言，“对我们来说真正困难的是我们无法像口头诗人一样形成多变的思维方式，我们很难掌握一个具有多样性的事物。我们似乎必须要创作出理想化的作品，或是追溯作品的原版，对不断变化的现象感到不满。”他补充道，“我相信一旦我们真正了解了口头创作，就一定不会再执着于寻找传统歌曲的原版……历代歌手的作品不可能都追溯到第一次创作的时刻”。(《歌手》，100)

[22] 这里使用男性代词“他”是因为这个过程和乔治·斯沃德的经历相似；如果是在主语涉及女性的文化中，使用女性代词更为合适。

[23] 若是在拉科塔语诗歌中，重复出现的动词会以原型反复出现，而不会产生变型。

[24] 帕里认为使用古语实则是在对其进行保护。

[25] 乔治·斯沃德在自传中写道：“我将为你写下古老的习俗和仪式，我会记录下所有人都了解的事。”(《沃克特藏》，108:1) 由此可以推断他是通过口头传统的媒介进行学习，知识也是通过这样的媒介一代代的传承下去。

[26] 登斯莫尔在报道苏族最后一场日舞仪式时写道，“六岁那年他参加了最后一场日舞仪式（1882 年)，他一身印第安传统服饰，过着部落生活”。(93)

[27] 参见登斯莫尔演唱中有无鼓声伴奏的内容。

[28] 据帕里－洛德理论可知。

[29] 尽管海姆斯使用了帕里和洛德的研究成果，他表示，“其努克语叙述中包含程式化元素……但是，基本差异是……斯拉夫语、希腊语和其他口头诗歌中的程式化元素存在并适应于某些诗篇，这些诗篇都遵循另一种原则。而我认为通常在其努克语和美洲印第安口头叙述中，反复出现的初始元素即代表了规范性原则，它们是衡量实质性诗篇的要素”(318)。海姆斯遵从在该情况下美洲印第安口头叙述中的模式：因此这些歌曲中的模式为该研究提供了范型。

[30] 它们不能被称为单词，因此“词单元”是指由音节所组成的相当于单词的单元。

[31] 这些歌曲的长度可以与登斯莫尔所作歌曲的长度进行对比。

[32] 在乔治·斯沃德的作品中，他流畅连贯的写作方式很明显体现了这一点。洛德

表示："口头诗人并不是为了表演而创作，而是在表演中创作。"（《歌手》，13）

[33] 参见引言"本研究的专业意义"部分。

[34] 拉科塔语中动词 unspe 表示学习的过程，意为"学习"；unspemakiye 是 unspe 的一种变形，表示某人是如何学习的；另一种变形 unspemiciya 表示某人是如何"自学"或者如何练习的。倘若叙述者是向其他人学习的，乔治·斯沃德会说 wounspeya maku，或"别人教导我了。"如果想要正确理解学习的整个过程，动词 okahniga 是关键，意为"理解"，因为这个词的变形为 owakahniga，表示某人已经掌握了要领；当这个词出现时学习过程便完结了。

[35] 参见第三章乔治·斯沃德的生活，对他而言 wopiye 象征着一种力量。

[36] 洛德将所有的故事诗都包含在口述诗歌中。（《歌手》，6）

[37] 指老人们集中在营地吟诵文化叙述的拉科塔文化实践，当地的文化认为一个不了解自身历史的民族就好似拂过野牛草的风。

[38] 参见格林和桑顿的作品，其中记录了冬历中"无耳"相关的部分，"将这次称为'他们最后一次迁移 /Ehako kowatan ai'"（274）。在 1874－1875 年以后，提顿族人在密苏里河的西侧定居，此前他们一直与说三种方言的苏族东部营居群保持着联系。

[39] 在"J. R·沃克：他的工作和生活，"一节中，雷蒙德·德马利和伊莱恩·贾纳写道："通过比较各部落间日舞和军事团体等仪式的细节，研究者们希望了解更多历史层面的内容，例如这些社会想象的起源、它们在各部落间的传播途径，以及不同部落的细节内容。民族学家认为日舞和军事团体是大平原印第安人部落最主要也最重要的习俗；通过比较各部落间的历史发展，他们希望重新构建大平原更为全面的文化动态发展的历史。"（沃克，《拉科塔信仰和仪式》，14）

[40] 比歇尔和曼哈特的作品中拉科塔语文本的篇幅只有三页半，而乔治·斯沃德相同主题的拉科塔语叙述通篇足有 55 页。可参见第五章的主题部分，我将两篇叙述进行了对比。

[41] 帕里在讨论程式化用语的普遍特征时提出了以下问题："学者们一直承认……荷马史诗的措辞中或多或少包含了程式，但并未过多关注该领域；直到有人提出这些程式中存在模仿的迹象，人们在意识到有必要反驳这一理论时才开始对该领域进行仔细研究。我们知道，每一个重复的表达，实际上是仿效其他表达的内容，都被认为是一种模仿……没有人能够比这更明确地表示……荷马史诗中的程式均

来源于传统的行文风格。因此，研究荷马史诗的学者不得不承认在《伊利亚特》和《奥德赛》这两首史诗中存在程式要素，但在最关键的问题上仍存在分歧：荷马史诗中哪些措辞来源于传统，哪些来源于诗人本身？”（《荷马史诗的形成》，8）

第三章　乔治·斯沃德

在一份题为"'苏族代表团'杰出人物之品性，华盛顿特区，1891年2月"的未经出版的政府简报上，乔治·斯沃德被封为"斯沃德少校"[1]。文件写道：

> 斯沃德少校——
>
> 奥格拉拉人，松树岭事务处。非鬼魂舞者①。基督教徒。过去十三年里在松树岭事务处担任警察局长（当地人）。在近期的动乱中表现友好，忠于政府。并未在1876年至1877年间参与动乱。

文件中还提到了其他关键人物，依次是惊马、小伤、美国马、快雷、斑点马、火闪电、大路、他狗、斑鹿、驼峰、二击、高鹰、高管[2]。其中二击、高鹰、高管被认为是玫瑰花苞事务处管辖区内的布鲁勒人，驼峰被认为是夏延河事务处管辖区内的米尼孔朱人，而包括乔治·斯沃德在内的其余人都被认为是松树岭事务处管辖区内的奥格拉拉人。政府将他们进行了分类，首先是按照营居群和管辖的事务处，之后是有无参与鬼魂舞仪式的演出，再接着评判他们在最近发生

① 1890年，大平原发生了极其严重的旱灾，苏族人聚集在草原上进行鬼魂舞仪式，以向祖先神明祈求帮助和指引。

的印第安人起义中表现“友好”还是“敌对”，最后确认他们是否参与了“1876年至1877年的动乱”。1876年至1877年间爆发了大苏族战争[①]，又称黑山战争，其中1876年6月25—26日发生了著名的小巨角河战役[②]，乔治·阿姆斯特朗·卡斯特[③]将军在这场战役中丧生。

名单上的这些人被认为在提顿（Teton）部落七个营居群中具有一定的影响力，并且发挥了关键性作用。提顿部落是“七色火焰议会”[④]的成员之一，每种火焰代表一个部落或种族，七个部落共同组成了一个政治单位，他们各自独立，抵御外敌时联合起来。苏族大联盟根据方言划分为达科他、纳科塔、拉科塔三个主要种群，其下还有许多分支。达科他和纳科塔种群的分支包括姆德乌坎顿族（Mdewakanton）、瓦佩顿族（Wahpeton）、瓦佩库蒂族（Wahpekute）、西塞顿族（Sisseton）、扬克顿人（Yankton）、扬克托奈人（Yanktonais），以及说拉科塔语的提顿族。提顿族又可细分为七个主要族群，包括奥格拉拉族（Oglala）、布鲁勒族（Brule）、米尼孔朱族（Mineconjou）、洪克帕帕族（Hunkpapa）、西哈萨帕族（Sihasapa）、桑萨雷族（Itazipcho），以及乌赫农帕族（Oohenonpa）。乔治·斯沃德所在的奥格拉拉拉科塔族是提顿族最大的分支，族人讲苏语拉科塔方言。在乔治·斯沃德的叙述中也出现了一些达科他方言，例如om，意为“随着、和”，拉科塔方言则写作ob。尽管达科他方言与拉科塔方言相差甚微，但它向我们展示了一种在口头传统中所使用的古老的方言，而

①为了守卫拉科塔的圣地黑山，拉科塔人与美国政府军展开作战。

②被称作美军与印第安人之间“最惨烈的”战役，最终以印第安人的胜利而结束。

③乔治·阿姆斯特朗·卡斯特（George A. Custer）：美国陆军军官，曾扬言“消灭一切印第安人”。

④即苏族大联盟。

非日常使用的拉科塔方言。[3]

十五年前，提顿人在小巨角河战役中大获全胜，将卡斯特将军及其率领的第七骑兵团彻底击败，此时联邦政府发布这样一份简报显然对这些人的品性十分重视，[4] 其目的可能是判断名单上的人是否有能力在日后单独或集体参与颠覆联邦政权的活动。实际上米尼孔朱人驼峰是一名苏族勇士，并且率领其他米尼孔朱人参与了小巨角河战役。奥格拉拉族的疯马、他狗、长狼也是此次战役中的勇士领袖。疯马和坐牛、高尔均来自洪克帕帕族，他们是此次战役的政治领袖。无论这份声明的意图是什么，斯沃德少校显然已经获得了联邦政府的充分信任，因为他被认定为“友好且忠于政府”。

那么，乔治·斯沃德在本族人心中又是怎样的人呢？在他未出版的自传中有这样一段话，“我会记录下所有人都知道的事，唯独不敢写萨满的秘密，因为我也曾是一位巫师，拥有自己的巫师礼服，我害怕这样会对它不敬。对礼服不敬的巫师将会大祸临头。”（《沃克特藏》，108:1）拉科塔冬历中记载着许多与乔治·斯沃德自传相一致的内容，从而证实了其真实性。拉科塔冬历的记录者与乔治·斯沃德生活在同一时期，名为无耳约翰（1853－1918），乔治·斯沃德以及他的自传的编辑和译者都常常会向无耳约翰请教相关问题，无耳帮助他们确定了自传中许多内容的时间（参见沃克，《拉科塔神话》，385）。无耳是奥格拉拉族人，生活在松树岭印第安人保留区白土区（格林和桑顿，45）。他将冬历命名为“公元 1759 年至 1919 年奥格拉拉苏族人名录”。据格林和桑顿可知，在与欧洲白人接触前，拉科塔人使用天、月、年来表示时间，起始于每年春季万物复苏之际；他们会选取一年内发生的某个事件，以这个事件的名字为这一年命名。拉科塔冬历记录了一年春季到来年之间所发生的事，例如从 1847 年春季到 1848 年冬季，因此新的一年起始于当年春季，到来年冬季结束（格林和桑顿，44）。本研究参考了冬历的保管者们，包括美国马、云幛、火焰、斯旺、大灌木、长兵、蝙蝠、孤狗、无耳的记录。[5]

关于自己的生平，乔治·斯沃德这样写道："我出生于公元 1847 年 2 月，也是鹰和乌鸦都被刺伤①的那一年，当时正值冬季，出生地是大浊水河②——密苏里河沿岸，靠近大河——奈厄布拉勒河的入海口。我在牛熊的冬季营地③里出生，当时族人们都前来参观。"（《沃克特藏》，108:1）而无耳在冬历中的记录如下，乔治·斯沃德出生于密苏里河沿岸的牛熊冬季营地，靠近奈厄布拉勒河入海口，也靠近今扬克顿印第安保留区和桑蒂苏族印第安保留区，当时正值"鹰和乌鸦都被刺伤（Kangi-wambli capapi）年（1847－1848）（格林和桑顿，222）。在十年之前，也就是 1837 年，艾尔弗雷德·雅各布·米勒④为牛熊画了一幅肖像，牛熊是一位令人敬畏的领袖，画中的他松散着头发，身着一件带有毛边流苏的衬衫，佩戴着两根鹰羽和一条熊爪项链，手抱一根金属管状战斧，面色威严（哈西里克，49）。

另有冬历记载 1847－1848 年拉科塔人度过了一个十分严峻的冬季，因为漫天冰雪导致了许多事故的发生。"那年冬天大家都很艰难，许多人从马上摔下来，附近的野牛都被困在厚厚的积雪里，有些人的腿被冻坏了。"云幛写道。（格林和桑顿，222）

在乔治·斯沃德出生以后，冬历中记录了以下几件大事：美国马记录了 1849－1850 年间霍乱肆虐，当时苏族人正在迁往加利福尼亚

---

①印第安人用当年发生的事给那一年命名。

②密苏里河由于大量的泥沙含量而被称为大浊水河。

③平原印第安人在夏季和冬季会进行两次迁徙，夏季前往大平原，冬季进入山区。

④艾尔弗雷德·雅各布·米勒（Alfred Jacob Miller）：美国艺术家。

州和俄勒冈州的途中，亚细亚霍乱席卷了整个大平原（格林和桑顿，226）。无耳称霍乱为 nawicatipa，或“痉挛”，这段时间里许多人因此失去了生命。云幛记录了在第二年爆发的天花，相较于 1818－1819 年拉科塔人第一次感染天花，这一年的病情更为严重，死亡人数也在增加（格林和桑顿，226）。无耳记录这一年为 icahanhan，表示许多人在这一年遭受了苦难。之后的一年中云幛曾记载，“在拉勒米堡有人给他们发放了许多物品”，并提到了 1851 年 9 月 17 日签署的《拉勒米堡（怀俄明州）条约》，该条约承诺联邦政府连续五十年每年向拉科塔和其他部落拨款五万美元，条件是联邦政府有权在他们的领土上修路和堡垒，从而沿着俄勒冈小道建造一条安全迁徙通道。无耳将这一事件记为 Wakpanini pi tanka，或是“重大发布。”

1854－1855 年间发生的事被其中几本冬历记录在册：火焰称这件事为“黑脚人杀死了勇敢的熊”；斯旺写作“一位名叫勇敢的熊的米尼孔朱苏族人被上黑脚人杀死了”；大灌木记录下那一年“一位名叫‘勇敢的熊’的米尼孔朱苏族人 [被] 上黑脚印第安人杀死了”（格林和桑顿，235）。火焰的记录似乎最贴近事实，其他两位可能混淆了乔治 · 斯沃德的父亲“勇敢的熊”与米尼孔朱族人“征服熊”，后者在拉勒米堡受伤而死。“征服熊”于 1851 年签署了《拉勒米堡条约》，1854 年 8 月 7 日，在约翰 · 格拉坦中尉的指挥下，征服熊遭到了第六步兵团士兵的射击，在身受重伤九天后去世。美国马在冬历中记录了这一时刻：“白人士兵杀死了征服熊，但同时也有 30 名士兵在距拉勒米堡 9 英里处阵亡。”无耳给这一年命名为“征服熊被杀 /Mato-wayuhi ktepi ”（格林和桑顿，237）。

乔治 · 斯沃德在作品中写道：“我记得的第一件事是公元 1856 年“乌鸦族人与白人在一起”，于是我便认定乌鸦族人和白人是拉科塔人共同的敌人。乌鸦族人在战场上杀死了我的父亲。”（《沃克特藏》，108:1）乔治·斯沃德的父亲在1856年之前去世，他和同一时期的其他奥格拉拉拉科塔人一起肩负起了部落中的许多责任，在族人需要时他挺身而出，也为乔治·斯沃德树立了榜样：

> 我父亲是 [w] asica [w] akan，一位巫师，和 pezuta wicasa，一位巫医，一位熊巫医。同时他也是 ozuye wicasa，一名勇士，是营地中的 akicita，（一位）警察局长。他来自奥格拉拉苏族中的福克斯部落，并担任 itazipi wakan，神秘弓箭手一职，这是福克斯部落的标志，在远征队中担任该职是一项特殊的荣誉。我至今都未能在远征队伍中担任弓箭手。作为一名印第安人，我非常希望能够有这样的机会。(《沃克特藏》，108:1)

而在1896年后期，乔治·斯沃德回顾了自己的生活，他通过翻译向人们表明他为什么有资格发言：

> 首先，我对拉科塔古代的习俗十分了解，因为我曾是一名巫师，表演过所有古老的仪式，其中包括拉科塔最著名的日舞，我身上的这些伤疤就是见证，应该也没有人会怀疑。其次，我可以讲述所有的巫医仪式，之前我担任过族里的巫医，是熊巫医的成员之一，相较于其他巫医，我们能够表演更多的仪式。我担任过这儿的治安法官，所以也了解营地里以及行进过程中的所有习俗。同时，我也了解战争相关的仪式，因为我曾是大平原上的一名勇士，带领远征军奋勇抗敌，与印第安其他部落和白人的军队作战，我身上的许多伤疤都是当时在战场上留下的。此外，我还参

与过部落的野牛捕猎行动，因此我了解所有捕猎时的仪式。(沃克，《拉科塔的信仰》，74)。

和父亲一样，乔治·斯沃德在担任上述职位期间勤勤恳恳地为族人服务，他也在这期间学到了通过拉科塔口头传统世代相传的习俗和文化。

几位冬历记录者都提到了 1855－1856 年间奥格拉拉拉科塔族人与美国陆军名誉准将威廉·S. 夏尼之间发生的冲突。无耳称这段时间为“大黄蜂不会善罢甘休 /Wicayajipa wa aksija”，“大黄蜂”指代夏尼，当时他囚禁了许多拉科塔的妇女和儿童（格林和桑顿，239）。在 1857－1858 年间几位记录者的记录分别不同。云幛在冬历中写道“他们获得了丰盛的野牛大餐”；美国马记录了“他们在牛皮丘领取了政府发的年金”；孤狗记录了“四角兽被做成了长烟斗或巫医”（格林和桑顿，239－240）。无耳记录的则是“乌鸦与白人 /Kangi wasicu obkju”（格林和桑顿，241）。火焰、孤狗、斯旺、巴斯特·古德在 1858 年都记录了“只在冬天猎杀公牛”，意思是那一年只发现了公野牛和少许母牛（格林和桑顿，242－243）。因此，为了确保狩猎更为成功，其中一位酋长孤角“将白色母野牛的皮制成药材”（格林和桑顿，243）。在 1858－1859 年的冬季，大多数记录者都提及了“捕猎野牛的冬季”。

1860－1861 年，巴斯特·古德记录了“这个冬季突然爆发皮疹，许多人胃痛而死”。目前还不清楚该疾病的种类，可能是天花、风疹、猩红热或是其他疾病。无耳也记录了这一时期，他写道：“许多婴儿死亡 /Hoksicalaota tapi。”正如前文所提到的，乔治·斯沃德自传中的内容与无耳所记录的冬历相一致，他描绘了十三岁那年自己和其他拉科塔青少年一起参加成人礼的画面：

> 公元1860年，在目睹了许多婴儿的死亡后，我开始寻求一种幻象①。熊之精神治愈了我，使我决心要像父亲一样做一名勇士。那是在“月亮，当草莓红了”那一年的六月，当我把我的想法告诉族人时，他们为我设宴庆祝，我也在Hunka仪式中被一位年老的巫师一颗星收养，他成了我的父亲，教会了我许多拉科塔人的智慧，包括一种崇拜熊巫医的仪式——Mato Lowanpi。
>
> 公元1861年，斑点马被杀。在此以后我将风神奉为守护神，它守护着世上一切移动的事物，并且充满神秘。在十四岁那年，我从一颗星那儿拥有了属于自己的箭、矛，以及一个神秘袋，这些物品都被他施了法术，具有特殊的力量。神秘袋中装着鹰的灵魂，因此在这之后我从未猎杀过一只鹰，直到我在战场上杀死了第一个敌人。之后我活捉了一只鹰，徒手将它杀死，父亲拔下它尾部的羽毛，用刀在上面刻出凹痕，并将羽毛系在我头顶的发绺②上（《沃克特藏》，108:1）。

在乔治·斯沃德寻求幻象的第二年，也就是1861－1862年，火焰、斯旺、孤狗都在冬历中写道：“野牛的数量都快和帐篷一样多了。”（格林和桑顿，249）无耳将这一段时间记录为“斑点马被杀/Sunkgleska ktepi”。1862－1863年，孤狗、火焰、斯旺的记录是“米尼孔朱人红羽被杀”。1862年8月，位于苏族东部的达科他部落爆发了一场起义[6]，他们没有记录那一年的冬历，而西部的拉科塔部

①拉科塔人通过寻求幻象来获得神灵。

②美洲印第安勇士剃光的头顶上的一绺头发或小辫，以示对敌人的挑衅。

落，或者说提顿族也没有记录东部所发生的重大事件（格林和桑顿，251）。1862－1863 年，无耳记录了“一个男孩被剥掉了头皮 /Hoksila wan waspapi”，这件事在美国马的记录中也有体现，他提到“乌鸦部落[①]的人活剥了一名奥格拉拉族男孩的头皮”。云幛的版本是“乌鸦部落的人冲进了他们的营地，剥掉了一名男孩的头皮”。而巴斯特·古德认为是“冬天在营地将一名男孩的身体切碎”，当时乌鸦族人趁奥格拉拉族人不在时进入营地将一名男孩的身体切碎。（格林和桑顿，252）

1863－1864 年间，孤狗、斯旺、火焰都记录了“乌鸦族人在黄石[②]杀死了八名达科他人”（格林和桑顿，253）。无耳当年的记录是“八人被杀 /Saklogan ahi wica ktepi”（格林和桑顿，254）。据关于奥格拉拉拉科塔族领袖红云的史料记载，这八人中包括红云的侄子“斯沃德”，他们都来自红云一族，1863 年 4 月被乌鸦族酋长斑点马一群人杀害。斑点马和他的族人从红云的冬季营地里牵走了五百匹马，红云的侄子斯沃德十分英勇，他随即追了出去，追上了斑点马一行人。他与斑点马双双骑在马背上对峙，斯沃德一箭射中了斑点马，当他下马查看敌情时，斑点马一剑刺穿了他的心脏，斯沃德当场死亡（保罗，81），不久后斑点马也因伤去世。斯沃德去世后，他的弟弟沿用了哥哥斯沃德的名字（保罗，182－183）。

在之后的 1864－1865 年，孤狗、火焰、斯旺、大灌木记录了“四名乌鸦族人被米尼孔朱苏族人杀死”。无耳在这一年的记录是“四名

①北美一个印第安人部落，主要活动于蒙大拿州比灵斯的东南部和怀俄明州谢里丹的西北部的保留区内。

②黄石地区主要位于美国怀俄明州，部分位于蒙大拿州和爱达荷州，现为美国黄石国家公园。

乌鸦族人被杀 /Psa loka top wica ktepi”。当时四名乌鸦族人偷马被抓，并被处死（格林和桑顿，256）。第二年，孤狗、火焰、斯旺、大灌木都提到了拉科塔人由于饥饿而“在大雪中失去了大量的马匹”。巴斯特·古德称这一年是“马匹在大雪中耗尽了体力的冬季”，无耳称它为 sunk sotapi，当时“所有的马都死了”（格林和桑顿，258）。关于这件事，乔治·斯沃德在自传中写道：“小时候我的母亲喊我‘正在长大的小熊’，这个名字一直伴随我到第一次踏上战场。‘所有的马都死了’那一年是公元 1865 年，我刚满十八岁，正式踏上了征途。后来我的养父给我取名 Wato Kicon，意为‘复仇’。这是我第二个名字，直到我把自己的印第安名字改成白人所使用的名字。”（《沃克特藏》，108:1）

乔治·斯沃德描述了他人生中的一些变化：“在公元 1866 年，也就是‘一百名白人被杀’那一年，我受过两次伤，还差一点被俘。随后我就在想，白人的伟大神灵必定要强于太阳之神。风神从未教我如何制作衣物或金属制品，但白人却知道。我开始结交白人朋友，也把名字改成了斯沃德。”（《沃克特藏》，108:1）

拉科塔圣人一颗星按照传统的方式承担起了培养乔治·斯沃德的责任，通过悉心教导帮助他长大成人。乔治·斯沃德称一颗星为礼仪之父，或是 Hunka 之父，这表明因为一颗星对他的悉心照顾，以及通过拉科塔口头传统向他传授文化知识，他对一颗星的感情和对待亲生父亲一样深。[7] 一颗星给乔治·斯沃德所取的名字 Wato Kicon，“复仇”，可能与斯沃德的亲生父亲被敌所杀有关。

1866－1867 年，孤狗、火焰、斯旺在冬历上记录了“米尼孔达科他族酋长斯旺去世”。军事记录显示，他死于距切里克里克萨利堡（南达科他）七十五英里的地方（格林和桑顿，258－259）。美国马和无耳那一年记录了“一百名白人被杀 /Wasicu opawinge wica ktepi”，指的是 1866 年 12 月发生在博兹曼道路沿线菲尔 · 卡尼堡[①]（怀俄明州）的费特曼大屠杀 (Fetterman massacre)[②]（格林和桑顿，259－260）。乔治 · 斯沃德参与了这场战役，他在自传中写道：“在公元 1866 年，也就是‘一百名白人被杀’那年，我受了两次伤，并且差一点被俘。”(《沃克特藏》，108:1)

自 1867－1868 年，许多冬历开始记录与军队相关的内容。孤狗写道：“印第安和平委员会（Peace Commission）[③]颁发了许多旗帜。”这是指 1867 年 8 月 13 日印第安族人与包括威廉 · 特库姆塞 · 谢尔门[④]将军在内的和平委员会成员在莱文沃斯堡（堪萨斯州）进行会谈。（格林和桑顿，260）火焰、斯旺、大灌木、长兵、巴斯特 · 古德，以及云幛表示这一年“联邦政府在拉勒米堡给他们分发毛毯。”这是指 1868 年苏族与联邦政府签署《第二次拉勒米堡条约》(*Treaty of Fort Laramie*)，条约规定将建立大苏族印第安保留区，联邦政府将达科他地区的黑山划为苏族的专属领地。无耳称这段时间为“一名进入营地的肖肖尼[⑤]人被杀 /Susuni ti hi wan ktepi”（格林和桑顿，262）。1868－1889 年，孤狗、火焰、斯旺、大灌木记录了“这个冬天有许多白人的牛”。这是指联邦政府按照《第二次拉勒米堡条约》的规定分给拉科塔人许多德克萨斯长角牛（格林和桑顿，262－263）。这一年南奥格拉拉拉科塔人度过了一个艰难的冬季，对此美国马和云幛记录道：“人们忍受着饥饿，不得不靠卖掉骡子和马为生。”那年，一头

①当时是怀俄明州美国陆军前哨战。
②红云战争中的一场战役。
③美国国会下设组织，负责与印第安人就土地问题进行谈判。
④威廉 · 特库姆塞 · 谢尔门（William T. Sherman）：美国南北战争中的北部联邦军将领。
⑤美国印第安部落。

骡子大概能够换得一袋面粉（格林和桑顿，263）。无耳在这一年记录了“巨角雷电为之护航 /Wakinyan-heton e ihpeyapi”，他似乎是把一件抽象的无法解释的事当做平常事件来记录。

次年 1869－1870 年，发生了日食。孤狗、火焰、大灌木、斯旺记录了这一事件，“达科他人见证了日食的发生；他们被吓惨了”（格林和桑顿，265）。这是大灌木最后一次记录冬历，他写道：“八月发生了大型月食现象——一位白人向奥格拉拉和（下）布鲁勒人买了一百张兽皮，很快又归还了，原因不明。”（格林和桑顿，265）无耳和巴斯特·古德称这段时间为“树杀了他们”，当时一棵大树倒下砸死了正在砍柴的一名女子（格林和桑顿，266）。1870－1871 年，斯旺最后一次记录他的冬历，他写道：“一队三十人的乌鸦部落远征队遭到了达科他人的伏击，全军覆没。”（格林和桑顿，267）那年长兵的记录是“一支由 10 名法国人组成的队伍前来与印第安人进行交易”。同时，美国马、云幛、巴斯特·古德、无耳记录了酋长高脊骨，就是人们所说的驼峰，被蛇族或者说肖肖尼族人杀死（格林和桑顿，268）。在 1872－1873 年，许多人都死于敌人之手，包括乌鸦毛、无弓约翰、酋长转牛，以及小牛。巴斯特·古德称这一年为“多事之冬”（格林和桑顿，270－271）。1873－1874 年，美国马记录了“奥格拉拉族人杀死了印第安办事处 [塞维利亚] 的办事员”。这是指奥格拉拉族人在罗宾森堡（内布拉斯加州）红云事务处的围栏里杀死一名办事员（格林和桑顿，272）。巴斯特·古德称这一段时间为“麻疹和其他疾病使人筋疲力竭的冬季”，无耳记录的则是“两名奥马哈族人被杀 / Monah nonp wica ktepi”（格林和桑顿，273）。1874－1875 年，云幛、玫瑰花苞、巴斯特·古德记录了“犹特人盗马的冬季”，当时犹特人盗走了五百匹马（格林和桑顿，274－276）。美国马写道：“奥格拉拉人砍断了红云事务处里的旗杆。”奥格拉拉人因为不想看到美国国旗在罗宾逊堡的营地附近升起，所以砍断了旗杆（格林和桑顿，274)。无耳称这段时间为“他们最后一次穿越 /Ehako kowatanai”，这是指他的族人最后一次穿越密苏里河。此后他们便在密苏里河西岸定居（格林和桑顿，274)。

在接下来的几年里，冬历中提及美国军队的内容越来越多。例如，美国马在 1876－1877 年的冬历中写道，“奥格拉拉族人帮助麦肯齐将军击败了夏延人”，这是指在小巨角之战结束之后，那些投降的奥格拉拉人被美国军队招募为侦察兵，帮助美军对抗夏延人。云幛称这段时间为“三颗星 [克鲁克将军] 带领红云手下的年轻人与夏延人作战”。无耳的记录则是“红云的马匹被夺 /Marpiya-luta sunkipi”（格林和桑顿，277)。次年，美国马、云幛、巴斯特 · 古德，以及无耳都记录了“疯马被杀 /Tasunka-witko ktepi”。这件事发生于 1877 年 9 月 5 日，当时这位奥格拉拉拉科塔领袖正被关押在罗宾逊堡的监狱中。这也标志着奥格拉拉族人的战败。对于这一事件，美国马简要总结为“疯马被杀”，而云幛进行了详细的叙述，“疯马在内布拉斯加州的罗宾逊堡被杀之后，他的族人一路向北，逃离了斑点马事务处 [位于内布拉斯加州的谢里登营地]”。巴斯特 · 古德在冬历中描述了这场谋杀，“这个冬天疯马前来讲和，后来被人杀死，手伸在外面”。（格林和桑顿，279）

在拉科塔传统中，一个人可以改变自己的名字来纪念一生中所发生的重要的事。[8] 因此，就名字而言，乔治 · 斯沃德从文化角度讲述了他的新身份：“我的名字是乔治 · 斯沃德，当时我放弃了我的印第安名字，为自己选择了一个白人会使用的名字。一开始我被叫作斯沃德，后来在登记姓名时他们帮我取名乔治。”他讲述了自己选斯沃德这个名字的原因："当时我看见军官们手握长剑，于是便给自己取名 Mila Wakan，意思是一把神奇的匕首。我认为剑是权力和权威的象征，因此选择了这个名字 Sword。[1]以印第安语的方式读我的名字是 Miwakan，它与 Mila Wakan 一样也是剑的意思，所以白人朋友都喊我斯沃德。不过我不记得乔治这个名字的由来了。"（《沃克特藏》，108:1）

早在 1874 年，红云印第安人事务处的官员 J.J. 萨维尔就亲自挑选了乔治·斯沃德帮助其维持事务处的秩序，该事务处位于罗宾森堡（临近今天的内布拉斯加州沙德伦市）附近的怀特河[2]岸边。萨维尔十分信任乔治·斯沃德，以及包括坐牛在内的其他五人，经美国内政部的允许给他们配备了武器，但这违背了军队的意愿（普赖，134－138）。美国马在 1873－1874 年的冬历中记录了"奥格拉拉族人杀死了印第安事务处 [塞维利亚] 的办事员"（格林和桑顿，272）。那一年，萨维尔看中乔治·斯沃德有担任 akicita 的经验，第一次想组建一支警察部队。Akicita 在传统意义上指担任营地警察的角色，维护奥格拉拉营地的秩序，他们不仅要在族人迁徙途中维护秩序，还要监督野牛狩猎行动，确保族人集体狩猎，只有一名猎人单独行动。此外，Akicita 还在奥格拉拉拉科塔部落中制定了规则，反对无意义的谋杀。如果部落中有人实施了谋杀，akicita 有权当场处死凶手，销毁他所有的财产，包括他的帐篷，并且杀死他的马匹（阿特利，10）。乔治·斯沃德追随其父亲的脚步，在传统奥格拉拉政治体系中担任过 akicita，这段经历对他有所帮助。

在 1891 年的政府简报中，乔治·斯沃德被归为"奥格拉拉"部落，这一简单的归类掩盖了其背后的复杂性，乔治·斯沃德在自传中

---

① Sword 的意思是剑，音译成中文是斯沃德。

②密西西比河的一条支流，流经美国的阿肯色州和密苏里州，长约 1162 公里。

做了详细叙述。伤膝河大屠杀①给拉科塔部落造成了巨大的创伤，至少一百四十六名拉科塔人因此被枪杀，其中成年人一百零二人，老年男性二十四人，老年女性七人，甚至还有六名五岁至八岁的男孩和七名未满两岁的婴儿。1891 年，在战争结束一年后，乔治·斯沃德和其他族人组成的代表团被派往华盛顿特区，向本杰明·哈里森总统和内政部长约翰·威洛克·诺布尔进行申诉。1891 年 2 月 4 日，代表团抵达华盛顿特区，其中成员包括乔治·斯沃德、惊马、小伤、美国马、快雷、斑点马、火闪电、他狗、斑鹿、驼峰、二击、高鹰、高管。他们推选出驼峰、二击、高鹰、空心号角熊、美国马，以及惊马作为发言人（阿特利，275－276）。[9] 该代表团并未得到美国内政部长的友善对待，惊马与诺布尔部长进行了谈话，他说道，

> 祸根早已经埋下。当时我们给那些白人投出了选票，但他们从未切实履行条约的内容。我们服从于政府和军队的命令，但对于我们的诉求他们却充耳不闻。印第安人永远关注着自身相关的问题，但那些白人管理这些事务才只有两三年的时间。虽然我资历并不深，但我也见过许多伟大的先人和首领们。
>
> 为什么顾问团不迅速决议履行近期签署的条约？为什么我们的口粮减少了 100 万磅？为什么我们的冬季年金还未发放？为什么苏族人要解释跳宗教舞蹈的理由？（阿特利，276－277）

1891 年的政府简报将乔治·斯沃德认定为“松树岭事务处，奥

① 1890 年 12 月 29 日，由詹姆斯·W. 福赛思（James W. Forsyth）率领第七骑兵团的 500 名美国骑兵对苏族拉科塔部落进行的屠杀。

格拉拉部落”。1879 年 8 月，瓦伦丁·麦吉利卡迪[①]医生任命乔治·斯沃德为松树岭事务处奥格拉拉警察队伍的队长，管理手下 50 名成员。麦吉利卡迪是一名外科医生，疯马死后他被派遣到新成立的松树岭印第安事务处担任政府代表，从 1879 年 3 月至 1886 年共任职 7 年。任职期间，他在新事务处组建了一支全印第安人的警察部队，服务于奥格拉拉拉科塔部落的六千名族人。所有印第安警察身着全套制服，配有新斯普林菲尔德步枪，按照各自在队伍中的职责安排职级。他们每月领取 5 美元的俸禄，职责是确保保留区范围内所有民事、刑事法律的执行（斯塔里塔，80－83）。

乔治·斯沃德在自传中描述了在新保留区中的殖民的生活。1882－1883 年，苏族与其他部落签署协议，同意割让大苏族保留区的所有权，并永久定居于另外五个独立的保留区，分别是松树岭、玫瑰花苞、立岩、夏延河，以及下布鲁勒保留区。此时政府对于奥格拉拉拉科塔人的打压力度不断加强。奥格拉拉拉科塔族领袖红云于 1882 年 10 月 28 日签署了这项协议，时隔二十一年后，他在一场面向奥格拉拉族人的演讲中道出了自己的苦衷。1903 年 7 月 4 日，他说道：“那些白人来了，他们夺走我们的土地，限制我们的活动范围，还给我们制定法律，这些法律只是为了维护他们自身的利益，而我们所需要做的只有服从。这对印第安人来说没有任何益处。”（沃克，《拉科塔的信仰》，138）显然，1878 年以后奥格拉拉拉科塔人度过了一段殖民时期，红云向他的族人表达了他对美国政府的强烈不满：

他们告诉我，因为我们是印第安人，而他们是白人，所以我

①瓦伦丁·麦吉利卡迪（Valentine T. McGillycuddy）：外科医生，曾在美军服役，对美国政府和印第安人之间的关系起到了促进作用。

> 们必须被区别对待。这无可厚非，但印第安人有权决定自己该怎样被对待。事实并非如此，这一切都是由白人决定，他们决定白人和拉科塔人该怎样被对待，而拉科塔人没有任何话语权。总统派专员和白人来和我们谈判，他们告诉我们白人知道什么对我们最有利。这怎么可能呢？白人从未出生于这片土地，他们又如何为印第安人着想？（沃克，《拉科塔的信仰》，139）

乔治·斯沃德是红云的侄子，1879年，32岁的他开始作为队长带领一支由印第安人组成的警察队伍。实际上一些史学家认为乔治·斯沃德的职位是麦吉利卡迪意图损害红云的领导地位而设立的，因此它侵占了红云的部分权力（阿特利，28）。作为松树岭保留区的第一位政府代表，麦吉利卡迪十分信任这支由乔治·斯沃德领导的全印第安人警察队伍，他在给政府当局的声明中写道："鉴于事务处的地理位置与日益增多的白人定居点十分接近，若没有该组织事务处将无法正常运作。这支队伍代表着法律和秩序，成员们身着制服，纪律严明，思想开化，他们为其他印第安人树立了最佳榜样，例如穿着文明的服饰等。"（斯塔里塔，80－83）。

在一张张乔治·斯沃德身着警服的照片中，他看上去确实像麦吉利卡迪所期望的那样，成为了一位文明的印第安人。在警察部队服役的13年里，乔治·斯沃德成为了麦吉利卡迪的心腹之一，后来被荣封为少校。对于红云和松树岭保留区的其他领导人而言，麦吉利卡迪所组建的这支警察部队并不新奇，乔治·斯沃德和其他五十名成员所执行的任务和提顿部落中的akicita相似。两者唯一的区别是，在传统社会中akicita所做的一切都只是为了荣誉，因此当看到这支印第安人队伍履行着和之前在部落中相同的职责，却从麦吉利卡迪那儿领取酬劳时，红云和其他拉科塔领导人对他们十分不满。

作为麦吉利卡迪的部下，一位“文明”的印第安人，乔治·斯沃德显然十分合格，但问题是：是什么促使他在日后使用自己的母语写下了数千行文字，将拉科塔文化中有意义的内容保存至今？在考虑到麦吉利卡迪的意图和种种行为之后，人们很有可能将乔治·斯沃德的作品理解为一种对传统的颠覆。实际上，麦吉尔卡迪认为，要使“文明”进程取得成功，就必须彻底根除奥格拉拉拉科塔人的语言、习俗、领导方式，以及文化。这些做法都与乔治·斯沃德在新保留区内为了拉科塔的文明而做的一切背道而驰。如果麦吉利卡迪能够知道乔治·斯沃德最终在作品中所写的内容，他就会看到所做的一切都是徒劳。[10]

身着警服的乔治·斯沃德展现了一个文明的印第安人的形象，这一形象完全符合麦吉利卡迪和美国政府的所有期望。在这一历史时期，麦吉利卡迪成为了殖民势力的代表，他痛恨这个敢于在战场上击败美国骑兵的民族，并与之抗衡。历史相关记录记载了他的真实想法：“让一般的印第安人学习白人的生活方式纯粹是在浪费时间。选他是因为他可以被驯服，仅此而已。”（斯塔里塔，80－83）。他我行我素，只相信自己对于印第安人的看法，他下令将所有信奉印第安宗教或者跳鬼舞的人都关进监狱，在必要时削减分配给印第安人的食物数量，以强制执行对所有印第安宗教和文化习俗的禁令。

1891 年的政府简报还将乔治·斯沃德简单地认定为“基督教徒”，但据乔治·斯沃德自己所言，奥格拉拉拉科塔部落最伟大的宗教仪式是一年一度的日舞，这是一场勇士们的仪式。每一位想要参战的勇士都要在日舞仪式中宣誓，这样才能在战场上奋勇杀敌，保护族人的安全。15 岁那年，乔治·斯沃德第一次在日舞仪式上宣誓，来年 16 岁的他便真正踏上了战场。他在自传中简要叙述了自己参加日舞仪式的经历:“当我第一次跟随远征队回来后，看着身旁那些在战场上大显身手的圣人，我发誓要去参加日舞仪式，因为伟大的神灵[①] Wi 和太阳指引着我。许多勇士和营地里的人都加入了仪式，我一直跳到仪式结束，接着陷入了一种恍惚的状态，我感受到来自 Wi 的启示，我必须穷尽一生去追求伟大的神灵。于是我成为了一名巫师，向遇到的每个人询问有关神灵的问题。我尽我所能地了解神灵，了解人们应该怎样为它们服务。”(《沃克特藏》，108:1) 乔治·斯沃德在之后有关日舞的叙述中描写了挑选领导者的过程，就如同他帮助挑选一颗星来领导自己的第一场日舞表演。

但他在 1896 年 9 月 5 日写道:

> 我总是尽力服务拉科塔的伟大神灵，总是在前往战场的路上完成所有的仪式来祈求神灵的庇佑。但是白人总能在与拉科塔人的战斗中获胜。我去了华盛顿和其他城市，在那里我看到白人在地上挖洞，建造可以固定不动的房子，我便明白了我们为什么无法将他们赶跑。于是我给自己取了一个新名字斯沃德，因为我看到每个白人将领都佩戴着剑。我决定按照白人的习俗生活，并且说服我的族人也这样做。(沃克，《拉科塔的信仰》，74)

1891 年的政府简报将乔治·斯沃德的意图定性为“表现友好，忠于政府”，并且认为他是“基督徒”。五年后他在自传中写道:“我是奥格拉拉部落中第一位成为美国印第安警察局领导的人，并且在奥格

①印第安人认为伟大的神灵是世界一切生命的源头，不可见又无处不在，在它的指引下印第安人创造了自己独特的生命道路。

拉拉族人与白人进行战争期间一直担任队长。此后我便一直在基督教会中担任执事，这将是我终身的事业。”（沃克，《拉科塔的信仰》，75）。1892 年，四十五岁的乔治·斯沃德从印第安警察队伍退休。

退休之后，乔治·斯沃德在美国圣公会担任执事一职，正是由于他和黑麋鹿一样在基督教会中任职，许多历史学家因此质疑他作品中所出现的拉科塔的信仰和仪式是否正确。问题是，基督教对于其作品的影响有多大？大多数人也许都没有意识到，一直到 1978 年美国国会通过《美国印第安人宗教自由法案》，美洲印第安人才真正意义上享有宗教自由，而此时距乔治·斯沃德完成叙述已过去了约一百年之久；该法案作为联邦法律以及国会的联合决议，用以保护和维护美洲印第安人、爱斯基摩人、阿留申人①、夏威夷原住民信仰传统宗教的权利以及他们的文化习俗。因此在现代社会，像乔治·斯沃德一样同时信奉基督教和另一种宗教信仰的人也会受到监禁。乔治·斯沃德自己所说的话可以很好地反驳那些质疑他和黑麋鹿的人，他说过“虽然我不会说英语，但我能够理解它的意思，所以我知道什么样的翻译是错误的。[11] 我已经学会了书写拉科塔语，但我写作的方式和古代拉科塔人说话的方式一样”（《沃克特藏》，108:1）。[12] 乔治·斯沃德精通一种语言和使用该语言的文化；他能够在一部用拉科塔语写成的文学作品中构建口头叙述。因此，他使用拉科塔口头传统所写的作品主要面向那些通晓拉科塔语的读者。这一点在其作品的语言当中得以体现，文中使用了大量复杂的语法和句法。他将这种构建口头叙述的能力与黑麋鹿和其他说拉科塔语的人分享，同时给他们介绍了许多通过拉科塔口头传统代代相传的信仰和仪式。[13]

①阿留申群岛和阿拉斯加半岛上的因纽特人。

关于乔治·斯沃德为什么会改变效忠对象，严格意义上来说我们应该从他的角度来看待这个问题，从一位坚毅勇敢的勇士的角度出发进行理解，因为他的确是一名坚毅勇敢的拉科塔勇士，并且参与了多场战役。“我总是在前往战场的途中完成所有的仪式，来祈求拉科塔神灵的庇佑。但是白人总能在与拉科塔人的战斗中获胜。”（沃克，《拉科塔的信仰》，74）因此他后来彻底与白人结盟也就不足为奇了：

> 白人和我说了许多奇怪的事，我发现他们也确实如此。后来我了解到白人是一个很强大的种族，他们的生活方式比印第安人的更好。因此我效力于白人军队，成为了一名侦察兵。公元1851年，也就是“联邦政府分发了许多物品”的那一年，我的族人告诉我白人总是有充足的食物和衣物，而且从我记事起他们每年都会给印第安人发放许多东西，所以我知道他们能做印第安人做不到的事。[14] 在“七名闲荡者被杀”那年，即公元1851年，我加入了白人，并且从那以后一直与他们待在一起。（《沃克特藏》，108:1）[15]

1891年的政府简报将乔治·斯沃德定为“未参加鬼舞表演、基督教徒”。一位文明的印第安人必须信奉基督教，在简报中少校乔治·斯沃德恰巧两者都符合。乔治·斯沃德自己表达了他对于宗教的看法，“我仍然保留着我的Wasicun（巫师进行仪式时所用的烟草袋或包裹），我害怕对它有所冒犯，因为奥格拉拉人的灵魂会进入奥格拉拉的神灵之地”。（阿特利，34）正是在自我强加的文化限制下，乔治·斯沃德才能够记录拉科塔的信仰和文化，他表示，“我可以告诉你们有关族人和勇士的仪式，但我不敢讲述有关巫师的仪式”。（沃克，《拉科塔

的信仰》，75）

1890 年 12 月 29 日伤膝河大屠杀后，时任印第安人警察队队长的乔治·斯沃德救下了一名五岁的小女孩，并作为女儿抚养（阿特利，4）。在这场战争中至少一百四十六名拉科塔人被枪杀，其中老年男性二十四人，老年女性七人，甚至还有六名五岁至八岁的男孩和七名未满两岁的婴儿。1890 年，查尔斯·亚历山大·伊士曼担任松树岭事务处的内科医师，大屠杀发生两年后他在保留区内开设了一家医院。六年后，詹姆斯·莱利·沃克来到松树岭担任事务处的医生，沃克医生曾服务于其他事务处，已有十八年的工作经验，其中前十五年服务于明尼苏达州契皮瓦县的白土印第安人事务处，后三年服务于华盛顿东北部的科尔维尔事务处。在松树岭期间，沃克通过密切监测病人的病情来改善肺结核治疗方法。与之前的医生们有所不同，沃克乐于服务族人，他表示，“我必须要从印第安人的角度来了解印第安”。来到保留地后不久，沃克便开始向老一辈奥格拉拉拉科塔人了解信息，因为相比较他所说的情况，拉科塔族人更相信 pejuta wicasa，即他们的“巫医”。他想要研究拉科塔人传统的治疗方法。1896 年 9 月 12 日，小伤、美国马、孤星带着一名翻译来到沃克的住所为他提供了一些指导，他们表示，“我们决定告诉你奥格拉拉的一些仪式……我们会把你当成想要参与仪式的奥格拉拉人，告诉你该怎么做。当然，我们不会说其中关于巫师的部分”。（沃克，《拉科塔的信仰》，68）

乔治·斯沃德在 1896 年 9 月 5 日带领翻译鲁斯·米斯向沃克提供了他研究拉科塔信仰和仪式所需的基础材料。（沃克，《拉科塔的信仰》，74）一开始，沃克告诉乔治·斯沃德，奥格拉拉拉科塔口头传统本身并不能挽救拉科塔知识，它们只有借助书面文字这一媒介得以保存。这也是沃克进行所有奥格拉拉拉科塔研究的指导原则（《拉科塔的信仰》，18）。在沃克的指引下，乔治·斯沃德转变了想法，他同意沃克所说的将奥格拉拉的文化知识系统性地记录成文字是保存它们的唯一方法。因此他说服了圣人与他进行合作：

> 长剑（乔治·斯沃德）本是一位颇有声望的圣人，但他摈弃了传统的规则，在基督教教会中担任终身制执事一职，并且告诉其他圣人们，很快他们就会离开这个世界，有关他们的神圣传说也将一同消失，除非他们可以把这些故事讲出来，通过文字予以保存；他们应该将自己信仰的和践行的所有事物传授给奥格拉拉族的后代们；此外，如果圣人们将奥格拉拉神灵的传说流传于世，为世人所知，神灵定会倍感欣慰。（《拉科塔的信仰》，47）[16]

起初圣人们都拒绝与沃克交谈，但时间久了，为他的研究提供材料的人已达三十八人之多（沃克，《拉科塔的信仰》，283），其中包括乔治·斯沃德的哥哥怕熊（Mato Kokipapi），他生于1842年，政府的人口普查名单上认定他和乔治·斯沃德都来自松树岭保留区（沃克，《拉科塔的信仰》，284）。其中还包括沃克后来十分仰仗的托马斯·泰恩，人口普查显示他来自白土区，出生日期为1855年（沃克，《拉科塔的信仰》，285）。研究开展了十七年之后，沃克在1915年8月8日寄给克拉克·威斯勒的信中写道："我最重要的一些线人都相继离世了，我最仰仗的两位——乔治·斯沃德和托马斯·泰恩也都步了所有凡人的后尘。"（《拉科塔的信仰》，36）据无耳在冬历中记载，乔治·斯沃德和托马斯·泰恩于1911－1912和1914－1915年冬季相继去世。

1902年，五十三岁的沃克第一次会见了克拉克·威斯勒，他是纽约美国自然历史博物馆的人类学家，当时正在松树岭保留区参观。威斯勒一直在弗朗茨·博厄斯（Franz Boas）的手下工作，博厄斯也是一名人类学家，他于1905年离开美国自然历史博物馆到哥伦比亚大学任教，他将威斯勒提拔为人类学的负责人，负责博物馆的研究工作。1907年，威斯勒继续阿尔弗雷德·路易斯·克鲁伯[①]关于阿拉巴霍人（Arapahoes）[②]的研究工作，进行大平原印第安人文化的比较研究。他开始研究神话、宗教、仪式、象征意义、男性与女性社会、宗教、军事团体，以及美洲印第安人联盟。比较研究中，威斯勒最感兴趣的是大平原印第安人的日舞仪式。威斯勒聘请沃克进行实地考察，并将他的笔记、手稿和印第安文本送往博物馆（沃克，《拉科塔的信仰》，14），威斯勒的目标是出版一份完整的关于奥格拉拉拉科塔人生活各个方面的记录。然而讽刺的是，沃克并不愿意把他最重要的一份文件——乔治·斯沃德的手稿交予威斯勒。1916年3月14日，沃克在给威斯勒的回信中写道："马上我会寄给你矮牛所拍的照片，不过乔治·斯沃德的书可能要过一段时间再给你，因为书中有一些还未翻译的内容，我想要自己研究一下。"（沃克，《拉科塔的信仰》，41）

对于沃克来说，最难的是翻译乔治·斯沃德文本的内容（沃克，《拉科塔的信仰》，23》）。一直到1914年沃克从松树岭退休，他似乎都没能完成这些翻译。沃克于1925年去世，享年七十六岁。在搜集资料的这些年，沃克所面临的最大挑战就是将拉科塔文翻译成英文，他在1909年给威斯勒的信中写道："另一个难点在于正确理解古代拉科塔人所写的叙述，因为翻译们在翻译的过程中会加入自己的主观思想，并没有准确翻译出印第安人所表达的内容。"（沃克，《拉科塔的信仰》，

①阿尔弗雷德·路易斯·克鲁伯（Alfred L. Kroeber）：美国人类学家，20世纪前半期美国人类学领军人物。

②美国印第安人部落。

20）尽管如此，沃克仍然对他搜集的材料十分满意。1908 年他给威斯勒写了信，信中说道：“在印第安人所说的叙述中，故事的准确性和细节都取决于讲述者，这一点和白人类似。”（沃克，《拉科塔的信仰》，20）多年以来他的沃克一直坚持自己的观点，他在 1916 年 3 月 14 日给威斯勒的信中写道：“在翻译乔治 · 斯沃德所写的两则传说‘当族人嘲笑月亮’以及‘当形成世间的方向’时，我在意那些对我有价值的内容，而非与超自然之物的关系……传说的篇幅很长，实际上它们通常是由拉科塔专业的叙述者在冬季营地中讲述的，这些叙述者一般从入驻营地起就开始讲述故事。”（沃克，《拉科塔的信仰》，39）[17]

沃克知道乔治 · 斯沃德的叙述并不专业，他只是目睹了奥格拉拉拉科塔发生的巨大变化，他将这些事实和自身的想法以书面的形式记录下。事实上，乔治 · 斯沃德表示：“由于白人改变了拉科塔的语言，而且现在年轻人所说的语言都是根据白人所写的内容得来的，因此拉科塔的年轻人已经无法理解古代拉科塔人的说话方式。我将为你们介绍古老的习俗和仪式，我将写下人们所知的一切。”（《沃克特藏》，108:1）。对于斯沃德来说，最有效的方法就是保留一份手稿，以便让拉科塔语言和文化流传于世。

最后，谁是乔治 · 斯沃德呢？[18] 在写作中他不愿意去冒犯那些白人，起初他在为沃克提供材料时说道：“拉科塔人称白人的包裹为 wopiye，大多数译者都翻成医药包，但实际上这种翻译是错误的，因为这个单词的意思既不是包也不是药，而是一件好事。一个优秀的翻译会将它翻成有力量之物。”（沃克，《拉科塔的信仰》，80）最后，乔治 · 斯沃德仍坚信他不想去冒犯“有力量之物”的原因是“奥格拉拉人的灵魂都会去往拉科塔的神灵之地”（阿特利，34），他希望他能作为一名奥格拉拉拉科塔人将自己的灵魂送往神灵之地。

注释

[1]《普利德拉科塔研究集》；起初这些文件作为 1790－1910 年间的案卷由佛蒙特州本宁顿的罗宾逊家族保存，家族成员大多在佛蒙特州和华盛顿特区担任律师和政府官员。

[2] 高鹰是我祖母那一系的直系祖先（布鲁勒人）。

[3] 这将证实帕里对于荷马史诗在语言和古代方言领域的研究成果。帕里发现基于口头传统的文本所使用的语言并非是通俗用语，而是历史悠久的古体语言。帕里写道，“爱奥尼亚语和伊欧里斯语诗歌的遗稿对研究更有帮助，尽管它们也深受仿版和错误的语言理论的侵害，并且我们可以看到，这些文稿能证明与诗歌相关的内容而非口头语言。因此荷马式语言的研究必须首先建立在对文字的理解之上”。（《荷马史诗的形成》，342）以乔治·斯沃德的文本为例，其中语言和方言的使用必须基于文本本身。

[4] 乔治·迈尔斯，耶鲁大学贝内克图书馆西藏馆馆长，个人信件，2010 年 3 月 30 日。

[5] 我是巴斯特·古德的直系后裔，他是布鲁勒人，被人称作“棕帽”。

[6] 1862 年 8 月 7 日，达科他人小乌鸦在明尼苏达州的西南部靠近明尼苏达河处领导了一场起义。当年政府发放的年金迟迟未到，达科他人为此饥肠辘辘，但与发放年金的交易商们却大言不惭地说事，“如果他们饿了，他们可以去吃草”。这句话彻底激怒了达科他人，也成为了起义的导火索，他们在这片土地上对白人进行屠杀。这场起义最终以达科他人的失败而告终，1862 年 12 月 26 日，联邦政府在明尼苏达州的曼卡多对 38 名达科他人处以绞刑，这是美国历史上规模最大的一次绞刑判决。在此之后许多达科他人纷纷逃离家乡，前往加拿大定居，如今他们的后代仍在加拿大生活。

[7] Hunka 意为成为亲属关系。

[8] 接下来一部分的内容可以与帕里所使用的历史性方法相媲美，“试图用那个时代独特的生活状况来解释那个时代的具体产物”。（《荷马史诗的形成》，XXiV）

[9] 政府简报的名单中并未出现空心号角熊，该简报收藏于普利德拉科塔研究集。

[10] 鲁思 · 芬尼根表示："不要将口头传统和口头技术看作是中立的文本数据……[这很有必要]，这些在过去是一种占主导地位的模式，但最终会基于社会的进步，并且也许会随着社会的进步而不断发展。"（《口头传统》，2）

[11] 1896 年乔治 · 斯沃德通过翻译告诉人们他为什么有发言权（沃克，《拉科塔信仰》，45 – 50）。最开始他在创作时需要一名翻译，但随着时间的推移他可以自己使用拉科塔语书写叙述。

[12] 詹姆斯 · 沃克博士在他的自我陈述中证实了这一点。（《拉科塔信仰》，45 – 50）

[13] 帕里在"口头诗歌创作中的史诗技巧研究：一、荷马及荷马式风格"中写到，"书写可能被看到，诗歌也可以被口述和记录，因此书写的知识可能会对诗歌的内容产生一定影响，但它并不会影响诗歌的风格、形式、诗人群体对于诗歌的理解，以及诗人所处的社会群体"。（《荷马史诗的形成》，270）

[14] 参见格林和桑顿文中云幛所写的冬历的内容。

[15] 据格林和桑顿记载，无耳在"1875 – 1876"年的冬历中记录了这一事件（276）。1876 年 6 月 25 日发生了一件大事，即小巨角战役爆发。

[16] 乔治 · 斯沃德将他的名字译为"圣剑"，或 Miwakan，而非"长剑"。"长"和"神圣的"两者之间存在很大的不同，乔治 · 斯沃德更倾向于"神圣的"一词。（《沃克特藏》，108:1）

[17] 洛德反驳了这一点，他证明了为什么讲述一则故事的时间不可能超过一个晚上。（《歌手》）当沃克说"传说的篇幅很长"时，他并没有理解口头创作的过程并无捷径可走。沃克和其他人一样并未意识到创作是一个过程，他们错误地认为叙述的长度取决于"讲故事"，而非拉科塔口头传统。

[18] 通过研究口头诗歌，人们能够更好地理解乔治 · 斯沃德的叙述：帕里呼吁人们关注从历史角度评论方法的价值，他认为该方法可以让我们全面了解古代的这一技巧，不会对和自身不同形式的技巧产生误解，在这一点上人们常常把荷马和亚里士多德的诗歌相混淆。但他略为惊讶地说，"如今这一历史精神竟可以通过研究那些先人们的口头诗歌来获取"。（帕里，《荷马史诗的形成》，xxx）

第四章　拉科塔程式

写作过程的文化背景是理解乔治·斯沃德创作这些书面叙述的关键。上一章描述了他在创作拉科塔口头叙述——一定程度上来说是口头诗歌——的过程中所处的环境。本书并未对拉科塔口头叙事和歌曲进行综合研究，而是对确定拉科塔口头叙述的形式做出了初步尝试。因此，就乔治·斯沃德的叙述而言，口头叙述的实践需要使用与平常书面叙述不同的创作方法。帕里给反复出现的程式化词组或是程式进行了定义，他的定义树立了口头诗歌和叙述研究的标准。帕里认为，荷马史诗中出现的程式是“在相同的韵律条件下所使用的一组有规律的词语，以表达某个特定的基本思想”(《荷马史诗的形成》，272)。在本研究中，帕里所定义的对象也包括拉科塔口头叙述。其他人也将帕里的理论运用到美洲印第安文化的相关作品中，例如海姆斯在分析美洲印第安叙述时，将其中出现的重复内容称为“复述”。[1]

乔治·斯沃德的叙述中并没有多层次的翻译和解释，而是简化了整个过程。例如在黑麋鹿的故事中，1930－1931 年，66 岁的黑麋鹿用拉科塔语向诗人约翰·内哈特讲述了自己的生平。他的儿子本·布莱克·麋鹿将老黑麋鹿所说的故事翻译成英文，再由约翰·内哈特的女儿伊妮德·内哈特进行速记。[2] 从黑麋鹿的第一次讲述到内哈特的最后出版，这个过程包含了许多不同层次的叙述。文章成形经历了这几个阶段：首先是拉科塔语版本，然后被翻译成英语，接着再由第三人速记写成文字，最终内哈特用英语将它写成一部文学作品。这一过程引起了学者们的热议，争论的焦点集中于叙述的真实性。德马利这样的询问有助于拉科塔口头传统研究的下一步，这需要更仔细地观察原始拉科塔语叙述中口头创作的基本要素。当这篇文章完成后，我们即使只对主题进行初步研究，也可以发现 1930 – 1932 年九岁的黑麋鹿所创作的叙述与乔治 · 斯沃德的第一篇叙述十分相似[3]。在口头理论中，帕里和洛德将传统歌曲中叙述者以公式化形式讲述故事时经常使用的观点群称为“主题”（洛德，《歌手》，68；参见第六章）。[4] 接下来的分析对两篇叙述中出现的结构模式进行了对比。

在乔治 · 斯沃德的第一篇叙述中，一个故事之中呈现了另一个故事，其中是他对某个场景进行的回忆。在这个故事中，乔治 · 斯沃德使用了和黑麋鹿相似的叙事结构。下文下划线部分指出了两篇叙述的相似之处：

《黑麋鹿如是说》：

我从帐篷口向外看，有两个人从云中而来，头朝下，像箭一般斜射下来……此刻他们的身体接近地面，腾空站着，看着我说，“快点！快过来！你的爷爷们在叫你！”……我走出帐篷，好奇那些拿着火枪的人去哪儿了，此时一小片云很快地向我飞来。它停在我面前，带着我回到了它来时的地方，然后快速地飞走了。（内哈特，18）

乔治 · 斯沃德，叙述 1，第 12 节：

Na heon wicasa ekta wanna Wakinyan Heyoka ihanbla wan lecel woglaka ihanbli wai wiyohpeyatahan ista nicatankawan mahiyohin ca hecel wakangli iyecel iblable.

近似翻译：

这就如同人们在 Heyoka 梦境中梦见雷电的方式一样，我做了这样一个梦：有一只鸟从西面前来寻我，我像闪电一般地走了。[5]

两篇叙述中都有做梦者被寻找，而后迅速去往另一个世界。下一部分讲述了做梦者到达不同的世界：

《黑麋鹿如是说》：

我身边除了空气和那朵快速移动的云之外，什么也没有，那两个人仍领着我走到一个地方，那里的白云像山一样堆积在广阔的蓝色平原上，那儿是雷生活的地方，它们跳跃着、闪烁着。忽然间，除了一片云，一切空空如也，我们三个人孤零零地站在一片白茫茫的原野上，面对着一片雪山。(内哈特，19)

乔治·斯沃德，叙述 1，第 12 节：

na Wakinyan wicoti egna ewacin maksapa wicasa san iciyayapi ca

近似翻译：

在雷电生活的地方我恢复了仪式，那些被涂成白色的人(和我打招呼)。

在这两篇叙述中，做梦者都在雷电（Wakinyan）居住的地方重新获得意识。在《黑麋鹿如是说》一文中，那儿被描述为一个地方，“白色的云朵像山一样堆在广阔的蓝色平原上，在那里，雷电生活着，跳跃着，闪烁着。”[6] 乔治·斯沃德将其描述为“Wakinyan wicoti”，让人们感到它与我们平时居住的村庄并不相同。两人都写了一到那儿就有其他人：黑麋鹿写的是“两个人”，而乔治·斯沃德只说明是白色的人；乔治·斯沃德的叙述中没有具体的人数，但复数符号 pi 告诉我们不止一个：

> 《黑麋鹿如是说》：
>
> 那两个人同时对我说：“看哪，有四条腿的人！”我朝他们所指的方向看去，有一匹战马站在那里，开口说道：“看我！你将会看到我的一生。”（内哈特，19）[7]

> 乔治·斯沃德，叙述 1，第 12 节：
>
> Hoksila wicasa ankantula wasteya wacin ksapayo nita oyate ekta yuha yakin na lena tain yayin kta ce eyapi

> 近似翻译：
>
> 他们说，“男孩啊，凡人，你醒来的方式真好。你去找你的族人吧，去告诉他们这里发生的事”。

这两种叙述的基本故事模式均为：叙述者以梦幻般的状态来到精神世界；他在那儿苏醒；他的头脑逐渐清醒，也恢复了意识；年长者将会提供给他重要的信息；他再将这些信息带回部落，或带给族人。[8] 乔治·斯沃德的叙述对这种幻象给出了一种解释，“这就是为什么在Heyoka仪式中，当我们知道雷电即将来临时，我作为梦境中的人和其他同时做梦的人一齐向前冲，就如同一排勇士”（叙述1，第13节）。黑麋鹿也是一名Heyoka，他所产生的幻象是雷电。因此这两篇叙述都有一个相似的主题，就本研究的目的而言，这可以被描述为一种Heyoka ihanbla，或是一种幻象。在乔治·斯沃德的叙述中，同样的模式展现了文章的组织形式：文章由行、节、主题组成，包括整个故事模式构成。[9] 创作过程发生的文化背景是理解乔治·斯沃德和黑麋鹿用拉科塔族口头传统方式创作这些叙述的关键。以语言优美的《黑麋鹿如是说》为例：“除了空气和托着我的小云之外，什么都没有。两个男子依然领着我们前往宽阔的蓝色平原，那里白云如山一般堆叠，云中电闪雷鸣。”也许这些叙述属于内哈特，但其中的元素应该属于拉科塔口头叙述传统中的黑麋鹿。乔治·斯沃德说“Wakinyan wicoti”是Wakinyan居住的地方，而这句话是拉科塔族叙述传统中更为准确的描述。内哈特或许用了描述性语言来丰富黑麋鹿的叙述，因为他本身就是一个诗人。在“宽阔的蓝色平原”这个短语中，颜色的使用是有问题的，因为拉科塔族口头传统有其特别的对颜色使用的习惯。蓝色是一种特殊的颜色，在口头叙事中会以特定的方式使用。在乔治·斯沃德《日舞》第17、68、216节中，有一个公式化的短语——anpetu wanji towanjica ca，指“蓝色”的日子，而意思大约是“愉快的一天”。这个短语中的一个单词towanjica是一个标志着传统意义的特殊符号或暗语，要求读者有流利的语言基础才能将其解码（弗利，《如何阅读》，109）。总体而言，黑麋鹿驾轻就熟的叙述和乔治·斯沃德第一段叙述的视角类似。

这让我们回到了乔治·斯沃德创作传统口头叙述方式的这个问题上，以及这些口头叙述是如何被理解的（拜纳姆，34）。帕里是如此回应坚持对美洲印第安口头传统不作回应的批评家的："这种看不到书面和口述诗句之间的差异的现象，是我们理解荷马的最大障碍。我们会发现，我们提出的很多问题都不是我们应该问的。"（《荷马史诗的形成》，269）[10] 如果对拉科塔族的源语言进行批判性阅读，乔治·斯沃德的传统叙述文本就可以回答这样一个问题：这些叙述是如何在拉科塔族的文学传统开始时创作的。的确，他的叙述能够让我们在语言中识别这些词，并解释它们是如何在主题和故事模式中使用的。这项研究希望表明，这些叙述本来就不是文学作品，而是基于一种特殊语法的古老的拉科塔口头传统的产物。[11]

乔治·斯沃德的叙述利用了拉科塔族的口语，不存在额外的翻译和解释层面。例如，在《黑麋鹿如是说》中，他的叙述代表了拉科塔族口头叙述传统的实践。[12] 他的口语类似于一种特殊的语言，这种语言在世界上的许多口头传统中都普遍存在。拜纳姆表示："几千年来，不论在世界的哪个角落，人们表达文字和叙述节奏感的工具都是与生俱来的嘴，而不是笔。"[13] 乔治·斯沃德表示，他边说边写，因而很明显他的叙述具有结构清晰的视觉流，如同写下来般也几乎没有题外话和拼写错误。似乎在文本中存在一种表达方式，适应叙述和歌曲的节奏模式，使他能够流畅稳定又连贯地撰写这些叙述，字迹清晰可辨，就像《日舞》的叙述一样。举个例子，这样的叙述结构紧凑，所有小节都包含在《日舞》的一个大叙述中（海姆斯，150）。下面有两个重要的问题：第一，乔治·斯沃德在讲这些故事的时候，有没有添油加醋？第二，他是否将自己背下来的东西逐字记录下来了？帕里表示写作时的停顿会分散注意力，这对歌手是一大挑战，他们可能会忘词（《荷马史诗的形成》，451）。乔治·斯沃德以带着音韵的语言亲自写下了这些叙述。帕里和洛德经过对南斯拉夫诗人进行研究，得出结论：游吟诗人们每次吟唱都和之前的不同，他们会用一种公式快速创作。这和乔治·斯沃德创作叙述或许有异曲同工之妙。[14]

在这一章中，我将分析拉科塔族口头叙述传统中的一些公式，并展示它们在演示基本样式时的作用。[15] 帕里认为公式是一种让诗人得以快速创作的史诗性口头叙述方式，即“以同样的韵律表达同一中心思想的一个或一组常用词……任何诗歌里的公式，就其思想而言，都与主题有关，它们的韵律是由诗歌形式所决定的，但它们的艺术性是由创作它们的诗人和保存它们的诗人所传承的”。（《荷马史诗的形成》，272）洛德依照帕里对公式的定义，将中心思想定义为主题（《歌手》，68）。在乔治·斯沃德的叙述中，详细的分析是很重要的，因此这种方法便可以被用来检验一篇拉科塔叙述是否是口头创作。

这是一项及时而紧迫的工作，因为目前拉科塔族的语言正在迅速消失。在2007年进行的一项语言调查中，研究人员从居住在南达科他州松树岭地区松树岭保留地的28,787人中抽取了8886名奥格拉拉苏族部落成员做为样本，接受调查的人口占总人口的31%。在接受调查的人口中，只有1565人说拉科塔语。此外，在说拉科塔语的人中，86%的人年龄超过30岁，而只有14%的人年龄在30岁以下。[16] 因此，随着世代更迭，以拉科塔语书写的文本（如乔治·斯沃德的叙述）由于语言进一步的消失，更有可能在语言和文化层面上变得难以理解。这研究应该在说这种语言的人群还在的时候完成，从而进行重要的讨论，思想得到交流，更为重要的是，要就真正构成拉科塔口头传统的因素达成共识。

可以将帕里的工作做一个类比，他说自己研究南斯拉夫口头诗歌的目的就是想要确切地了解口语风格的特点，这样，这种风格不论存在还是消失，都能对全世界研究口头文学的学者有所裨益。从本质上讲，帕里是在寻求证据，以便得出适用于所有口头诗歌的一般性结论。他指出自己的目的是确定一首诗歌是否是口头的，如果是口头的，又应如何去理解（拜纳姆，349）。他以类似的方式，仔细分析了乔治·斯沃德的原文（拉科塔语），得到一些能够确定并理解拉科塔口头传统基本元素的材料。

在描述拉科塔口头叙述公式之前，必须在乔治·斯沃德的文本中勾勒出共同的结构要素。总的来说，他的拉科塔叙述是由行、诗节、场景组成。最显著的特征是诗节，是由单词和词组组成的行。它们的结构通常和歌曲类似。例如，一首拉科塔歌曲通常由七行歌词组成。然而，描述同一主题的诗节的数量不等。诗节有三大特征。第一个特征是开头和结尾都是公式化的，其中“hehanl”这个副词表示“当时”，是开头或初始的公式词，动词“eya”的意思是“说”，连接第三人称复数是结尾公式词。作为开头和结尾的公式化元素，它们构成了叙述结构，尽管它们并不总是以完全相同的方式出现在每一个文本中。

第二个特征是有关连续或时间流逝的表达。例如，在《日舞》的第144、145节中，hehal、glustapi、iconhan皆表示时间的流逝。Hehal和iconhan是时间副词，分别表示“当时”和“同时”。Glustanpi是动词，表示“结束”。这一特征可以在叙述特定的诗节中看到，被用来及时推进叙述。

第三个特点是使用重复和有节奏的动词。重复出现的动词以完全相同的形式重复，例如动词eyapi的重复使用。韵律动词是一种变化词形重复的动词，因此它通常具有抒情性质。例如，在叙述中，动词eya会发生词形变化，变成eya、eyapi、keya、keyapi等。如前所述，一个动词既可以有节奏地使用，也可以反复出现。不同之处在于这个动词是否在同一个诗节中使用，在那里它会有节奏地发生词形变化。除了像ce这样的词缀以外，乔治·斯沃德的叙述中还使用了具有节奏的、反复出现的动词。在某些情况下，只有流利使用拉科塔语的人才能识别动词的变化形式与基本形式之间的关系。使用重复的或有节奏的动词的目的是向听者传达某个基本思想。这些程式动词普遍存在于拉科塔的口头叙述中，并且是其特征之一。本章节以及下一章节将会讨论程式动词在诗节中的使用。尽管一些名词在诗节中也有类似的用法，但为了缩小研究范围，我们的分析对象只涉及重复的、有节奏的动词，其余的并不多加赘述。

拉科塔程式

我将帕里对于程式的定义运用于乔治·斯沃德的叙述，在这一过程中，我沿用了帕里所提出的重复的词和词组的概念，但也对部分概念进行了扩充，包括在拉科塔口头叙述形式中，程式的长度和内部结构取决于拉科塔歌曲的呈现条件，这一点在前文有所提及。因此，在描述乔治·斯沃德叙述中的程式前，我们有必要先研究拉科塔传统中逐字逐句演唱的歌曲，这些歌曲的长度和内部结构取决于歌曲的韵律条件。此前，弗朗西斯·登斯莫尔等人分析了它们的韵律和特征，尤金·布切等人则对语言和语法进行了讨论，因此本研究只涉及程式结构的相关内容。在开始的时候，需要注意的是，在乔治·斯沃德的文本中，每个词单元通常包含一个由一个、两个或三个字母组成的音节，帕里和洛德称之为单音节词。[17] 特殊情况下一个词单元会包含由四个字母组成的音节。乔治·斯沃德在着手写作时表示，“我将我所说的拉科塔语写成文字，它们都是一些短词。”他很遗憾地表示拉科塔人的读写能力发生了改变，“如今，年轻的拉科塔人在写作时把许多短词合并成一个长词，并且他们也以这样的方式说话”。

(《沃克特藏》，169:1)

此外，通常拉科塔叙述和诗歌中包含的词单元都是由三个及三个以下的音节组成；只有在特殊情况下，一个词单元会包含六个及六个以上音节。这一点在第一篇叙述的 1－27 小节有所体现。全篇 323 行共 920 个词，其中包含三个音节以上的词只有 117 个。因此，在第一篇叙述中 87% 的单词是短词，这证明了乔治·斯沃德的观点，即大多数的拉科塔词为短词。长词包括名词的复数形式，如 akicitapi，该词的原形 akicita 由四个音节构成，意为“勇士”，它与复数指示词 pi 一同构成五个音节的词单元。长词还包括动词的变形，如 omanipi，该词的原形为 omani，包含三个音节，意为“走”，在它表示第三人称复数形式时长度变为四个音节。在这两种情况下，词语的原形都要短于它的复数形式或是变化形式。动词还可以包含六个音节，例如第一篇叙述的第一句话中出现了 owiciyakapi 一词，这是一个短语，意为“当某个人或某件事被谈论起”，它是 oyaka 一词的变形，原形 oyaka 包含三个音节，意为“说”。若将这个较长的词单元与名词 Wakinyan①相结合，形成短语 Wakinyan owiciyakapi，意为“当人们谈论起 Wakinyan”或“一则关于 Wakinyan 的故事”。这些词形变化及所形成的短语展现了丰富的叙述传统，乔治·斯沃德精通其中的特殊语言和措辞，并且能够运用自如。[18]

乔治·斯沃德手稿中的 2240 行文字为本研究提供了研究材料。日舞叙述共 1522 行，约占分析文本的 68%。其余三篇叙述长度为 718 行：第一篇叙述 323 行（占所有分析文本长度的 14%）；第二篇叙述 85 行（占 4%）；第三篇叙述 310 行（占 14%）。

①拉科塔语，意为“雷电”。

表示反复出现的思维模式的最常见的词组包括连接名词和连接动词的组合。所有的叙事中都没有标点符号，因此连接词－名词和连接词－动词的组合可充当语言的标点符号，将前后两种观点相间隔；它们标志着一个新的句子、新的观点或新的诗节的开始。如前所述，副词 hehanl 被翻译为“偶尔”，它也具有同样的作用。动词 eya 意为“说”或“说任何事”，它经常在叙述的全文中出现，并且用于句尾表示标点符号。Eya 有许多形态，如 eyapi 和 keyapi，同时它也是一种程式，其目的是帮助叙述者快速创作，表达基本思想，我们将在下文中进行具体讨论。

拉科塔歌曲

《日舞》的文本材料可分为叙事、歌曲和祈祷三部分。拉科塔歌曲很适合作为该类型的分析材料，因为在本研究中，程式的长度和内在结构将取决于歌曲的韵律。在对日舞叙述中的第一首歌曲进行了逐行分析后我们发现，这首歌共有 7 行，每行包含七到八个音节，共 60 个音节，诗歌结构为 9-9-8-9-8-9-8 模式。大多数拉科塔歌曲的长度都为 60－66 个音节，该长度的诗歌更能使听众耳熟能详。其中九音节的诗行内容不断重复，每行的词所包含的的音节按照 3-2-3-1 的规律排列，所有词最长为三个音节。这证明了乔治·斯沃德的说法：在拉科塔语中，大多数单词都是短词。同样，在八音节的诗行中，词按照 2-2-3-1 的音节模式不断重复，并且都不超过三个音节。

同时，这首歌向我们展示了韵律动词的使用。例如，三音节词 wakage 出现在九音节诗行中，另一个三音节词 micage 出现在八音节诗行中，这两个词具有相同的韵律，都是 kage 一词的变形。Kage 由两个音节组成，意为“做”。在拉科塔语中，动词变形时与英语不同：除了插入或增加一个不可分割的人称代词作为前缀外，原动词保持不变；在词后添加后缀 pi 表示复数（比歇尔，《语法》，34）。不可分割的人称代词可以是主观的，如 wakage 的形式，也可以是客观的，如 micage 的形式。在这两种情况下，动词 Kage 均以第一人称单数形式出现。它的重复出现引出了一个关键问题：在拉科塔口头传统中，使用重复的或有节奏的动词有何传统内涵？由于这类动词代表了一种反复出现的特征，并被广泛使用，因此我们需要对乔治·斯沃德的叙事进行逐行、逐节的分析，同时对叙述中的歌曲进行逐行、逐篇的分析。

拉科塔歌手都会演唱七行诗歌，其中每一行包含八或九个音节；有些诗行可能长达 12 个音节。除仪式上演唱的歌曲外，七行歌曲的构成在叙事中似乎是一致的。同样，帕里和洛德发现歌手们偶尔会唱出 9、11 甚至 12 个音节的歌词。日舞叙述的第 228－230 节是一首八行诗歌，这首歌曲共 66 个音节，音节模式为 8-4-8-4-15-8-4-15。其中 mitasunke 和 wanlakape 为重复词，均由四个音节组成。诗歌中较长的单词重复出现。Mitasunke 在所有的八音节诗行中重复出现，在最长的两行中与 wanlakape 结合成词组 mitasunke wanlakape，意为“你看到我的马”。动词 wanka 的意思是“看到”，这是它的第三人称单数形式，意为“他或她看到”。如前文所述，动词变形的重复使用向我们传递了歌手或叙述者想要表达的基本思想。动词变化形式的使用能够使歌曲富有诗意。动词 wanlaka 出现在较短的四音节诗行中，它是动词 wanlakape 的变形，为了缩短长度，将词尾的元素 pe 省略。而在较长的十五音节诗行中，它与 mitasunke 相结合，意为“我的马”。重点在于它作为一个节奏动词所起的作用，即它五次作为短词，五次作为长词出现在歌曲中，表达了歌曲的基本思想。因此，在这首歌曲中，该动词的每一次出现都在提醒听众，拉科塔文化中财富的象征：马。

日舞叙述的第263－265行是一首女性歌曲，与上述歌曲相比，它也具有七行结构，音节模式为7-4-6-5-5-4-5，共有36个音节。[19]其中最长的词为4个音节。女性诗歌中包含的动词有：pahanajin，复合动词，意为“随时准备罢工”；tayakpe，意为“指控或攻击”；hiyuniya，意为“向你伸出手”；kte，意为“杀死”；以及blhiciya，意为“振作起来”。在女性诗歌中并未出现重复的诗行或押韵的短语。

相比之下，仪式歌曲的长度和音节结构都更长。这一点在日舞叙述的第224－226节有所体现，其中一首仪式歌曲一共有7行，每行的音节模式为12-12-11-8-12-11-8，共74个音节。乔治·斯沃德指出，他在这类歌曲中使用了不为别人所用的词，唯有圣人才能知晓：“这些语言……用于……圣歌或仪式中，普通人不明白它们的意思。”（《沃克特藏》，169：1）

登斯莫尔对33首日舞歌曲进行了分析，这证实了拉科塔歌曲的行谱和音节长度的相关发现。[20]第24首歌曲是登斯莫尔研究的作品中最长的一首，名为《正午之歌》，共18行，由62个音节组成。[21]这首歌分为三个诗节，每句6行，第一个诗节共21个音节，第二个诗节19个音节，第三句22个音节。登斯莫尔日舞系列研究的作品中最短的一首歌曲为第12首，名为《圣柱的胜歌》，其中包含26个音节。这首歌曲共3行，第一行8个音节，第二行和第三行均为9个音节。登斯莫尔研究的日舞系列的大部分歌曲都在4－6行之间（在该范围内的有15首歌曲）。[22]

综上所述，前人的分析十分关键，因为乔治·斯沃德根据主题将每个诗节或几个诗节组合成的段按照一定的音节模式排列成行，这些诗行与拉科塔歌曲中使用的模式有异曲同工之妙。因此，诗行、诗节、主题是构成拉科塔叙述的三大要素，而构成拉科塔歌曲的要素则为行和诗节。随着分析的深入，这一结论在叙述中得以体现。就音节数而言，一些小节和整首歌曲的长度一致，因此在第一篇叙述中，1－4小节的音节数分别为47、33、26、37，在第二篇叙述中，1－4小节的音节数为42、47、79、53，等等。

我们在第二章讨论过，相较于书面文学，口头作品包含两个特有的基本要素：不存在指导歌手或叙述者创作的固定模板，快速创作至关重要（洛德，《歌手》）。就乔治·斯沃德而言，他使用程式化的词、词单元、短语等进行创作，这反映了一种与帕里所言相似的创作方式，即诗人通常会从自己听过的固定词组中选择一定内容进行诗歌创作，这种方法特别用于读写还未出现之前（《荷马史诗的形成》，329）。[23] 一旦作者学会了这些程式化的词和短语，叙述的长度就取决于叙述者对传统中主题和特殊语言的了解程度。因此，每一小节的长度就如同歌曲一般，长短各异。例如，《胜利之歌》只有26个音节，而最长的《正午之歌》却有62个音节。如前所述，歌曲中的音节和成行排列展现了拉科塔叙事中常见的组织模式，并为分析乔治·斯沃德的叙事结构提供了一种途径。

程式可以帮助演唱者快速创作歌曲，无须借助书写，同时它可以帮助口头诗人运用固定的方式表达思想，将英雄故事浓缩在六韵步诗行中（帕里，《荷马史诗的形成》，266，270）。根据帕里的定义，洛德简要总结了程式的作用，它在创作中帮助作者使用一致的形式表达思想。据帕里所言，程式的“基本思想”是“除去所有表达所剩下的用于构建文章风格的内容”（《荷马史诗的形成》，272）。在乔治·斯沃德手稿的第三个叙述中，第23节 canonpa opagi yuha najin 所表达的基本思想为“他站着，手拿一圣物”。[24] 当叙述中需要表达该思想时，乔治·斯沃德通常会使用这个词组，而在日舞叙述中他还运用了类似的表达方式，例如，第 51 节中的 canonpa opagepi wan yuha；第 60 节中的 cannonpa opagepi he；第 132 节中的 canonpa opagi gluha；第 164 节中的 canonpa opage yuha；以及第 168 节中的 canonpa opagipi he。此外，该表达还被运用于其他叙述，如第三篇叙述中，它在第 3 节被表述为 canonpa opagi yuha najin；第 20 节中为 canonpa opagi；第 21 节中为 yuha inajin，在前面的一节中提到 canonpa opagi；以及第 23 节中被表述为 cannonpa opagi yuhanajin。Cannonpa 一词被用于勇士叙述中典型或反复出现的场景中，关于它的叙述需要遵守拉科塔的价值观，包括真实性，就像描写一个勇士回来报告敌人的去向。

拉科塔动词

在拉科塔的歌曲和叙事结构中，反复出现的有节奏的动词展现了一个概念，即韵律和意义相似的程式如何取代另一个程式，从而构建出程式体系。(帕里，《荷马史诗的形成》，272)。[25] 在拉科塔语中，动词的变化形式不仅包括单数和复数形式（包括对偶形式），而且还包括动词的第一、第二、第三人称。这些形式是大多数动词的固定形式。至于节奏动词，其变化形式的音调与原动词差别不大，并且与先前使用的动词程式保持一致。因此，在歌曲和叙述中使用抒情动词构成了一种程式体系，它是乔治·斯沃德创作的一种方式（帕里，《荷马史诗的形成》，276）。[26]

例如，在第三篇叙述的 11 小节中使用了副词 ipahlalya，意为“在一排”。作为一个词单元，ipahlalya 是用来表示队形的程式，例如用于描写士兵集合或军队的队形。第三篇叙述主要讲述了士兵的生活，包括战争委员会、战前准备、在战场搜寻敌人等。乔治·斯沃德使用 ipahlalya 来描述士兵行动的形象，他们或坐，或站，或“排成一排”，形态各异。此外，乔治·斯沃德还使用该词的变形描述了士兵们团结前行的状态。所以在第三篇叙述的第 11 小节，他使用了 ipahlalya iyotankapi；第 19 小节使用了 ipahlalya inajin；第 20 小节使用了 ipahlalya inajin；22 小节使用了 ipahlalya najinpi、ipahlalya iyotanke，这是动词与动词的结合。动词 iyotankapi 和 inajin 分别为“坐”和“站”。程式 ipahlalya 的使用代表了一种程式体系，展现了乔治·斯沃德创作的方式。该程式传达了作者想要表达的“勇士队列”，它与其他表达同一思想的相似的词一同构成了一个体系。[27]

为了证实乔治·斯沃德所使用的语言符合拉科塔叙述传统的要求，在对文本进行全面分析之前，我做了初步假设：他使用程式进行创作。[28] 之后他在不使用连词的情况下整合这些词组，因此这些词的作用取决于它们所传达的思想。洛德表示，“口头史诗的句法，也必须是基于程式”（《歌手》，65）。[29] 帕里表示，程式使用一定的语言将某个特定思想通过最恰当的方式表达出来。例如，在乔治·斯沃德的叙述中，程式 canonpa opagiyuha najin 意为“他所持的神圣之物”。[30] 同样，程式 ipahlalya inajin 和 ipahlalya iyotankapi 表示勇士的队列。帕里对荷马史诗的研究以及他在南斯拉夫进行的研究表明，这样的思想适合于一段特定的诗句，这些诗句中的程式与前后句中的程式相吻合（《荷马史诗的形成》，329）。[31] 在乔治·斯沃德的叙事中，词组 canonpa opagi yuha najin 的构成形式为名词、动词、动词、动词；它与前后诗节相吻合，以表达基本的思想。同样，ipahlalya inajin 和 ipahlalya iyotankapi 由副词和动词组成，它们在诗节中反复出现，让受众联想到一群纪律严明的拉科塔勇士。事实上，在日舞叙事中，几乎所有的诗节都会包含重复出现的程式化的诗行，这些可以帮助乔治·斯沃德运用叙述的方式表达思想。如前所述，程式体系的使用还可以用来判断这些叙述是否是基于传统的。[32]

如按照洛德所提出的模式分析乔治·斯沃德的文本，canonpa opage yuha najin 可以被描述为一个十音节的程式，音节构成为 3-3-2-2，句法构成为名词－动词－动词－动词，表示“他所持的神圣之物”。[33] 这个短语由两个程式构成，分别为 canonpa opagi 和 yuha najin。Canonpa opagi 包含 6 个音节，音节构成为 3-3，句法构成为名词－动词，意为“神圣之物”。yuha najin 包含 4 个音节，音节构成为 2-2，句法构成为动词－动词，意为“站立着手持”。像 canonpa opagi yuha najin 这样的程式经过历代人的使用已经成为了拉科塔口头传统的一部分。像这样重复的短语可以帮助叙述者快速创作，同时也有助于创作新的程式。例如，在日舞叙述中，第 132 节使用了程式 canonpa opage gluha，其中 gluha 是 yuha 的变形，意为“有”。本研究对 ipahlalya iyotankapi、ipahlalya inajin 进行了类似的分析。Ipahlalya iyotankapi 是一个九音节程式，音节构成为 4-5, 句法构成为副词－动词，表示“坐成一排”，ipahlalya inajin 为七音节程式，音节构成为 4-3，句法构成为副词－动词，表示“站成一排”。像 ipahlalya iyotankapi 或 ipahlalya inajin 这样的程式在传统中起到一定作用，因为它们可能是叙述者根据需要使用的，叙述者通过之前所听到的内容来描述勇士的队列。在乔治·斯沃德关于勇士的叙述中，这类公式的文化内涵对于一个精通拉科塔语的人来说是显而易见的。

本研究通过分析乔治·斯沃德的叙述，得出一个程式至少由一个词单元构成，词单元可以是复合词，或至少为两个音节。[34] 有些词单元由单个词构成，但为复合词，如 hanbloglaka，出现于日舞叙述的第 11、66、168、214 节。因此，hanbloglaka 是由 ihanbla 和 oglaka 两个词构成，它们组合在一起，形成一个四音节的程式，其音节构成为 2-2。原词 ihanbla 和 oglaka 代表六音节的程式，音节构成为 3-3，句法构成为动词－动词，表示“讲述某人的梦想”。尽管精通拉科塔语的人很清楚 hanbloglaka 的意思，但翻译起来仍有较大的难度。此处的定义与两个词单独的定义相同。这一分析也证实了乔治·斯沃德的说法，即拉科塔语篇幅较短，因为大多数的长词是由短词复合而成的。[35]

另一种理解程式构成的方式是观察一种表达无法被取代的频率（帕里，《荷马史诗的形成》，14）。在乔治·斯沃德的叙述中，有这样的一个程式 eya，意为“说”，它出现在整篇叙事中。正如前文所讨论的，该程式也是一种程式化的结尾，表示一个场景的结束。该程式在第一篇叙述中出现了 11 次，第二篇出现了 4 次，第三篇出现了 1 次。在较长的日舞叙事中，该程式出现了 31 次。它通常以祈祷的形式与其他常见的程式一同出现，有时会被逐字重复。[36] Eya 可以被描述为一个音节构成为 1-1 的双音节程式，其句法构成为名词－动词，意为“说任何话”。[37] 乔治·斯沃德在叙述中使用 eya 一词展现了一种叙事模式，该模式存在于拉科塔叙述传统中，用于帮助叙述者快速创作，它的形式包括：iyapi、eyapi、keyapi、lecel eya、kta ce eyapi、kta ce eya、lecel eya、kta eya ceeyapi ce、kta ceeyapi ce、eyasta。正如前文所提到的，它作为程式化的结束语，在句尾充当动词的标点符号。[38]

通过前人的研究，我们能够看到，在拉科塔传统中，口头叙述的实践需要一种独特的创作方法，这种方法与我们通常所使用的书面方式有所不同。下一章节我们将对第三篇叙述和日舞叙述中的小节进行分析，从而对本章观点做进一步阐述。

注释

[1] 海姆斯确定了“两种形式的复述：描述性编目和行为的累积重复”，这足以证明他使用了这种结构（150）。

[2] 同一时期的美国文学中还有许多其他事例，如《瘸腿鹿，幻象的追寻者》（1972）和《愚蠢的乌鸦组人：智慧与力量》（1990）。

[3] 参见附录 1 中第一篇叙述的第 12 节。从第 11 到第 12 小节是一个认知 hanble oglaka 过程，斯沃德使用了做梦一词的多种形式，如 ihanbla、ihanbli 等。

[4] 弗利表示，“在荷马史诗和古斯尔中都出现了以口头创作为基础的程式和典型场景（主题）。之后的研究增加了第三层级的反复：故事范型……就像《奥德赛》和许多南斯拉夫歌曲中包含的返回范型”。（《如何阅读》，111－112）

[5] 我将乔治·斯沃德作品的翻译组合成一段话用以进行比较。和其他语言一样，拉科塔语无法精准的翻译成英语，因此任何翻译都是翻成近似的意思。尽管 Heyoka 一次有许多翻译，但我认为都不准确，在乔治·斯沃德的叙述中 Heyoka 是指做梦者。

[6] 在对亨利·克拉夫特关于齐佩瓦族（欧及布威族）的文本的文学翻译进行分析时，海姆斯指出，“几乎所有拥有现代标准和品味的人都会更倾向于直译，因为无论是内容上需要增加还是删减，直译都会有更好的效果。”他继续表示，“如果两种翻译在内容上都与原文一致，那么字面翻译则更为具体”，（39－40）。据威斯勒所言，直译更适合美洲印第安文本（《沃克特藏》，4:9）。对本研究而言，开始时我是用了字面翻译，但后来我又换成了文学翻译。

[7] 关于黑麋鹿的描述参见本书 19－36 页。

[8] 这和弗利提到南斯拉夫歌手时所说的相似：“这些歌手都掌握着许多故事模式……这些模式可以作为制作口头史诗的范型，也可以作为理解诗歌的标志……这些模式一起构成了不同种类、内容各异的故事。”（《如何阅读》，209－210）

[9] 在开始介绍程式之前，该部分将对此进行更多的讨论。关于故事模式，海姆斯表示，“通用模式构成了文章的组织架构”。（150）

[10] 关于口头诗歌书面文本的相关问题，洛德提出了解决方法，“进行程式分析（当然，必须有充足的分析材料才能得出结果）能够表明指定文本是口头的还是‘书面的’。口头文本具有鲜明的特点，即措辞中包含显而易见的程式，以及大量的‘程式化语句’，并且只有少数非程式化表达。而书面文本包含大量非程式化表达、部分程式化表达和少数明显的程式”。(《歌手》，130)

[11] 海姆斯表示：“对叙述陈述和语境中（特殊）的语法做出假设具有一定价值，它能使人们探寻所有有迹可循的结构。”(151)

[12] 乔治·斯沃德声称他讲古老的语言（《沃克特藏》，108)。关于翻译，芬尼根问道，翻译能够“准确”吗？和包括威斯勒在内的其他学者一样，她写道：“不妨采用‘字面’译的方式。当然，这不是唯一的选项，因为翻译需要考虑许多因素，包括内容意义的模式、单位限定、目的、受众等。并不存在完全的‘字面’或‘准确’翻译——除非你接受极度具有指示性的语言模式。”(《口头翻译》，188)

[13] 关于读写能力，弗利表示，“书面作品常有，但文学难得。另一方面，据我们所知，各个民族都创作传播了口头传统……相比文本传播更为广泛，同时适应性更强、更为持久……口头诗歌是如今一种主要的文学呈现形式，它不仅只是一种古老的形式，同时也存在于当代（社会)”。(《如何阅读》，25)

[14] 弗利表示，游吟诗人们按照诗的主题顺序将程式填写进诗歌的主要位置。(《如何阅读》，209－210)

[15] 本研究的范围不涉及所有的程式，后续的研究可能会展现这些程式在乔治·斯沃德作品中的广泛应用。

[16] 人口总数来源于 2005 年美国住房与城市发展部提供的松树岭保留地（或奥格拉拉苏族保留地）人口数据，并对年龄在 29 岁以下的人口进行进一步细分：年龄在 18－29 岁的受访者 1576 名，其中只有 137 名说拉科塔语；年龄在 7－17 岁的受访者 2491 名，其中 59 名说拉科塔语；6 岁及以下的受访者 1566 名，其中 26 名说拉科塔语。拉科塔语使用最广泛的人群在 30－49 年龄段之间，其中 1977 年前出生的受访者中有 610 名说拉科塔语；而在 1276 名 50 岁及以上的受访者中，说拉科塔语的有 733 名。

[17] 在拉科塔语的讨论中，相较于“词”，使用“词单元”更为贴切；词单元指音节的合成。

[18] 弗利表示：“多亏现代技术重现了消失许久的口头传统……我们可以使用一定

方法重新构建荷马口头史诗的语境……通过对现存的书面文本的分析，我们可以开始学习游吟诗人专业的语言及其记录。”（《如何阅读》，10）

[19] 男性歌曲的长度通常为 66 个音节，大约是女性歌曲的两倍。

[20] 如前所述，海姆斯对美洲印第安叙述做出了如下陈述：“总之，人们所能接受的最低限度是将诗歌定义为‘成行排列的话语’。”不依靠海姆斯的研究成果，我凭直觉将卢瑟立熊的作品按行排列。（瑞德 · 舍特，引言，5－21）

[21] 62 个音节的长度似乎很容易被牢记。如前所述，大多数男性诗歌的篇幅均等于或大于该长度；而女性所创作的诗歌则相较更短。由前文对日舞叙述第 263-265 小节的分析可知，女性歌曲的篇幅为 36 个音节。

[22] 其中 6 行歌曲有 4 首，5 行歌曲 4 首，4 行歌曲 4 首，3 行歌曲 3 首，9 行歌曲 3 首，18 行歌曲 1 首，12 行歌曲 1 首，另外 12 首歌曲没有歌词。（参见登斯莫尔，87－151）

[23] 只有当书写出现后……才存在固定形式。（帕里，《荷马史诗的形成》，16）

[24] Canonpa 表示神圣之物，它由一位美丽的拉科塔女性带来，她被称为 wakan winyan，意为“神圣女性 ”。（J · 布朗，《神圣烟袋》）

[25]“这里的程式远远超出了名词——描述词的表达形式。帕里展现了荷马史诗的整个程式体系，例如在诗行的相同位置，以相同的方式反复使用连词——动词词组，以表达类似的观点。无论是长度还是流行程度，文学诗篇中均没有与这些体系相类似的内容。”（帕里，《荷马史诗的形成》，31）

[26] 据帕里所言，程式可分为两种类型：使用特殊的语言，和使用类似的语言表达类似的观点。第二种类型的程式可构成体系。（《荷马史诗的形成》，275）

[27] 程式体系很清晰地展现了歌手或叙述者创作的方式。帕里表示，程式体系可以让人们确定程式的范围，了解它们如何在不使用短语的情况下，通过相似的构造表达相似的思想，并能够相互替代。这一点可在荷马史诗中体现，其中描写上帝和英雄的内容中使用了名词——描述语的程式体系。（《荷马史诗的形成》，276）

[28] 据帕里所言：“当读写未出现之前，诗人通常使用程式进行创作。他的创作别无他法……他从之前听到过的其他歌手的诗歌中选取一些固定的词组，结合成自己的诗歌。”（《荷马史诗的形成》，329）

[29] 洛德继续说明：这里所谓的语法是一种并列的语法，以及常用的、有用的短语

的语法。创作中的有用性没有任何指责的含义。恰恰相反，如果没有这种有用性，叙述的风格，或更严重地说，整个实践都无法成功完成，甚至都无法产生。歌手的创作方式由快速表演的要求决定，而歌手的表演依靠他所养成的习惯，以及声音、词、短语、诗行之间的联系。他不曾在习惯面前退缩，也不需要固定的记忆，追寻不寻常的事物。他经常使用的短语和歌词并不是十分清晰，但许多都从源头重新发出了声音。(《歌手》，65)

[30] 拉科塔最为神圣之物为 canonpa，它是由一位圣女带入拉科塔。

[31]“每一个短语都表达了一个特定的思想，它适合于特定长度的诗句。其中一个固定的短语或公式……是由诗篇中的部分语言组成的，它们与前后构成诗句和诗篇的程式相符合。”(帕里，《荷马史诗的形成》，329)

[32]“口头文本中包含许多程式，其余大部分为‘程式化’的语言。而文学文本的一大特点是其非程式化的表达，其中包含部分程式化的语言，和极少数清晰的程式。”(洛德，《歌手》，130)

[33] 洛德确定了程式的四要素：第一，给定的需要表达的基本思想；第二，思想必须契合的韵律；第三，内部韵律模式、音节或词组、韵律内容；第四，句法或思维模式。(《歌手》，32－33) 第二个要素需要确定音节的长度，因为音节的长度对应歌曲的长度；例如，大多数歌曲都为 7 行，大约包含 66 个音节。

[34]“荷马史诗中的程式被定义为一个词群，通常在相同的韵律条件下被用来表达特定的基本思想。”(帕里，《荷马史诗的形成》，272)

[35] 在程式为较长的词时，原形将被给出。

[36] 在日舞叙述的第 68 节中，祈祷者开始祈祷时说“anpetu wanji to wanjica ca iyablakela ca iyolilita ca he kiciite cokaya ite wayecila kin kta”，这部分祈祷的内容也出现在日舞叙述的第 17 节和第 68 节。祈祷者通常会以 eya 的形式结束祈祷：ce eyapi ce。

[37] 该分析基于复合词 i 和 ya：i 表示“嘴”，ya 表示“用嘴巴完成的事”。

[38] 据比歇尔所言，简单句是指仅由一个主语和一个谓语构成的句子，其中任意一个词或两者都可能是复合词。在拉科塔语中，主语可以是名词、形容词或代词，也可以是从句。谓语动词可分为完全谓语和不完全谓语。关于词序，一般规则是将不可分的人称代词作为主语，因为它包含在谓语动词中，谓语跟随主语。当然也存在例外……关于主语和谓语在数量和人称上的问题，拉科塔语中有对应的规

则，它与我们所使用的规则大相径庭（《语法》，198）。例如，在乔治·斯沃德第一篇叙述的第一节中出现了 Wakinyan kin wiyohpeyata tipi (keyapi) 这句话，其中主语为 wakinyan，它是一个集合名词，因此谓语 tipi 使用复数形式。tipi 这个词的拼写与“住处”一样，但是在这个句子中，动词 ti 的意思是“生存还是居住。”

第五章　文本分析

如今，至少对于大部分基于口头传统的美洲印第安文化，包括讲拉科塔语的民族来说，程式分析意味着文本分析。在进行拉科塔文本分析时，通过声音来思考至关重要，因为它其实是通过声音传播的语言，而非阅读单词或短语的视觉性语言（帕里，xxiv）。为了在一个样本中展现多样化的程式，我将从乔治·斯沃德的叙述中抽取四个例子进行分析，并且使用下划线标出每个例子中反复出现的词和短语，将它们标注为程式。这些程式化的语言来自拉科塔口头传统，在乔治·斯沃德的叙述中也很常见。没有标注下划线的内容则为非程式化语言。

每个例子都显示了一种组织模式，包括场景和主题中的行、小节、由几个小节组成的一段内容（主题将在第六章中介绍）。此外，这些例子还涉及早期被认为是拉科塔口头叙述所特有的要素，其中包括：一、开头和结尾都使用程式化语言；二、连续或一段时间的陈述；三、重复的、有节奏的动词。动词的使用反映了一种文化，它在语法中没有为被动语态保留一席之地。[1]

叙述3，小节1－9

1 Ikce wicasa ozuye econpi wicasa tuwe wanji toka wicayapi ekta

zuya yacin kin

2 takola wicaya wanji is nonpa ecel om aokiyapi na tukte wanji kahnigapi

3 canna anpetu wan el wohan na tuwewe wicacin kin wicakicopi na wanna tipi ogna ahiyotanke canna canonpa opagipi na hupgluzapi na Ho wakantanka le iyahpeyaya taku wowahtani wanil misna wasanica wanji kte eya hehal iye onpa na unmapi nakun oyasin onpa

4 Nakun wohanpi kin he waksica ognakapi na ciska nonpa el ognakapi na hoihanke eciya tanhan nonpa yutapi na ake iyeyapi canna ake ciska nonpa icupi na ake nonpa yutapi na woyute wacanla okawinge yutapi na tebyapi

5 Na tuweni nonpa okawinge sni wasuyapi tuktel zuya wohanpi wanji nonpa okawinge cinhan he ozuye kin secaya wa a kipapi keyapi

6 Maka he amaniya zuya aye kta ehatanhans ohanhepi wan el oyasin witayapi tipi wanji el ogna na tokel igluza omanipi kte ca con iyecehce igluzapi witayapi na oiyokipiya woiyuskin ou woglag yankapi tehan sni hehanl inapapi na hocokatanyan

7 Inajin na sunk kag lowanpi na yahen ahiyayapi na eyastapi na lila ungnahala akisapi na hehal olowan he lila ahiyayapi na itazipa el wauhinkpe on icatasahan lowanpi apapa najinpi na oyasin yusisi iwacici najinpi na lowanpi

8 Olowan:[2]

1 Kolapila tohal wagli keciyas ecin homawaniye

2 Kolapila tohal wagli keceyas ecin homawaniye

9 Olowan ota on lowanpi

文本分析

上述例子共76行，其中包含一首歌曲。第1节向读者讲述了故事的基本内容，即一个人想要与敌国开战。第2节介绍了勇士们的协助者。第3节讲述了人们在战前召开委员会议，并进行祷告，在第4节中人们举行了宴会，第5节讲述了每一位勇士都遵守宴会礼仪。在第6节中，勇士们与战友一起度过了战前准备的夜晚。在第7节，勇士们站立着激情高唱，歌声停止后大家都十分安静，而后又突然发出怒吼，接着歌声再次响起，人们伴着歌声舞蹈，他们边唱边敲打着木质的弓侧，肩膀跟着节奏不停地晃动。在第8节，他们演唱了一首歌曲，最后一节他们继续歌唱。[3]

对程式的进一步分析显示，第1节中出现的程式ikce wicasa、ozuye econpi、toka wicayapi和zuya yacin表明了一般人的普遍想法：上战场、寻找敌人、想去打仗；作者想表述的概念越传统，该小节中出现的程式就越多。第3节中出现的canonpa opagipi na hupgluzapi是一个有关神圣烟袋的程式，其中吟诵的祷文由程式组成，包括wowahtani wanil，意为“没有困难”。第5节讲述了勇士们所遵守的礼仪，下文也将对其进行分析。[4]

上述例子中包含了一些用于开头的程式，例如第3节中的副词canna，意为“何时”；第4节中的副词nakun，表示“也”；第5节中的连词na，意为“和”。由于它们是单个的词或词单元，因此我们在分析时并未全部标注。

同时，表示结尾的程式如下：第3节中的动词eya，意为“说”；第5节中的keyapi，它是动词eya的变形。同样，由于它们都是以单个的词或词单元的形式出现，所以我们在分析时也并未全部标注。乔治·斯沃德会使用这些程式来着重强调"他们说过"。

上述例子中使用了程式的第二大特征——词、词单元或短语来表示时间的流逝。例如第3节使用了canna，该词出现了两次；anpetu wan el，意为"在某一天"；副词wanna，表示"现在"；kte，是表示未来时间的虚词，也可以翻译成"将会"；以及副词hehal，意为"那时"。[5] 文中还有许多表示时间流逝的程式，如第4节中出现的副词wancala，意为"某一个时间"，第6节出现的名词ohanhepi，表示"黄昏"，以及副词tehan sni，表示"在短时间内"。第7节表示时间的词有动词eyastanpi，意为"结束"，形容词ungnahala，意为"突然地"。在整篇叙事中，叙述某些小节是为了契合主题，因此在上述例子中，第6小节的目的则是标志着时间的流逝。

程式的第三大特征是重复的或有节奏的动词。这两者之间存在形式上的差别，不断重复的动词形似不变，而有节奏的动词将会改变形式，但两者的意思都不会改变。[6] 节奏动词的变化形式并不是重复而沉闷的，而是像诗一样抒情，正是这种特质使口头叙述有别于日常语言。能够掌握这一特征的演讲者更善于讲述故事，乔治·斯沃德也证明了自己的这一能力。该特征在第1、2节中有所体现，如wicayapi、yacin、aokiyapi等词。通过使用这些程式，叙述者想要强调一种观点，即讲述这篇勇士故事的原因正是toka wicayapi，来讲述勇士们上战场杀敌：toka意为"其他人或敌人"，wicaya意为"成群前往"。这个动词以不同的形式在全文反复出现，如第4节中的变形iyeyapi，以及第6节中的变形amaniya。反复出现的动词在叙述中较为常见，如第3节中的onpa，意为"吸烟"，在文中重复出现了两次。第4节中的ognaka，意为"放置"，以ognakapi的形式重复出现；yuta，意为"吃"，以yutapi的形式中重复出现，在文中它被使用了三次来表示这是一个 zuya wohanpi，一场“勇士的盛宴”。在第 5 节中，okawinge 意为“过来”，在文中重复了两次。节奏动词的使用在文中也很普遍：在第 6 节中，动词 igluza 意为“穿衣服”，它的表达形式为 igluzapi，动词 mani 意为“走”，它的表达形式为 amaniya 和 omanipi。在第 7 节中，lowan 的意思是“唱”，它以 lowanpi 的形式在文中重复；ahiya 同样表示“唱”，它以 ahiyayapi 的形式在文中重复；najin 意为“站立”，它的表达形式为 najinpi。

叙述 3，小节 14－21

第三篇叙述的 14－21 小节，由 128 行文字组成，其中包含一首歌曲。

14 Ozuye wan wicotapi ehantanhans Blotahuka sagloga wahecetuya wicakagapi hena ozuye kin hel wiyukcanpi kta ca on hena wicakagapi

15 Hehal akicita wicakagapi kta on Blotahuka wowasi ion ake koskalaka waste nonpa wicakico i na awicagli hehal ataya zuya itancan con koskalaka kin hena he wicakiya “ozuye kin le waste kta ca on Blotahuka kin lena wicakagapi ca nis leniyas akicita itancan nicagapi Blotahuka ho anawicayagoptapi kta na nita hoksila（honge）[7] kta on akicita wicayakage kta” eyapi hehas akicita wicakagapi

16 Hehal tuwepi nonpa atokanyan wahukeya nonpa kagapi inkpata okijata na el okijata iyokiyin el sonkaha ohiye nonpa baslecapi iyakaska pi na okijate nonpiya kangi son ptaptaya iyakaskapi na tacante ogi con i el akagegepi oikan yamni kagapi na wahukesa

he el iyakaskapi na koska sinte nonpa koska wastepi kta itepi na heca nonpa iwicacupi na wacaconpi canna hena koska kin mni aku wicakiyapi canna ozuye wicoti ataya mni wicakagli omanipi hena toka sankanyan ata wicayapi kin iye tokaktepi wowitan yuhapi kta wowicakican

17 Wanna toka tahmakoce ekta wapaya ihuni kin iconhan koska nonpa na etan owicakiyapi yunke ehatanhans hena toka ta otoweya[8]onpi ca hena tunweya sa ewicakiyapi na koska kin tuwe hecel econsa kin he woyuonihan yuhakiyapi

18 Na hehal Blotahuka kin wanna toka ekta takul atogyapi canna Hocokam iyotankapi na koskalaka tuwe wicakahnigapi tuwekesa Blotahuka wanji na is akicita tuwekesa el opa cin kin okihi na hena aglimna wicayapi na hena tuweya yapi kta ca okihipi canna wicasa kin tuweyayin kta yuowecinhan ewicaglepi

19 Is hoka eya ipahlalya inajin na lowanpi na tukte tokeya eglepi he cajeyatapi na ake wanna ake iyayelo tiyata heyapi[9]na tona ewicaglepi otiyohi cajeyal ilowan ihuni wicayapi hehal inyag iyayapi ca awicasapi na wicakice lowanpi

20 Iyayapi con ekta wanna sunka ho kupi kin on ozuye kin he nahonpi kin hehal heyapi "hochanhe tuweya u kiyelo" eyapi na oconhegla canna iyaye wic-ayapi conhan [10]wicasa eya el lowanpi ion hena eepi is wanji tokeca el aopeya ake ipahlalya inajin cokata ptece ptayela egnakapi na el wicasa kin wanji canonpa opagi

21 Na yuha inajin canna ozuye eciyatanhan tuweya u kiye etkiya wicasa tona okihipi etkiya anawicatapi tuweya kupi kin iwastegla

awicapapi he wacanhiye koyag kupi kin he iye tokeya icupi cinpi on

文本分析

第 14 小节中 Blotahuka 被表述为 tuwa wazuye itancan ca he；意指带领勇士进行战斗的人。它在第三篇叙述中出现了五次，分别是在第 12 节、第 13 节、第 14 节、第 15 节和第 18 节。Hehal 一词在第一篇叙述中出现了六次，[11] 在第三篇叙述中出现了八次，[12] 在日舞叙述中出现了七十九次。[13]

这些诗节展现了基于主题的诗行、小节、小节组的结构模式，以及拉科塔口头叙述三大特征的运用。第一点，程式的使用。第 15、16、18 小节使用了表示开始的程式 hehal，其中第 15 小节重复出现两次。另外表示结束的程式 eya 在第 15 小节中以 eyapi 的形式出现，意为“他们说过”，叙述者在引用他人言论时会使用该程式。尽管在叙述中 eya 通常出现在小节的结尾处，但在第 15 小节中却不然。

第二点，程式化的语言。上述例子中包含了一些表示时间流逝的程式化的词和短语，如第 14 小节中出现的短语 kta ca，意为“将会”；第 15 小节使用的两个词 hehal 和 kta；[14] 第 16 小节中的 hehal, canna 和 kta；第 17 小节中的 wanna、ihuni 和 iconhan。Ihuni 表示“到达”，iconhan 表示“同时”；另一个词的意思前文有所提及。在整个叙事中，某些诗节向读者展现了场景的时间变化；这一点在第三篇叙述的第 17 小节得以表现。

第三个特点，反复出现的或有节奏的动词。第 14－16 小节中使用了节奏动词 kaga，它在这部分重复出现了七次。在第 14 小节中，它的形式为 wicakagapi，在第 15 小节中，它的形式为 wicakagapi、 nicagapi 和 wicayakage。[15] 第 14 小节和第 15 小节叙述了首先选择领导者，然后选择勇士。动词 wicakaga 起强调作用，强调个人要服从于任务。在第 18 小节中，节奏动词 ya 表示“去”，它以 atogyapi、wicayapi、yapi 和 yayin 的形式出现；在第 19 小节中，它的变形为 iyayelo、tiyata、wicayapi 和 iyayapi；在第 20 小节中，它的变形为 iyayapi、iyaye 和 wicayapi。第 19 小节中还出现了节奏动词 cajeya，意为“给……命名”，它出现的形式为 cajeyatapi 和 cajeyal；lowan 意为“唱”，它出现的形式为 lowanpi 和 ilowan。就修辞学的角度而言，使用该动词的方法十分有效：勇士们通过歌声被召唤。最后，在第 21 小节中，节奏动词 ku 表示“返回家园”它以 u kiye 和 kupi 的形式重复出现了两次。这一节的重点是被派去侦察敌情的侦察兵返回家园，以及向所有在战争中获得胜利并且首先触及到敌人的士兵授予荣誉。第 16 小节使用了反复动词 iyakaska，意为“系”，它在文中重复了三次，并未改变形式；另一个词 kaga 意为“做”，它以 kagapi 的形式在文中重复了两次。

日舞叙述，小节 10－24

乔治 · 斯沃德对于拉科塔日舞仪式的描述使故事更贴近人们的生活，因为叙述中所涉及的人物也出现在更宏大的故事背景之中。在本研究中，日舞叙述所涉及的人物包括宣誓的勇士、巫医，以及拉科塔族人。这将在每个示例中加以说明。由于日舞叙述篇幅较长，因此其中的诗节为乔治 · 斯沃德文本中程式的分析提供了额外的素材，该分析能够说明样本中程式使用的广泛程度。我们将所选诗节中的程式用下划线标出，因此没有做标记的则为非程式化语言。这本选集涵盖了乔治·斯沃德手稿中的的 90 行内容，其中包括一首歌曲。

10 Na wicasa wakan iglawan wan hoyeye sipi kin ins iglujuju na wicilazata inajini na okihi kin lowan iye wakan olowan tawa wan heca ca[16]

11 Iho hanhan he topa eya ca ehake eye cinhana ihecegla woglag hanbloglaka na lecel eya

12 Anpe wi kin wasteya nongopta icuwo peji hinyapaza oyasin ite tokeca ahinape cinhan hoksila wahehatu kin lena ite wanwicalakin kta ce eyapi

13 Tka wamakaskan yeye cinhan ehena om ite wankiciyakapi kta ce eyapi

14 Na wokicize kin le el taku wacanrize[17] oyasin nagi wasakala kte na wacanrize hena oyasin mitawa kte

15[18] Tka miyee etkiya taku wowartani[19] wanil mita oyate ekta wakinajin kta eya ce kinhan

16 Hehal tate ouye topa kin ekta tuwa warupakonza ewicakyapi kin na ihukuya wamakaskan wanbli cetan tehan houka hena oyasin ca nonpauiciy iuzapi kta ce eyapi

17 Anpetu wanji towanjica ca iyolilita ca iyablageyela okatakin wanica hena kici ite cokaya kici wanyecila kapi kta ce eyapi ce eyasta hehal wicasa el najihpi oyasin haye eyapi

18[20] Hehal[21] olowan kin le ahiyaya[22]

19[23] Oyate waste wakage lo

20 Oyate waste wakage lo

21 Kola lena micage con

Oyate waste wakage lo

Kola lena micage con

Oyate waste wakage lo[24]

Kola lena micage con

22[25] Hehal enakiyapi na wokicize el opapi eya taku icekiyapi na tanyerce[26] iyeceturce[27] sni eyas hecena econpi kta na

23 Wicasa wi wanyag waci kte cinhan hehanyan wicasa kin he yuwakanpi eciyapi na on wakan iglawa on na takuni sicaya econ sni na tokecincinya ou sni

24[28] Wicasa wakan otapi tka conala o wi wanyag waci kaga okihipi[29]

文本分析

上述文本中 12－17 节为 hanbloglaka；19－21 节为一首歌。第 11 节提到了一个八音节程式，用来表述“按照前三次的方法进行第四次尝试”。此外，该文本还展现了拉科塔口头叙述的组织范型和特征。

拉科塔口头叙述的特征体现在以下方面。

一、程式的使用。表示开始的程式有：连词 na，意为“和”，出现在第 10 和 14 小节；连词 tka，意为“但是”，出现在第 13 和 15 小节；以及 hehal，出现在第 16、18、22 小节。表示结尾的程式有：副词 ca，意为“所以”，出现在第 10、16 小节，第 17 小节中使用了它的变形 ca；eya，以 eyapi 的形式出现在第 12、13、16、17 小节；以及第 14 小节中出现的 kte，第 16 和 22 小节分别使用了它的变形 kta ce 和 kta na。

二、表示时间连续性的陈述。其中包括：副词 iye，意为“输出或提出”，运用于第 10 小节；副词 ihecegla，意为“立刻”，运用于第 11 小节；短语 anpe wi，用来表示清晨的太阳，运用于第 12 节，第 17 小节使用了它的变形 anpetu wanji，意思是“在这一天”；动词 eyasta，意思是“说完话”，出现在第 17 小节；以及副词 hehal，意为“那是”，enakiyapi，表示“结束或将要结束”，出现在第 22 小节。

三、反复出现的或有节奏的动词。在这部分的叙述中包含两个单词，它们的原形为 lowan，意思是“唱”，这两种形式分别是 lowan，出现在第 10 小节，以及 olowan，出现在第 10 和 18 小节。此外，这部分内容包含了一篇祷文，以下所涉及的词都和说话有关：第 10 小节，hoyeye，意思是“放声大喊”；第 11 小节中，iho，意思是“注视”或“聆听”；以及第 12、13、16、17 小节，eya、eye 和 woglag，都表示“说话”；[30] 以及第 17 小节中的 eyasta，意思是“讲话停止或结束”。这首歌使用了 kaga，意思是“做”，它以 wakage 的形式重复出现了四次，以 micage 的形式重复出现了三次。在本研究中，我们需要注意的关键是，歌曲的结构是其中构成范型的音节和诗行。

日舞叙述，小节 76－93

这一部分的内容共 86 行，其中包括一首诗歌和一篇祷文，这是用于程式分析的最后一篇材料。

76 Wicasa wakan kin owanka kagapi el cannonpa pahu isleyatan kiye tonwan opage ompapi he icu kta yamini ayugata na icitopa el icu

77 Na na iconhan is el wizilye izilyapi kta isiya yamini epazo na icitopa el zilya

78 Hehal wicasa wakan kin canonpa kin icu na Ptecel el ankanl pahu kin egle na oyape kin wankanl kiya yus yanke ca oyasin a inila yankapi

79 Wakantanka kamaka takiya ahitonwan ca unsi emakiyayo

80 Hoksila waste wahehantu lena om ite wayecila kte con wana iyapi otkonzela

81 Tka anpetu wanji to wanjica ca okatakin wanica iyolilita ca he ognaya om ite wayecila kin kta ce eyapi ce

82 Oyate mitawa om taku wowartani wanil wani kta ce eyapi[31]

83 Na tatank na tawicu cincala opeya mi ito kaga wapaya[32] ca oegle miciciya yunka hena on oyate wani kta ce eyapi ce

84 Oeyasta oyasin oyate kin Haye eyapi hehal lowan

85 Heyaya le hibu we[33] Heyaya le hibu we Heyaya le hibu we

86 Wakanpi[34] maka sitomniya henake taku waye lo Eyaya le hibu Wakanpi maka sitomniya henake taku wayelo[35] Eyaya le hibu we lo Heyaya le hibu we Heyaya le hibu we

87 Hehal canonpa kin iyarpeyapi na onpapi[36]

88 Hehal wi wanyag waci oyasi iglujujupi na sina wanhiyakata inpi na wanblirupahu hohu wan ahiyohi_siyotanka yapi catku ta iparlalya najinpi

89 Wicasa wi wanyag waci roka wayupika oyasin tahaska qon he oksa iyotankapi na lowanpi na lila iyasape canna wi wanyag wacipi kin oyasin ceyapi he

90 E Toqo weceyapi eciyapi

91 Olowan tokeya kin he ahiyayapi na yamini tahasaka kin iyuswu

apapi na icitopa el iwacipi apapi

92 Hehal wi wanyag waci oyasin wacipi

93 Hehal olowan ota on lowanpi

文本分析

上述文本的第 79－83 小节是一篇祷文；第 85－86 小节是一首歌。第 76、77、91 小节包含一个程式，其形式为 yamni... na icitopa el ... 它是一个八音节程式，音节构成为 2-1-4-1，句法构成形容词、连词、形容词、介词，它表示“按照前三次的方法进行第四次尝试”。因此，在第 76 小节中，它出现于 yamni ayugata na icitopa el icu；在第 77 小节中，它出现于 yamni epazo na icitopa el zilya；在第 91 小节中，它出现于 yanmi tahasaka kin iyuswu apapi na icitopa el iwaci apapi。所有的程式都用下划线标注出。数字四在拉科塔口头传统中具有重要的意义，所有的仪式都会包含四的元素，如四个基本方向，这可以使用 icitopa 来表示，icitopa 为形容词，意思是“第四”。

这段文字节选自日舞叙述，其中包括了表示开始的程式，如连词 na，意思是“和”，出现在第 77 和 83 小节的开头，以及 hehal，出现在第 78、87、88、92、93 小节的开头。表示结束的程式有 eya，它以短语 kta ce eyapi ce 的形式出现于第 81 小节，以短语 ce eyapi ce 的形式出现于第 82 小节，表示正在进行祷告。此处的祷告词与之前日舞叙述中节选的祷告词相类似；第 17 小节可与第 81 小节进行对比，因为两节都由 16 个词组成：

第 17 小节：Anpetu wanji towanjica ca iylilita ca iyablageyela

okatakin wanica hena kici ite cokaya kici wanyecila kapi

第 81 小节：Tka anpetu wanji to wanjica ca okatakin wanica iyolilita ca he ognaya om ite wayecila kin

第 17 小节与第 81 小节所使用的措辞相类似，前者的祷文是面向个人的，而后者的祷文可面向个人和集体。两者唯一的区别在于短语 miye etkiya，意为“朝向我”，表示个人，以及 81 小节中的介词 om，它是一个古老的术语，意为“伴随”；因此第 82 小节中的 oyate mitawa om 意为“同我的族人一起”，这表示所有人一起做的祷告。作者使用程式化的短语 taku wowartani wanil 来传达一种基本观点，正如第一篇祷文所写的，“苦难不会伴人左右”，用在第二篇祷文中则为苦难不会追随着某个群体。

其他的结尾词包括由复数结尾元素 pi 构成的动词，它们出现在不同的小节中，如第 78 小节的 yankapi；第 87 小节的 onpapi；第 88 小节的 najinpi；第 89 小节的 ceyapi；第 90 小节的 eciyapi 和 lowanpiin；第 91 小节的 apapi ；第 92 小节的 wacipi。这些动词都是第三人称复数形式，它们的原形动词分别为 yanka，“坐”；onpa，“吸烟”；najin，“站”；eciya，“展现自我”；apa，“敲打”；waci，“跳舞”；以及 lowan，“唱歌”。表示复数形式的例子有 yankapi 意为“他们坐下”。

以下小节中的内容表示时间的流逝：第 76 小节中，介词 el 表示“在”；第 77 小节中，副词 icohan 表示“同时”；第 78 小节中，副词 ca 表示“在接下来的过程中”；第 84 小节中，动词 oeyasta 表示“结束”；而第 78 小节的副词 hehal 表示“按时间顺序的下一个”，这个词也在第 84、87、88、92、93 小节中出现。第 91 小节包括以下程式：

副词 tokeya 表示“首先”或“先于他人”；副词 yamni 表示“第三”；副词 icitopa 表示“第四”。这些词都表示时间状态。

拉科塔口头叙述的第三个特点是使用重复的或有节奏的动词。在第 76 和 78 小节中，动词 icu 意为“拿”，它不断重复出现表示拿走神圣之物。动词 eya 意为“说”，它是一个节奏动词，同时也是表示结束的程式。动词 waci 意为“跳舞”，在第 88、89、91、92 小节中重复出现；在第 89 和 92 小节中，它以变化形态出现，如第 89 小节中为 waci 和 wacipi，这两个词分别为第三人称的单、复数形式。动词 lowan 的意思是“唱歌”，它在第 84、89、91、93 小节中重复，在第 93 小节中它重复了两次，分别为 olowan 和 lowanpi。本部分关键的动词有 eya、waci 和 lowan。人们吟诵祷文，舞者们聚集在一起开始舞蹈，歌声响起，首先是一首圣歌，接着打起节拍，正如第 91 小节所述，这对于叙述十分关键。在该章节中，叙述者选择正确的程式来推动叙述的进展。

洛德认为，“口头叙事风格中的程式并不局限于少数的史诗‘标签’，而是在现实中普遍存在的。这首诗中没有非程式化的语言”（《歌手》，47）。同样，乔治·斯沃德的日舞叙述程式化程度很高，许多内容都由程式构成。这一章的目的是确定在乔治·斯沃德叙述中所使用的程式是否源于传统。洛德认为，一位诗人的措辞中包含的程式越多，他的作品就越不可能出自他一人之手，就越有可能源于传统。（《荷马史诗的形成》，271－272）[37]

拉科塔口头传统

关于乔治·斯沃德是如何创作叙述的问题，帕里做出了回答，他将创作的过程看成一个体系。帕里认为，一个程式体系的长度取决于组成它的程式的数量，而它的简洁程度在于其中可以相互替代的短语（《荷马史诗的形成》，276）。[38] 也就是说，没有替代传统的行为，或是叙述者通过习惯创作。据洛德所言，若后者为真，那么可以通过歌手的行为了解他的创作风格（《歌手》，50）。就乔治·斯沃德的叙述而言，我们可以通过分析日舞叙述中第 76－97 节的程式，追溯其中表达基本思想的内容来确定他的创作风格。目的是发现乔治·斯沃德是否只使用一种程式来表述观点。这也会显示出他行文的简洁程度。例如 cannonpa... opage，被译为“神圣之物”；它出现在第三篇叙述的第 3、20、23 节，以及日舞叙述的第 122、132、168、293 节。[39] 由于此处的圣物对于拉科塔人有十分重要的意义，它表明人们正在准备一场至关重要的仪式，因此这里选择该程式进行分析。

在第三篇叙述的第 3 小节，乔治·斯沃德以如下方式使用了该程式：

canna canonpa opagipi	当烟斗被装满…… （为将要发生的大事做准备）

在第三篇叙述的第 20－21 节：

canonpa opagi na yuha inajin	站着，身带装满的烟斗 （为将要发生的大事做准备）

在第三篇叙述的第 23 节：

Cannopa opagi yuha najin	他拿着装满的烟斗 （为将要发生的大事做准备）

在日舞叙述的第 122 节：

canonpa opagipi na onpa wicakiyapi	他们向他们递去一根装满的烟斗

（仪式正在进行，这至少与第三篇叙述第 23 节所说的仪式相类似）

在日舞叙述的第 132 节：

canonpa opagi gluha	他有一个装满的烟斗（为仪式做准备）

在日舞叙述的第 168 节：

canonpa opagipi he on	所以一个装满的烟斗（为仪式做准备）

在日舞叙述的第 293 节：

canonpa opagi	提供的一个装满的烟斗（为仪式做准备）

乔治·斯沃德只使用了一种程式，来表示人们使用圣物来为即将到来的大事或是仪式做准备。

因此，在第三篇叙述中：[40]

> 第 3 节，神圣之物是为一件重要的事而准备的，一名勇士在某天准备了一场宴会，并邀请了其他的勇士共聚一堂。他在他们面前举起了圣物，进行祷告。
>
> 第 20 节，勇士们侦察后回归家园，在场的人说，tuweya u kiyelo，侦察兵们回来了，圣物已准备好，这是为了即将到来的大事而准备的。
>
> 第 23 节，站在神圣烟斗旁的人将它点燃，为第 20 节中所述的事件做准备。Tuweya u kiyelo 意思是返回的勇士必须如实报告他在敌国看到的一切。

在日舞叙述中：

> 第 122 节，勇士们在一次模拟侦察后回归家园，在那里日舞的圣树被当作敌人“猎杀”了。歌手们已准备就绪，等待着侦察兵的归来。圣物是为仪式所准备的，仪式本身与第三篇叙述的第 20 节相同；然而，这是对那件事的模仿，因为在这种情况下，“猎杀”的是一根神圣的柱子或是树，而非真正的敌人。那些杀死敌人的勇士必须如实报告他们的发现。
>
> 第 132 节，圣人手拿圣物为仪式做准备，此时圣柱被砍断。
>
> 第 168 节，圣人举起圣物，为仪式进行祈祷，此时圣柱正等待着日舞表演。
>
> 第 293 节，准备日舞表演的人将圣物传递给他所挑选的在仪式中协助自己的圣人。

在相同的条件下，乔治·斯沃德不会使用其他可替代的方式来表达同一件事，因为传统具有不可替代性。洛德认为，“我们必须调查……歌手的其他习惯，以便能够了解他在创作时的想法。我们发现，他不仅仅会组合固定词组。事实上不难看出他使用了固定词组，因为这是他所需要的，但并不是神圣不可侵犯的。”（《歌手》，53）例如，乔治·斯沃德使用短语 canonpa opagi 来表示在为某件事做准备时，圣物被举起，象征对于真诚的召唤，这个短语出现于第三篇叙述的第 20、23 节，以及日舞叙述的第 122 节，它还可以用来表示在为仪式进行准备时，代理主教或是圣人需要进行祈祷或 hanbloglaka。此外还可以观察乔治·斯沃德叙事中反复出现的和有节奏的动词体系，这是本研究首次发现的一个特征。

这一章的主要目标是解释什么是程式，并展示叙述者如何将这些程式运用于他们的叙述。就乔治·斯沃德而言，他讲述故事的方式部分源于他的风格，部分源于传统。乔治·斯沃德有意识地以一种带有自身叙事风格特征的方式来写这些叙事，这种风格只能来自他出生时就带有的传统。他的叙述并未说明，在拉科塔口头传统中构建和使用程式的全部可能性。事实上，在拉科塔，乔治·斯沃德或其他叙述者并没有可以遵循的程式手册，但据洛德所言，“程式毕竟是表达诗歌主题的手法，因此，一个歌手的程式的数量将与他所熟知的不同主题的数量成正比”（《歌手》，49）。任何群体或语言领域都存在为歌手所知的程式体系，他们将其运用于整个社会中。洛德认为，“由于这些代表了社会中最普遍、最有用的思想，所以在传统叙事诗歌技巧中为所有实践者所知的程式也代表了诗歌中最普遍和有用的思想，它们可以与主体材料相对应。”（《歌手》，49）而帕里认为，当你考虑叙事中的故事元素时，程式取决于主题（《荷马史诗的形成》，xx）。更多内容请参见第六章关于乔治·斯沃德叙述主题的分析。

注释

[1] 在许多语言中，及物动词分为主动和被动两种形式，被动语态表示主语接受某种行为，如“那个男孩被狼杀死了。”因为拉科塔语中不存在被动语态，所以我们将 Sunkmanitu wan hoksila kin kte 翻译为“狼杀死了那个男孩”。（比歇尔，《语法》，30）。

[2] 以下是歌曲的两处副歌部分。

[3] 第 1 节为一个复合句；第 2 节包含两个简单句；第 3 节篇幅最长，由 10 个句子组成；第 4 节为第三长的小节；第 5 节是一个复合句和一个简单句；第 6 节是一个复合句和四个简单句；第 7 节的篇幅为第二长，包含 8 个简单句。这首歌曲共有 36 个音节。

[4] 这些都是弗利所说的谚语，或是与经检验的文化实践之间有关联。（《如何阅读》，106）

[5] 在第 6 节中 hehal 具有同样的作用。

[6] 发音能够很好地展现一个动词在叙述中的音调；读有节奏的动词会比叙述中的其他词更富有情感，能够流利使用拉科塔语的人读起来更是如此。

[7] Honge 表示“一些”。

[8] Otonwahe，名词，镇（村、城市）。（比歇尔，《拉科塔语－英语词典》，783）

[9] 当一个词组或句子的之前出现 heya、之后出现 eya 时，前者可翻译为“他所说的如下所示”，后者可译为“他所说的如前所示”。（里格斯，xxxi）

[10] K’unhan，副词，“当”。（比歇尔，《拉科塔语－英语词典》，321）。该词通常表示过去的时间，当“e”取代了“a”或“an”后，它变为 c’onhan。一种叙述手法。

[11] 位于第 8、17、18、19、22、24、27 小节。

[12] 位于第 7、15、16、18、19、20、22、23 小节。

[13] 位于第 16、17、18、22、28、37、46,、47、59、60、62、64－66、72－74、78、

84、87、88、92-96、98、101、102、l05、113、117、119、123、129、135、140、144、148、152、155、157、158、161、169、179－182、187、192、195、197－200、206、210、222、232、245、248、252、253、255、260、267、277－280、282、283、285、286、289、291、301、307小节。

[14] Canna 重复出现了两次；第一次出现时它与hena组合形成canna hena，意为“那些”，第二次两个词单独出现，canna ozuye wicota ataya mni wicakagli omanipi hena。

[15] Nicagapi 为第二人称复数形式，wicayakage为第二人称单数形式。

[16] Wicasa wakan 被译为“圣人”，在日舞叙述中出现了17次，分别位于第10、24、54、56、59、62、64、66、76、78、94、131、132、134、161、168、176小节。动词iglujuju被翻译为“脱衣服”，出现于第51、56、88、100小节。Inajin出现于第三篇叙述的第7、11、19、20、2小节，和日舞叙述的第9、10、15、56、101、108、117、189、246、269、270、277、295小节。

[17] 在wacanrize单词中，字母r表示喉音h，尽管拉科塔语中没有字母r和q，但正如单词k'un所示，乔治·斯沃德使用这两个字母来表示口音h和k音。

[18] 这是乔治·斯沃德叙述的第4节，他最初使用的编号系统与后来插入其手稿中的编号并不相同。

[19] wowartani 中的字母r表示喉音h。

[20] 这是乔治·斯沃德叙述的第5节。

[21] Hehal 最初被认定为一种叙事手法；本研究将它归为起始程式。

[22] 以下为一首歌曲。

[23] 这是他所演唱的第一首诗歌。据洛德所言，副歌部分并不属于程式（《歌手》）。本研究认为程式是一种歌曲的结构：形成了一种音节和诗行的模式。动词kage的变形展现了节奏动词的运用。

[24] 根据乔治·斯沃德的原始编号系统，此处为歌曲的第二节。

[25] 乔治·斯沃德叙述的第6节。

[26] Tanyerce 中的字母r表示喉音h。

[27] Iyeceturce 中的字母r表示喉音h。

[28] 乔治 · 斯沃德叙述的第 7 节。

[29] 根据乔治 · 斯沃德的编号系统，此处为文中的停顿。

[30] 在 22 小节中也出现了 eya 一词，拼写与动词 eya 一致；但两者的发音不同，前者为连词，表示“尽管”。这说明了原始语言的复杂性，并且展现了熟练掌握一门语言对于理解叙述语境意义的帮助。

[31] 祷文的结尾。

[32] 作为一个词，Wapaya 没有定义。

[33] 据乔治 · 斯沃德所言，这是歌曲的第一句。洛德（《歌手》）认为，副歌部分不属于程式。

[34] Wakanpi 较难定义。

[35] 据乔治 · 斯沃德所言，这是歌曲的第二句。

[36] 据乔治 · 斯沃德所言，Canonpa kin iyarpeyapi na onpapi 属于程式。（《荷马史诗的形成》）

[37] 帕里认为措辞是表达思想的素材（《荷马史诗的形成》，325），“荷马式的措辞（是）由程式组成”。（272）

[38] 帕里表示，关于程式系统的长度和简洁程度的问题，荷马史诗中最经典的例子可以进行解释，那就是神和英雄的主格名词 - 描述词程式系统。在《伊利亚特》和《奥德赛》中，所有在诗歌后半部分连同描述词一同出现的主要人物都会使用主格名词—描述词的程式。开始时会使用一个简单的辅音，填入节律的停顿和诗篇结尾的中间部分……大约有超过 50 种该类型的程式，它们组成了这个系统的长度……这个系统的长度和简介程度足以证明，诗人只创作了一首诗歌中很少的内容……荷马史诗的形成方式十分传统，并且适用于口头诗歌的创作。（《荷马史诗的形成》，276 – 278）

[39] 第三篇叙述中第 20 节与第 21 节的思想相关联，因此尽管 canonpa opagi 只出现于第 20 节，但两个诗节都需要在这里被提及。另外，此处还展现了乔治 · 斯沃德对于 canonpa opagi 的不同拼写，无论是现在还是他生活的年代，拉科塔语都没有统一的正字法。

[40] 此处将诗节分离出来进行单独分析，这是鉴于在拉科塔口头叙述中，叙述者

所面临的挑战即快速地进行逐行创作。洛德认为：“为了客服挑战，歌手们构造了按行排列的范型，也是我们所知的口头风格的‘类似物’……逐行创作不仅是把已有的短语添加进……其他内容中。奇怪的是，由于行序列的模式种类繁多，因此存在有更大的灵活性，并且需要更高的技巧，而不仅仅是纯粹使用程式。这个结果极其复杂而具有艺术性，这让那些认为文盲歌手只能创作简单结构的人感到惊讶万分。”（《歌手》，54）

第六章　拉科塔主题

对所搜集材料进行分析后表明，比这更重要的是以逻辑思维来考虑为什么像佩塔尔这样的歌手其诗歌起初并未分行：传统的诗句和主题就像一张大网，将歌手的思想杂糅在一起；他运用话语将思想表达出来。诗歌的主要主题只能由次要主题构成，次要主题只能由更小的主题构成，而更小的主题则由他从其他歌手处所听到的诗句和短语构成。传统的浪漫主义认为诗歌是由人们编造出来的，这种观点有其可取之处。诗歌的确不属于某一位歌手，只有在创作的当下，歌手才真正拥有这首歌，任由他创作或毁坏。创作或损毁一首歌取决于歌手是否有能力讲好故事，但讲故事的能力必须包括传统主题和诗句的运用。

——亚当·帕里，《荷马史诗的形成》

这一章讨论了在乔治·斯沃德的长短叙述中，主题的功能及不同版本。1935 年，米尔曼·帕里在一场事故中意外去世，学者们纷纷猜测如果他还活着，继续分析他所收集的长篇歌曲，那么他的研究会走向何方。亚当·帕里是《荷马史诗的形成：米尔曼·帕里文集》的编辑，他认为，父亲晚年时的作品发生了理论性的变化，即他在口头叙事诗中更多地强调主题，而较少地强调程式（xli-xlii）。[1] 尽管帕里发展了形态学的主题——主要的、次要的、简单的、重要的、具有修饰作用的，这些主题并不互相排斥，但他未将这些术语进行分类和定义。(《荷马史诗的形成》，xlii）亚当·帕里推测，如果父亲的生命得以延续，那么他所有的研究工作都将与该主题相关。[2]

虽然有这些观察资料，但帕里的作品《奥科胡索：南斯拉夫歌曲研究》在很大程度上还是依赖于口头程式诗歌中主题的运用，这部作品也是本研究的参考文献。帕里观察到，一般来说诗人一旦学会了一首诗，他便会将更大的主题内化。帕里对基本主题和非基本主题进行了区分，他认为诗人对基本主题的理解十分彻底，而对非基本主题的理解则不然（《荷马史诗的形成》，450）。他指出，当一位诗人从另一位诗人或歌手处学习一首歌曲或诗歌时，虽然诗歌的主题是他学习来的，但他可以决定自己诗歌的版本。据帕里所言，这一过程的发生如下：首先，记住诗歌或歌曲的引言或前两三行内容；[3] 第二，记住那些耳熟能详的诗句；[4] 第三，以强烈的方式记住无修饰的诗句；第四，学习某个地区所有歌手共同使用的诗句；第五，向老师逐句学习老师所常见的诗句；第六，逐句学习自己常见的诗句。(《荷马史诗的形成》，442－443）[5] 人们耳熟能详的诗或歌曲在传统中都有固定的形式。[6] 帕里表示，“从文学的角度出发，这似乎很令人震惊：歌手体现了传统，对于一个人来说是真实的，那么对于其他人也是如此。”帕里表达这一观点时说道，“当然，传统只是这些歌手的总和……可以用一个代表所有歌手的形象来象征传统。”(《荷马史诗的形成》，450）学者们通过研究基于口头传统的文献，将帕里所做的研究的意义在世界范围内广泛传播。

在《科奥胡索》一文中，帕里写道：

> 口头歌曲一方面是由基本主题构成的，这一主题本身可能十

> 分空洞，而另一方面由传统的口头材料构成，口头材料为其提供了叙述的素材。如果运用得当，口头材料有助于创作的进行，歌曲的质量并不取决于口头材料的数量，而是使用得是否得当。因此，我们可以说，佩塔尔的第一个版本适合短篇歌曲，他的第二个版本则适合长篇歌曲。歌曲的好坏不仅取决于长度，还取决于歌手的叙述能力，而这种能力反过来要受传统特征的限制，即构成文本的主题的特征。因此，我们将面临一个基本但很宽泛的问题，那就是创作口头诗歌的社会条件，正是这些社会条件形成了光辉或平淡的传统。(《荷马史诗的形成》，461)

那么，拉科塔是否存在光辉的传统呢？对于奥格拉拉拉科塔人来说，直到与白人接触之前他们一直保留着优秀的传统，这一点从拉科塔口头传统中形成的传统程式可知一二，参见本书第四、五章。乔治·斯沃德的故事反映了这一丰富多彩的传统，由于它确实存在，所以技术高超的叙述者可能会有机会再次讲述这些故事。

虽然帕里没有对他用来指代主题的术语进行分类，但洛德借鉴了帕里在定义主题方面的研究成果。帕里将程式定义为“在相同的韵律条件下，经常用来表达特定的基本思想的一组词”(《荷马史诗的形成》，272)。洛德接过帕里的工作，将这些基本思想定义为诗歌的主题（《歌手》，68)。程式和主题都能帮助歌手快速创作，因为这样“他（或她）能从一个想法快速地转为另一个想法，从一个主题发展到另一个主题”(洛德，《歌手》，124)。

第五章所使用的文本案例将作为本章拉科塔口头叙述中识别主题的原始材料。这一章依靠分析原始拉科塔文本的措词，让文本自身显示关键问题。[7] 为了避免发生偏差 [8]，本章选取了我在附录中提供的原始译文进行分析。事实上，沃克最为关注的问题之一就是译者在乔治·斯沃德手稿中所起到的作用。

第一个主题是关于战争的大会，出自第三篇叙述的第 1－9 节。[9] 讲述了一个立志与仇敌和敌国争战的人，与他的朋友和其他愿意帮助他的人一起召集士兵的故事。他们准备了一场宴会，邀请那些他想让其一同征战的士兵。他们前往赴宴，在客人们都到齐后，他将烟斗装满，拿着烟斗祈祷，“Ho Wakan Tanka，为了你们的青睐而祈祷，和我一起吧，让我们团结一致，一起来祈祷吧”；他向神灵祈求战争任务的成功，之后他抽了一口烟斗，其他人也上前和他一起抽烟斗。无论是乔治·斯沃德，还是他同一时期的人们都对这个主题十分熟悉。此前他见到过许多这样的场面，也许他自己也参加过这样的聚会。

故事描绘的下一个场景为 azuya wohanpi，勇士们的宴会，他们以独特的方式举行宴会，盛放食物的器皿形状特殊，并且每个器皿中都放入了两个呈号角状的大勺子。士兵们必须以特定的方式从普通的器皿中进食。他们必须严格遵守宴会礼仪，否则就会 ozuye kin secaya wa akipapi，即遭遇不幸。同样，这样的场景乔治·斯沃德也一定耳熟能详，也许自己也曾参与其中。

第三个主题是关于宴会后为战争所做的准备。某天夜晚，所有的勇士都聚集在 witayapi tipi，这是一个集合的地点。勇士们坐在一起，身着相应的服装。过了一会儿，他们走出来围成一个圈，放声高歌，以特定的方式唱歌和跳舞，这取决于他们手持的武器。比如使用箭作鼓槌，通过击中弓的木端来计时等等。之后他们随着音乐起舞，肩膀也跟随着节奏不停晃动。[10] 歌曲的主题是 homawaniye，可以译为“咆哮之旅”，因为勇士们想像狼一样和敌人厮杀，这是他们的誓言。

从第三篇叙述的前 9 节开始，乔治·斯沃德反复使用了相同的观点和主题，这为我们展现了他在叙述中如何使用那些世代流传的叙事模式。正如本书的第五章所提及的，在这些小节中，叙述者运用程式进行快速创作，能够在不同想法和主题间不停转换。此外，正是最初产生这些故事的传统将这些思想和主题的碎片拼凑在一起，形成了这篇叙述。当一个传统成熟时，就像乔治·斯沃德叙述中所表现的那样，我们可以通过程式化的方法将它表达出来，而其中的思想反过来形成主题，传统将这些思想和主题维系成一个整体。(洛德，《歌手》，98)。而其中一个重要的问题是，这些反复出现的主题有怎样的传统内涵?

第三篇叙述的第 14 – 23 节中包含的第一个主题，是继续召开战争会议，选拔领袖、勇士和他们的助手，以及走在队伍前列、提供敌人消息的侦察兵。在第 14 节中，他们从众多勇士中挑选了约八人作为 Blotahuka（领导者)，这些人均为战略家，或者是“具有战争头脑的人”；[11] 这也是他们被推选为领导的原因。

第 15 节中，这些士兵将要踏上战场，领袖们的随从带回了两名优秀的年轻人，所有领袖都对这两人说：“战场上我们的努力都将会得到好的回报，你们是勇士，需要服从领袖的命令。许多像你们一样的年轻人都想成为勇士。”这两位年轻人服从他们的命令，成为了勇士。

第 16 节中有两个独立的场景：第一个场景，两名优秀善良的年轻男子被选为勇士，他们为整个营地的人带来了水。[12] 第二个，营地中的勇士都在准备迎接敌人，在杀死敌人之后他们可以享有至高的荣誉。[13]

第 17 节中，侦察兵已部署到位，他们很幸运地到达了敌国。这两个年轻人和同伴一起协助侦察兵完成对敌村的侦察任务。年轻人们由此赢得荣誉。

第 18 节中，当领袖向敌人寻仇时，被选中的年轻人被带到营地的中心。所有人排成一排，其中包括领袖、巫师，以及任何想要加入并有资格加入的人。[14]

第 19 节中，歌手们站在一起高声唱着站在营地中心的年轻人的名字；可以参考他们选拔侦察兵时的场景。“现在他又回家了。”他们唱道。他们呼唤着那些侦察兵的名字，让他们前行。被呼唤的勇士向前奔去，歌手们为他们呐喊，歌唱。

第 20 节中，那些离开的人像狼一般嚎叫着跑回来，那是战争的呼喊声。听到的人说：“ Hon hon he，侦察兵回来了。”[15] 人群中一阵骚动，大家全都拥了出来，在营地中央和歌手们一同歌唱，与他们身份不同的也会加入进来。[16] 人群中央，一名男子站在野牛皮碎片附近，将烟草装进烟斗。

第 21 节起始，“他拿着它站起身来”。它就是指神圣的烟斗。侦察兵们从敌军的方向返回营地。[17] 所有人一起冲向侦察兵。[18] 他们轻轻地、故意打击他们。[19] 侦察兵们蒙恩而归，最先触摸到他们的人也会蒙受恩泽，因此他们才这样做。[20] 被击打对于士兵们来说不是侮辱，而是荣誉。[21] 之后他们便返回家乡。[22]

第 22 节中，侦察兵回到营地，族人们一见到侦察兵就开始排队，一个接一个地排成一排。[23] 他们歌唱 tuweya lowanpi（侦察兵之歌）欢迎队伍的靠近，侦察兵队伍在靠近野牛皮碎片的地方停下，士兵们纷纷下马，族人向士兵们说 ha-ye，表示他们的感谢。

第 23 节中，侦察兵排成一行坐在一起。第一个回来的侦察兵可以先抽神圣烟斗中的烟，[24] 然后族人会派一个人询问士兵：“经过那个部落时，你环顾四周有看到狼的踪迹吗？[25] 请告诉我，但我还是不确定你是否会欺骗我。”[26] 这以后，那人就把所看见的都说出来了。[27]

随着时间的推移，乔治·斯沃德对这些基本的场景和描述经验更为丰富，因此他逐渐熟悉了主题的模式（洛德，《歌手》，68)。他听过很多次关于勇士聚会的事，包括如何选择领袖，巫师，勇士如何被召唤参与战斗，以及如何部署侦察兵。他知道那些为士兵所唱的歌，知道 Blotahuka wowasi 的重要性，也知道那些给士兵提供援助的使者，他们会把挑选出来的勇士带到营地中央。他知道这些命令，比如他使用了拉科塔语 anawicayagoptapi 一词，这是一个八音节动词，也是一个程式，表达了作者的特定思想：他要求别人“听从和服从”。[28] 据洛德所言，“主题，即使是基于口头的，也不是固定的一套词，而是一组思想。”（《歌手》，69）这些主题反过来又形成了故事模式，有助于作者创作具有个性化的故事。（弗利，《如何阅读》，209 – 210)

日舞叙述的第一个主题位于第 10 – 24 节，讲的是一个勇士发誓要参加日舞仪式。在第 10 节，一位圣人被要求进行祈祷。他脱下衣服，站在日舞表演者后面，如果他愿意，他要唱属于他的圣歌。在第 11 节中，“就这样吧”，他发出了四次这样的喊叫声，然后才开始说话，[29] 讲述自己所看到的幻象。[30] 在第 12 – 17 节，他进行了 wicasa wanka，即圣灵的祈祷。“太阳啊，聆听并接受这个祈祷吧，看那些草、那些植物，它们的面容看起来不一样，再看看那些年轻的男孩，看看他们的面庞。”他恳求道。[31]“如那些生灵一般，他们将会继续，”[32] 他又说道，“与他们同在吧，你要看见他们的面容在战场上迸发怒气，我们的神灵要刚强，我需要所有的怒气。”[33]“至于我，没有什么可以难倒我，我要回来与我的族人站在一起，”他呼喊着，继续祷告，“从四面八方飞来的在他们之下的所有生物，所有的老鹰和夜鹰，它们会向你伸出双臂。”他恳求道。[34]“在宁静的某一天，晴空万里，但不太温暖，你会在这中央看到他们的脸。”他恳求地说。[35]

从第 18 节起，他开始唱一首歌：

第 19 节：我建造了一个美好的部落……[36]
第 20 节：我建造了一个美好的部落
第 21 节：朋友，这是你为我做的
我建造了一个美好的部落
朋友，这是你为我做的
我建造了一个美好的部落
朋友，这是你为我做的。

在第 22 节，他们完成了这些歌曲和祈祷，并加入了战斗。“无论他们祈求的是什么，他们都要这样做。”也就是说，他们要在日舞中履行他们的誓言。在第 23 节，想跳日舞的人献身于仪式之中，他认为自己是神圣的，因此他不做任何坏事，也不按自己的意愿生活。在第 24 节的结尾，我们可以看到有很多圣人，但是只有少数人能够完成日舞仪式。

乔治·斯沃德以 wicasa wakan 开始了这部分的叙述，这是一位圣人，他代表了宣誓要参加日舞仪式的勇士。在这一节的结尾处，乔治·斯沃德表示，Wicasa wakan 确实很特别，他的祈祷和歌曲都充满了力量。wicasa wakan 的祷文表现了有关拉科塔勇士生活的主题：在第 12 节，他恳求 Wakan Tanka 去看看那些宣誓的勇士，他称他们为小男孩。在第13节，他恳求生存。在第14节，他承认在战斗中可能会发生的事情，但他祈求神灵的救赎。在第15节，他祈祷自己不会遭遇困难，但他会mita oyate ekta——再次来到他的族人中间。在第16节，他告诉Wakan Tanka，所有的生灵都将尊重他，tate ouye topa，四方的所有一切都将尊重他。最后，在第17节，他祈祷能有好天气，之后在场的人都站起来对他说："谢谢。"这样的祷告展现了一组主题：誓言、生存、战斗中的拯救和个人保护，以及Wakan Tanka受到所有生灵的敬仰。歌曲wicasa wakan是关于他们自己的部落的：朋友，你为我创造了一个好的部落。[37] 乔治·斯沃德的叙述继续围绕勇士们在战场上的誓言展开，并警告说，即使一切都不顺利，也必须遵守誓言，发誓的人必须谨慎行事。

在拉科塔语中誓言的表达为awasuic、iya，发誓是wiic、iglukcan；但第10-24节并未出现这两个词，其主题为"发誓要进行日舞仪式"。相反，在第12节的祈祷中作者使用了wicasa wi wanyag waci kte cinhan，意思是"希望跳日舞的人"，用来提醒听众或读者这是关于誓言的故事。关于这一点，洛德表示，诗人的经验并未告诉他主题只能通过一组词来表达。他听过的那些歌手从来没有用完全相同的词来再现某一个主题，他也不认为这样做是必要的，甚至是普遍的。主题，即使是口头主题，也不是固定的一组词，而是一组想法（《歌手》，69）。

因此，在祈祷者进行宣誓时，作者并未使用某一个确切的拉科塔单词来表示"宣誓"，但是它代表了日舞叙事的一个基本主题。在上面的诗节中，乔治·斯沃德将这个观点细分，形成了整体的主题（《歌手》，71）。帕里和洛德都分析了年轻歌手从其他歌手或大师处学艺的经验，以了解年轻歌手学习的方式和内容（帕里，《荷马史诗的形成》，

330；洛德《歌手》，71）。[38] 洛德运用学生向老师求教的方式讨论主题的构造。主题构建的框架始于一首具有确定主题的歌曲，终于一个新的主题被引入；中间会穿插许多次要的主题（洛德，《歌手》，71）。[39] 影响这一过程的因素包括歌手的启蒙教师，其他歌手所演唱的同一歌曲或者不同歌曲中的主题要素，以及歌手自己添加的元素（洛德，《歌手》，78）。这些因素包含在主题的构造中，直到歌手或叙述者能够熟练地使用它。有时，他们甚至可以模仿他的导师，以乔治·斯沃德为例，他会模仿他的养父一颗星——一位 wicasa wakan 或者圣人。多年来，他被带入了许多不同的男性团体中，他通过聆听其他歌手的歌唱获得了经验。

日舞叙事中第一个重要主题是关于祈祷的，出现在第 76－93 节。因此，在第 76 节，人们在名为 owanka kagapi 祭坛的地方为日舞做准备；圣人手拿烟斗，抽一口烟表示他的接受。在第 77 节，他还要接受供奉的香火，准备好后就将香点燃。在第 78 节，圣人拿起烟斗，将它置于野牛皮碎片上。 所有在场的人都静静地坐着，听 wicasa wakan 祷告：[40]

第 79 节：伟大的神迹
大地怜悯地望向我

第 80 节：和无辜的年轻人一起，就像一个人一样。
现在他们同样去了。

第 81 节：圣人在向神灵祈求，愉快的一天，晴空万里，气候凉爽，我们要沿着这条路走下去。

第 82 节：我族人民将远离苦难。

第 83 节：野牛和他的妻儿，我要为自己祈求成功和好运。[41]

我愿与我的人民一起生活。[42]

在第 84 节，他结束了祷告，所有人都表达了喜悦与对他的感谢。然后他唱起了一首歌，歌词如下：

第 85 节：说到这儿，他来了，
说到这儿，他来了，
说到这儿，他来了。[43]

第 86 节：这世上所有的圣人，和我相关的人，说到这儿，
他就来了。
这世上所有的圣人，和我相关的人，说到这儿，
他就来了。[44]
说到这儿，他来了
说到这儿，他来了
说到这儿，他来了。

在第 87 节，祈祷和歌声结束了，他们拿起烟斗，抽着烟。[45] 在第 88 节，所有的日舞者都身着长袍，带着鹰骨哨子，他们面向入口，像士兵一样整齐地排成一排。在第 89 节，所有技艺精湛的歌手都聚集在前文提到的干野牛皮旁，他们边唱边喊，日舞者全程都在哭泣。在第 90 节，他们哭泣着为敌人哀悼。在第 91 节，歌手们伴着轻柔的鼓声歌唱；他们在第三拍时唱歌，在第四拍时跳舞。[46] 在第 92 节，所有的日舞者共同起舞。最后，在第 93 节，他们唱了许多首歌曲。

一旦给出了一个简单的主题，叙述者就可以在脑海中对主题进

行阐述。在拉科塔故事和文本中，一个名叫漂亮黄鼠狼的人讲述了“Naju Eciyapi Wiwanyankwacipi Le Econ：Wi Inhanbla Wan Eyapi”的故事（“头部日舞，据说是太阳的一种幻象”；比歇尔、曼哈特，2:374－383）。漂亮黄鼠狼的版本可以和乔治·斯沃德日舞叙述中的第76－93节进行对比。漂亮黄鼠狼以旁观者的身份进行叙述，因此他从观察者的角度给出了解释，而乔治·斯沃德的版本则出自一个对歌曲和祈祷了如指掌的人之手。漂亮黄鼠狼在叙述中逐字逐句地回忆了eyapaha或营地传唤者所说的话，后者会在营地宣布一些事情，或是呼吁人们去做某件事，即在包括日舞仪式在内的集会上发出指示。因此，漂亮黄鼠狼并未叙述wicasa wakan的祈祷，而是回忆了某个人对族人所说的话：“Le yaglapin na tanyan wol niglastanpi；hehanl eyapaha wan yin kta na tokel econ nisipi kin he ecannonpi kta, ca wanna gla po.”近似翻译为：“现在回家去吧，饭后，传唤者会告诉你接下来需要做什么，所以现在回家去吧。”[47]漂亮黄鼠狼写道人们都回家吃饭；在这之后，eyapaha或传唤者过来告诉他们：“到跳舞的草地来，我们需要你，一起来跳owanka on’asto舞吧，快准备吧！”[48]

漂亮黄鼠狼继续说：“Wanna waci au, canke oiyokipi. Mis ake el owapa.”（于是人们来到草地跳舞，我也加入了其中，和他们一起度过了一段欢乐的时光。）[49]“Yunkan Naju ecipyapi kin cokam najin na tokel owanka onastopi he onspewicakiya. Olowan num ahiyaya lila oiyokipiya wanna wauncipi nains otuhanpi ko. Na wanna kiblechanpi na hihanna el tona cante phaloke woiglakapi heci hena wanna hocokata ai. Na tima wanna wicayutapi. Na wanna ti igluksan e enajin na lila wicotapi.”[50]（然后那个名为Naju的人站在中间，教他们跳owanka onastopi舞。他唱了两首歌，我们载歌载舞，互相赠送礼物，度过了

一段欢乐的时光。在一切结束之后的清晨，那些发誓要跳舞的人被带到场地中央，他们站在那儿，接受人们的仰慕。）[51]

漂亮黄鼠狼在叙述中体现了誓言的主题，同时他还描述了舞会开始时的情形。比歇尔和曼哈特将这段话翻译为“他们进行了两次心脏穿刺仪式，首先一位圣人站在柱子上，他举起双臂，大叫一声，完成之后他又喊另一个人站在柱子上完成同样的动作。他们所处的地方为象征荣誉之地，他们站在那儿，拿着四个木制的叉子进行祈祷。然后另一个进行穿刺仪式”(2:381)。对于古老语言正确的翻译应该如下：“num cante pahlokapi kta”意为“两个男人将要进行刺穿”而不是“进行两次穿刺”；“unma tokeya wicasa wan wakan k’on he wanna canwakan el eglena”，意为首先进行的那个人由——wicasa wakan——或译为圣人，将他放在圣柱上。“Na wankaltkiya yugal najin na h’oyeya”，是指“于是他举起双手进行祈祷”。“Na wanna he yustan na hehanl wanna unma k’on he ake el egle na ake h’oyeya”，意为现在他完成了仪式，便让另一个人去完成穿刺，他让那人站在圣柱上，进行祈祷。“Na wanna catku el owankagapi ca el ewicaglepi”，意为现在，他们站在象征荣誉的地方，站在那里的祭坛上。(2:375）比歇尔和曼哈特在翻译时忽略了祭坛；owanka kagapi 或祭坛在日舞仪式中十分关键，因此翻译中将祭坛遗漏也会产生较大影响。“Na can kapestopi top yuha najin na hanbl’oglaka”，意为“他站在那儿，拿着四根锋利的棍子”。他说一个 hanbloglaka, Na wanna wicasa tokeca ca cante wicakipahloka，这句的意思是“除圣人之外的一个人做穿刺仪式”。实际上是两个不同的人进行穿刺仪式，而比歇尔和曼哈特却将它错误地翻译为“要进行两次心脏穿刺仪式”。此外，他们也未写明抬起手臂大叫一声的人是谁。他们对荣誉的定义是正确的，但所说的“那个地方”实际上是一个祭坛，这一重要信息被遗漏了。

主题存在于古老的语言中。与乔治·斯沃德的叙述相比，漂亮黄鼠狼的版本内容较为简短。漂亮黄鼠狼的叙述来自旁观者的观点，而乔治·斯沃德的叙述里有许多只有参与者才能提供的细节。[52] 例如，在第 89 节，乔治·斯沃德将鹰骨哨子形容为 wanblirupahu hohu，指像小笛子一样，他还描述了仪式中使用的鼓，他说那是一种古老的鼓，由干皮而非木头制成，人们将它作为一种乐器，躺在地上演奏。[53] 正如洛德所描述的，乔治·斯沃德所掌握的叙述技巧是从历代歌手和叙述者处习得的，他们掌握了构建叙述结构的技巧（《歌手》，81）。

据洛德所言，叙述者的技巧很大程度上取决于两个要素，一个是秩序，另一个是主题之间的平衡。在第三篇叙述第的 1－9 节中，乔治·斯沃德需要构建一个关于战争委员会的主题来叙述一系列事情的进展，包括从决定通过部署攻击敌人到侦察兵的返回。洛德表示，歌手在创作时总是按照一定的计划；也就是说，他知道自己要做什么，他常常会意识到主题的结尾（《歌手》，92）。自始至终，叙述者的技巧都是显而易见的："因为歌手在表演和练习中都展现了主题的形式，所以我们可以将不同歌手构建的主题区分开来。程式的灵活性需要我们确定程式使用的整体风格，当然，我相信我们也可以确定主题的风格。"（《歌手》，93）[54]

无论是在日舞中选定的诗节还是在整篇叙述中，乔治·斯沃德都体现了漂亮黄鼠狼所写主题。因此，在将漂亮黄鼠狼和乔治·斯沃德的叙述进行对比之后，我们得出结论：可以从作者如何处理口头叙述传统中的主题看出他的叙事技巧。的确，根据洛德的说法，"叙事的质量在很大程度上取决于歌手对英雄、马匹、武器和城堡的描述。叙述者们推动着故事的进程，而听众则坐在那里，对所呈现的场景惊叹不已”(《歌手》，86－87)。乔治·斯沃德在日舞叙述中巧妙地对主题进行处理，这些主题都源自拉科塔口头传统，他的叙述水平可与任何口头史诗传统中的歌手或叙述者相媲美。[55]

洛德对此进行了总结，

> 尽管歌手们自然地转换这些主题，从而在脑海中形成一首完整的歌，其中也许有亚里士多德式的开头、中间和结尾，但这一整体中的每个主题单元都是半独立存在的。口头诗歌的主题既独立存在，也作为一整首诗歌的主题而存在。歌手的任务是将主题进行改编，并运用到他正在重新创作的歌曲中。无论是对单个歌手，还是整个传统，主题都没有“纯粹”的形式，它的形式在演唱者的脑海中不断变化；在演唱者看来，主题的形式多变，包括他曾演唱过的所有形式，尽管最新演绎的形式对他来说自然是最新鲜的。主题不是一个静态的实体，而是一种不断变化适应性强的活的艺术。(《歌手》，94)。

通过运用更广泛的主题，叙述者可以以更有序、平衡的方式进行创作。洛德表示，“(因为）他使用的主题和程式总是彼此关联，且都属于（叙述）的一部分。”如前文所述，叙述者对行为进行描述，从而形成一个主题。(《歌手》，95）这一点在乔治·斯沃德第三篇叙述的第14－23小节中可知。他们先选出领导人，再选拔勇士以及协助勇士的人；一旦人选确定，侦察兵就要出发进行侦查。在第19－23小节中，故事情节是由行为驱动的，因此乔治·斯沃德通过行为的描写完成了战争委员会这一主题的构建。第23节讲述了一种仪式，这似乎是战争仪式的一部分。[56]

在他对主题的分析中，洛德为一首歌曲确定了五个主要的主题，同时也确定了这些主题中的模式和结构。[57] 他对这些情节进行了描述，“这些情节由叙述的习惯和逻辑结合在一起。逻辑和习惯都具有强大的力量，它们可以帮助我们在特定的模式中找到平衡。”（《歌手》，96－97）[58] 洛德区分了主题的线性习惯性联想和非线性习惯性联想。当“创作具有逻辑性的内容，构建庞大而复杂的主题”时，叙述者们会产生线性联想，而当一种力量或紧张的关系将所有的主题杂糅在一起时，会产生非线性联想。（《歌手》，97）[59]

在乔治·斯沃德的叙述中，第三篇叙述的第 23 节出现了这种紧张的关系，其中一个人问了一个问题：“经过那个部落时，你环顾四周有看到狼的足迹吗？”那人继续说：“请告诉我，但我还是不确定你是否会欺骗我。”随后，这位侦察兵如实说出了在敌人部落的所见所闻。乔治·斯沃德在描述勇士们寻找到神柱的情节时，一直重复这样的话，他们重复这动作，仿佛圣柱是敌人的化身。在第三篇叙述中，一股隐秘的力量将这些主题结合在一起：其主要主题是战争委员会，以及在日舞中勇士的誓言得以实现。这股力量将所有线性或非线性、处于逻辑或习惯中的主题结合在一起，而这股力量在拉科塔口头传统中显而易见。本书第七章将讨论程式、主题和故事模式的传统含义。

注释

[1] 据亚当·帕里所言，主题是口头诗歌叙述的基本单位。它可能是一个行动单位：一次战斗，一个集会的号召，到达一座宫殿；也可能是对武器、战车或宴会的描述。显然，这些主题在《伊利亚特》和《奥德赛》中经常出现，这些诗在某种程度上是由它们组成的。帕里……和他之后的其他人则认为这是口头诗歌的显著特征。洛德在一篇文章中谈到了相关问题，他将这个主题定义为“传统口头诗歌中反复出现的叙述或描述元素”，他在《故事的歌王》一书中对此进行了讨论。（帕里，《荷马史诗的形成》，xli-xlii）

[2] 帕里写道：“由于诗歌形式的不确定性，随着时间的流逝，诗歌的内容可能会发生变化。而不同歌手的传唱也使得诗歌很难保持一个恒定的简单主题。显然，诗篇与简单主题之间仅存在程度的区别，正如诗篇和主题被称为程式，所以简单的诗篇会被指定一个简单的主题（简单的主题存在于特定的歌曲中，一些简单的主题是稳定的基础的，其他则为片刻的具有修饰性的；其中的区别会在之后详述）。”（《创作》，446）
帕里未能继续发展这一观点。

[3] 参见第 5 章关于第 3 篇叙述 1－9 节的文本分析；第 1、2 行内容完全由程式组成。

[4] 这些也许就是指帕里在《奥科胡索》中所定义的具有修饰性的简单主题。

[5] 这与弗利所定义的“众所周知的事”相同。（《如何阅读》，106）

[6] 具体的例子可见乔治·斯沃德第 3 篇叙述的前两节内容。

[7] 关于对原文的依赖性，帕里表示，“我们必须回归阿利斯塔克的原则，即从文本中寻找答案”。正如本研究所做的，在这里帕里强调研究应该包括整篇诗歌或者叙述，它们是一个整体，而不仅仅是“篇章或段落”（《创作》，268）。我们对这些叙述进行了逐字逐句的分析，并将原文和意译的版本记录在附录中。

[8] 本研究的目的是让文本告诉我们答案。

[9] 洛德所说的是“所有史诗中最普遍、最有用的主题之一”。（《歌手》，68）

[10] 这一部分的文本使用了重复的结尾音节，如 ahiyayapi、apapa、yusisi、iwacici。

参见第二章“拉科塔实践”部分，其中讨论了第一篇叙述第 25 节这些音节使用的方式。

[11] 这一节中使用了 Hel wiyukcanpi kta，它是 kta 的一种变化形式。这个短语意为即将要发生的事，用于在叙述中表示某个主题。这里它指挑选出八位领导人为战争出谋划策。

[12] Ozuye wicoti，意为“勇士居住的特殊营地”，与一般族人的营地不同。

[13] 勇士们在准备战争时会单独搭建供战争使用的营地。事实上，进入备战状态下的勇士会将自己想象成动物，例如将自己想象成一匹狼，因此他们会将自己与一般族人的营地隔离开，以便更好地进入状态。

[14] 某种程度上来说他们是自愿加入的。尽管有些人是 wicakahnigapi，意为被选中的，另外一些是 el opa cin，意为“想要加入”，他们所有人都会被带到人群中央。Ewicagle pi 意为“他们被带到那个位置”。

[15] Hon hon he 被理解为一种表达情感的呼喊声，近似的英语翻译为“alas,alas”。

[16]“与他们不同的人”可能指 wicasa wakan，或者是圣人。他就是“站在中央……装烟”的人。

[17] Tuweya ukiye 指带回消息的侦察兵。

[18] Tuweya kupi 与 tuweya ukiye 类似。

[19] Iwastegla waicapapi，其中 iwastegla 与 iwastela 相同，为副词，意思是“缓慢地、轻柔的、小心地，”这用来形容侦察兵被抚摸的方式。（比歇尔，《拉科塔语－英语词典》，245）

[20] On heconpi，意为“这就是他们这样做的原因”。

[21] Woyuonihan heca，意为“这是一种荣誉”。

[22] 这就像 Tapa Wanyankap 或 tab wankayeyapi 仪式，一个女孩站在人群中央，将一个特制的球抛向空中；谁接到球，谁就会获到祝福。球代表智慧，就像野牛将知识传授给小牛，她教小牛如何站立，如何好好生活。圆球代表着整个世界，包括其中的生物，以及 Wakan Tanka。因此，任何触摸到侦察兵的人都是无比幸运的。

[23] 这是拉科塔人的一种队列形式，当疯马投降之后，他的族人也排成这样的队

列投降。

[24] Unapon kiya，意为“他先吸一口烟斗或他被允许最先抽烟”。

[25] 演讲者使用 iyopta 的变形 yoptokakin，意为“通过”（比歇尔，《拉科塔语－英语词典》，259）。Oskiciye 表示敌人的移动，在战争期间，拉科塔人也将敌人看做是一种动物，常用狼来表示。

[26] Ungna mayagnaye cinhan，意为“也许你想要欺骗我”。

[27] Oglaka，动词，意为“告诉某人自己”（比歇尔，《拉科塔语－英语词典》，370）。

[28] Anagopta 为四音节动词，意为“听”。Anawicayagoptapi 为八音节词，这在拉科塔语中较为少见，拉科塔语单词大多为三至四个音节或更短。

[29] 这似乎是指他所唱的歌，或歌中的诗句。

[30] 叙述人乔治·斯沃德发现没有必要将这些包含在叙述内，但它们对于叙述的描述起到了重要的作用。因此在讲述故事的时间和地点，人们能够很好地理解 hanbloglaka。

[31] 这可能是指三月左右的春季，万物复苏，一片生机，拉科塔迎来了新的一年。

[32]“继续”意为“只要其一直持续”。

[33] 他将 kte 和 wacanrize 搭配使用，形成一个很重要的概念，意为“意图”。在拉科塔的世界观中，意图代表着一切。他向大众传达了意图，这一点也十分重要。

[34] 就如同一个人手拿烟斗，将它伸向天空，进行祈祷。

[35] 此处是祈祷日舞仪式时能有好天气。中心是指勇士们朝向太阳跳舞时围城的一个圈。

[36] 他使用了虚词 lo，该词只能男性使用。

[37] 因此，他感谢生灵的倾听。

[38] 帕里表示，年轻诗人可以从古代歌手处学到许多知识，不仅是一般诗歌的风格，还有整套程式化措辞。他依靠从别人处听和记忆完成了许多诗歌，直到这些措辞已经使他形成了具有诗意的习惯性思维模式。他明白诗歌创作没有其他风格，并且他一直倾向于使用传统措辞，而没有使用自己创造的词组，因为他发现与这

些语言相比，传统的措辞更为合意，也更加有用。此外，因为他通过口述进行创作，所以在这一过程中这词组可能会发生变化，这也是他无法避免的。诗歌只会在他创作的过程中出现，并且不会通过诗篇的方式以书面形式呈现，所以他不会逐词去思考诗歌的内容，只有在歌唱时会遇到诗歌风格上的问题。因此，诗人在传统措辞方面的改变是轻微的，也许只是旧程式的改变——将旧的模式换新、融合旧的程式以新的方式组合。由此可知，口头风格是十分保守的。(《形成》，330－331)

[39] 这一点在第 3 篇叙述中十分明显，第 3 篇叙述开篇第 1 节介绍主题，第 9 节结束。

[40] 乔治·斯沃德并未指出这一点；祈祷者的祷告是即兴进行的，并没有特别介绍。

[41] Itokaga，代表了繁荣和好运。

[42] 圣人完成了祷告。

[43] 这是他所唱歌曲的第一篇。

[44] 据乔治·斯沃德所说，这是圣人所唱歌曲的第 2 篇的开头。

[45] Canonpa iyarpeya 是拉科塔语中的概念，“抓住”是指动词，其中含有丰富的文化内涵。

[46] 此处节拍加快，人们开始跳舞，并持续一整天。

[47] 比歇尔和曼哈特的翻译如下：“现在你走在回家的路上，当你饱餐一顿后信息传达者应该过来告诉你该做什么，然后你便照做；所以继续走吧。”（2:380）注意，比歇尔和曼哈特在这里使用了标点。我前文提到过，乔治·斯沃德并没有使用标点，而是选用语言标点，如连接词—名词或连接词—动词结构。此处漂亮黄鼠狼使用了连接副词 na wanna，意为“现在”，这个词的使用频率很高。比歇尔和曼哈特在句中添加了标点，让这句话以 na wanna 开始。

[48] 比歇尔和曼哈特将它翻译为：“非常好！所有人在去棚里清理营地时，记得在身上图上花纹！”（375）不过他们的翻译并不准确，呼喊着并不希望这些人去“清理营地”，而是想让他们表演 owanka on' asto 舞蹈，踩平圆圈中央的草地。

[49] 比歇尔和曼哈特将这句话翻译为“他们加入到舞蹈中，因此他们十分喜悦，我也同他们一起”。(2:381)

[50] 我校对了许多遍比歇尔和曼哈特的译文，这里我决定将原文呈现出来，这样就可以避免误译，让漂亮黄鼠狼亲口讲述。

[51] 比歇尔和曼哈特翻译道："一位名叫黑德的人站在他们中间，指导他们如何清理营地。他唱了两首动人的歌曲，我们跟着音乐起舞或互相赠送礼物。如今他们都分开了，第二天清晨那些发誓要完成心脏穿刺仪式的人聚集到中央。他们站在小屋内，接受人们的敬仰。"（2:381）

[52] 据洛德所言，描述的质量取决于他所描述的行为。（《歌手》，92）

[53] 人们已经不再使用这种类型的鼓，它的用途也逐渐被遗忘。

[54] 洛德继续说道："尽管我们见识到了阿维多不同的（主题）处理形式，但其中的个人风格是万无一失的。"（《歌手》，93）

[55] 我们在本章节前面的内容中分析过乔治·斯沃德的写作技巧，如描写 ozuye wohanpi 的场景，或是勇士们的宴会，对于流利使用拉科塔语的人来说，这一场景描述得栩栩如生。

[56] 这是洛德所描述的过去表演的遗留物或"留存的仪式"。（《歌手》，88）

[57]"我们可以把'Smailagic Meho 之歌'拆分成五大主题：1. 大会；2. 往返布达佩斯；3. 军队集结；4. 征途、战斗、归来；5. 婚礼。"（洛德，《歌手》，95－96）

[58] 在主题的转换中形成了通用模式，洛德开创了一种描述这些"结构"或主题复合体的方法。他称为"主题（群）"。（《歌手》，96－97）

[59] 洛德表示："习惯是隐蔽的，却能被感知。它产生于传统的深渊，通过传统过程的运作最终成为必然的表达。而缺乏这种关联性的意识不仅是对口头创作和传播方式的误解，也是对事实本身的误解。歌手原本的观众能够欣赏这一点，这是由于他们和歌手一样也属于传统的一部分。"（《歌手》，97）

第七章　传统含义

> 但是书写具有一种神秘感，他在歌手的族人间流传开来，最后有人找到歌手，让他将歌曲叙述出来，以便那人记录歌词。在某种程度上，这只是这位歌手所有表演经历中的一次，但却是他所进行过的最奇怪的表演，因为表演中没有音乐、没有歌曲，也没有正常的节奏，只能依靠之前唱歌时所形成的习惯。由于没有伴奏，歌手很难将这些话语组合成一首歌。通常他可以迅速地在思想和主题间进行转换，但现在他不得不经常停下来，让抄写员把他说的话逐行记录下来。这件事对于歌手来说十分困难，因为他的思维运转太快，无法与书面记录保持一致，但最终他还是适应了这个新的创作过程，并成功完成了这首歌。
>
> ——艾伯特·B. 洛德，《叙事歌手》

口头传统的研究跨越各个学科，其中包括文学、语言学、史学和人类学。对此，一些学者强调，这是由于口头传统来源于人类的普遍经验。在本研究中，我通过翻译乔治·斯沃德的叙述为读者展现了拉科塔口头传统。乔治·斯沃德创作的方式来源于拉科塔叙述传统中的古老的说话方式，沃克从乔治·斯沃德同时代的人以及其他实践口头叙述传统的人那里获取了他的叙述手稿。在翻译过程中，我发现在乔治·斯沃德的叙述中存在显而易见的程式化模式，以及反复出现的场景、主题和故事模式。这引出了一个关键问题：这些模式是否源于拉科塔口头叙述的传统？

在寻求这个问题的答案时，学者们遇到了一个障碍，即帕里、洛德和其他人将口头叙述误认为是一种单边文本。（弗利，《如何阅读》，8）在研究基于口头传统的叙述或诗歌手稿时，对于书面文本的偏见会误导研究的方向，尤其是在面对古老的文本时。因此，帕里、洛德和其他研究口头传统的学者决定获取世界各地口头传统中的文本。本研究所使用的方法最初来源于帕里，后经洛德做进一步阐述和发展。[1]帕里的研究方法基于理解研究者所熟知的一门语言，以便了解被分析的特定口头传统中的知识。例如，塞尔维亚－克罗地亚或南斯拉夫的史诗传统。约翰·迈尔斯·弗利将这种专门的语言定义为“登记簿”，即构建某一族群的口头传统的常用语。学者一旦发现语言是如何在这一领域中起作用的，他就能获取关于这门语言的意义或文化含义。（弗利，《如何阅读》，10）[2] 弗利借鉴了帕里和洛德上世纪 30 年代在南斯拉夫调研时期的作品，分析了南斯拉夫诗人特有的叙述风格。口头诗歌中的词指什么？他发现，对于一个南斯拉夫诗人来说，词可以是一个短语、一行对偶句，甚至可以是遵循逻辑结构的传统的场景和主题（《如何阅读》，12－14）。[3] 这些词组合在一起构成了所有叙述诗人通用的史诗词汇。（洛德，《歌手》，21）弗利将它们称为“习惯用语”，具有传达文化传统的作用（《如何阅读》，14）。[4] 它们是南斯拉夫诗人特有的语言、方言和说话方式，这些诗人很容易区分日常用语和史诗叙述。（洛德，《歌手》，36；芬尼根，《口头传统》，175；弗利，《如何阅读》，15）[5] 为了能够胜任史诗叙事的记录并传授文化知识，诗人必须能流利地说这门语言。乔治·斯沃德便是其中一位，他在拉科塔特殊叙事记录的过程中展示了他的能力。此外，他还展现了流利的拉科塔语，正因如此，他才能够用流传了几个世纪的口头传统传授文化知识。帕里，洛德、海姆斯、弗利等人的研究工作与拉科塔口头传统的文化实践高度相关。[6] 据弗利所言，这种特殊的记录采用的是传统的参照系，它比任何单独的诗歌或叙述都具有更大的意义。(《如何阅读》，19）通过帕里和洛德的作品以及最近的分析，我们可以推断出，适用于乔治·斯沃德作品的理论来源于一个古老的传统。[7]

为了更充分地探究这一初步结论，重点是要研究学者区分口头诗歌、叙述与书面诗歌、叙述的关系，并得出结论，即它们之间并非一直有连续性（弗利，《如何阅读》，19－20；切菲茨，55；芬尼根，《口头传统》，178)。[8] 对于塞尔维亚－克罗地亚或南斯拉夫诗人来说，文字不是印刷出来的字符，其在本质上是口头表演中所呈现的一切，包括口头表达的词语、传统的表达方式，以及这些词语所传达的传统含义（弗利，《如何阅读》，20；帕里，《荷马史诗的形成》，328)。[9] 在这些史诗作品中，帕里发现了反复出现的短语和主题（449－450)；之后洛德发现了其中重复的故事模式（《歌手》，26)。[10] 帕里的工作确立了一种概念，即许多文化在整个发展历史中都创作并传播了口头诗歌和叙事传统，每一种文化都有其独特的口语传统，并在特定的用途上加以区分。西方对书面诗歌和叙述存在一定的偏见，这种偏见阻碍了人们了解和欣赏非西方的口头传统，包括美洲印第安人传统，因此，包括拉科塔传统在内的口头传统基本上被忽视了（切菲茨，55)。尽管源自欧洲口头传统的诗歌《贝奥武夫》①在文学领域享有很高的地位，但整体而言欧洲口头传统作品也仍被忽视了。不过最近取得了

①据记载最早的一部英国文学作品。

一些进展，如有学者承认，世界上的口头诗歌和叙述之间存在巨大的差异（弗利，《如何阅读》，29；芬尼根，《口头传统》，26－27），[11] 这种差异体现在传统的创作方式、表达传输与阐释上。这种新知识在美洲印第安人的口头传统的研究领域取得了进展，从而推进了这项研究的工作。

为了进一步探究西方对口头传统的偏见，弗利提出了两个关键问题："什么是口述诗歌艺术？什么是口述诗歌？"（《如何阅读》，29）[12]。他和其他学者一起得出一个重要结论，即诗歌的定义中不包含口头创作和表演（参见芬尼根《口头传统》）。关于第一个问题，弗利建议翻开一首诗，研究口头和书面的二分法及其动态媒介（《如何阅读》，30）。就美国印第安人的口头诗歌和叙述而言，包括弗利在内的学者们认为，民族志诗学是一种解读诗歌的方法，因为它描绘了一个特定文化群体存在的结构。也就是说，它考虑的是祖尼语或西北口语表演中的台词（特德洛克，《口语词》，17；海姆斯，38）。对于那些呼吁阅读美国印第安诗歌的学者来说，这一点至关重要。特德洛克和海姆斯都提出了确认口头创作和表演的方法，如标记文本，将文本中口头的部分进行重新创作（特德洛克，《口语词》，20－21）。

关于开放诗歌体的问题，弗利解释道，大多数文学学者都未能进入到多样化的口头诗歌领域，原因有两点：首先，收集到的口头诗歌数量有限；其次，所收集到的材料并未得到广泛出版和传播。（《如何阅读》，34；海姆斯，36）。关于美国印第安口头传统，弗利指出，"美国本土的诗歌形式稀缺……长期以来一直在档案中苦苦挣扎……获得广泛出版，并带来大量的读者"（《如何阅读》，35）。[13] 这一点适用于现藏于科罗拉多州历史学会的沃克所搜集的材料，其中包括乔治·斯沃德的材料。[14] 弗利提出了一种包含多元化流派概念的方法。[15] 他认为，不考虑体裁的比较分析没有意义，并告知研究者和学者们，研究要基于每首口头诗歌的传统来源，而不是通过一首诗歌来检验口头诗歌的所有特征。(《如何阅读》，35)。一旦每一种口语都按照自己的语言来读——例如，黑麋鹿和乔治·斯沃德所使用的语言——那么就可以在不同的体裁内以及不同的体裁之间甚至不同的传统之间进行有效比较（《如何阅读》，36)。这对于基于美洲印第安口头传统的文本具有重要的意义，弗利表示，这些文本还未进行“适当的校准”(如何阅读》，36)。因此，本研究的分析方法可以帮助熟练掌握口头传统的学者探究并确定传统的特征，使他们能够运用自己的本土语言阅读原始文本。随着时间的推移，人们可以比较不同的传统，这样拉科塔口头叙述也可以与其他美洲印第安口头叙述进行比较。

在与其他学者谈到口头和书面的二分法时，弗利看到学术界开始关注书面文本和口头文本之间存在的差异，并对此做出了评论（《如何阅读》，36)。[16] 这种二分法常常会导致两种叙述形式之间相互排斥、相互对立或产生矛盾；对于美国印第安文学来说，这种二分法吸收了学者们的观点，他们将基于口头传统的叙事和诗歌排除在文学之外(参见切菲茨，55)。弗利指出，从历史和基因的角度来看，口头和书面文学相互关联，这一点在美洲印第安文化中尤为明显。然而，他同时认为，口头诗歌和叙事与书面文学之间在三处根本区别：即创作、表演与受众反馈。(《如何阅读》，38）本书的重点在于创作，其次是表演，最后关注的是受众的反馈；这里表演和观众只是一带而过，因为它们都与创作有关。

大多数学者都意识到，了解口头诗歌和叙述在世界范围内的多样性十分重要，最近他们也开始认识到了解这些形式在各个历史时期的传播媒介同样重要（弗利，《如何阅读》，38；芬尼根，《口头传统》，199－200）。弗利提出了四种媒介模式，可以以此来研究口头诗歌和叙述的创作、表演、观众反馈——口头表演、文本朗读、来自过去的声音，以及书面口头诗歌。[17] 口头表演包括口头创作、口头表演、听觉接收；文本朗读是在现场观众面前进行口头表演时所读的书面作品；过去的声音来自非书面文本的口头传统；[18] 书面口头诗歌指口头诗歌的书面文本形式（《如何阅读》，39）。乔治的文本属于第三类“过去的声音”，它提供了可以对创作，其次是表演和反馈进行有效分析的范型。

这四种类别共同组成了不同形式的口头诗歌和叙述（弗利，《如何阅读》，65）。它们描绘了一系列的媒介，通过这些媒介人们能够感知口头传统，而在乔治·斯沃德的叙述中，口头传统则通过文本来呈现。在定义“过去的声音”这一类别时，弗利承认其具有不确定性。因此重点是，这首诗歌或叙述原本是口头的还是书面的？文本是直接抄写而来，[19] 还是经过了编辑？这些作品的例子包括《希伯来圣经》、《新约》、《贝奥武夫》、《伊利亚特》和《奥德赛》（弗利，《如何阅读》，46）。据弗利所言，这些未知的问题即盲点。他说：“这类诗都是按照特定的口头诗歌规律写成的。它们有一种明显的成分特征，无论以怎样的文本形式呈现，它们始终属于口头诗歌……之所以称之为‘口头诗歌’，这取决于两个方面，首先是创作和表演的方式，其次是口头创作和表演的结构特征。”（《如何阅读》，47）

这是本研究所讨论的后一种口头创作的结构特征，也是帕里和洛德研究的重点。弗利指出，这些“特征”是口头表演所留下的，或者是一篇口头诗歌或叙事诗写成文本时所剩的东西，其中最为突出的是反复出现的短语和主题。他还指出，“在早期，一些专家认为可以将这种模式的密度作为试金石……我们现在并未过度宣扬，但其中最为重要的是：这些特征标志着口头诗歌的背景……就过去的声音为例……基于……——直接描述和结构特征——我们可以读出《贝奥武夫》、《奥德赛》……以及许多其他‘口头诗歌’手稿”（《如何阅读》，47－48）。

同样，通过调查和严谨的结构分析，本研究依照结构和文化意义将乔治·斯沃德的叙述归类为口述。其中程式化的短语和重复出现的场景是口头文学的重要特征。

弗利在其著作中提及了下一个问题，什么是具体的口头诗歌？这和之前问的问题“什么是口头诗歌”不同。口头诗歌是古老的，它早于书面诗歌，并且如今仍在被人们所使用。弗利认为，当一首诗或一篇叙述被认为独立于它所产生的语境时，问题就一定会发生。口头诗歌或叙述完全取决于它的语境。由于语境来源于它所属的语言，那么在翻译时诗歌的内容就不可避免地会改变。弗利解释说：“当我们不假思索地强行解释语境时，我们无疑是在重新定义（这首诗）……例如，在阅读用另一种语言写成的诗时，我们还会坚持使用原先的理解方法。”这种“默认阅读”与我们的口述艺术相吻合，它们可看成一个整体，帮助我们构建一套用于文化消费的文学作品”（《如何阅读》，60）。[20]

这和乔治·斯沃德的文本类似。先前，乔治·斯沃德的许多文本都被断章取义，人们通常研究其人类学、风俗、信仰等方面的信息，而忽略了其文学价值。本研究认识到了这些叙述在口头传统中的重要意义。在文本的语境中，叙述语言是基于拉科塔口头传统的记录工具。（弗利，《如何阅读》，60）。因此，这些叙述中保留了构成拉科塔口头叙事的方式；但未能体现乔治·斯沃德在讲述这些故事时的声音和手势。拉科塔人接收这些故事时的反馈在很大程度上也是无法复原的，乔治·斯沃德在叙述中只是稍有提及。例如，日舞叙述的第17节，观众通过说“Haye”来表达感谢。文字无法将这一切完全体现出来，当乔治·斯沃德以一种陌生的方式将叙述写在纸上时，他如何确保这些叙述具有口头特征呢？[21]本研究试图切实解决这个问题。乔治·斯沃德选择使用构成元素的形式来保持叙述的口头特征，例如反复出现的程式化短语、场景和故事模式。[22]

值得注意的是，乔治·斯沃德的叙述从最初的创作到最后形成文字版本只经过他一人之手，中间并未中断。他的叙述中包含了许多重复出现的词、词单位、短语，以及表示开始和结束的程式化语言所构成的主题、表示时间流逝的词和词组、重复出现的或有节奏的动词，这些都能证明他的叙述完全由程式构成。在对样本进行观察后，我们就会发现其中重复的诗行或小节，即使那些只出现过一次的内容也往往具有程式化的特征。这与荷马的作品以及一位塞尔维亚－克罗地亚诗人的作品有异曲同工之妙，那位诗人曾在20世纪30年代与帕里共事。[23]同样，流利使用拉科塔语的人也能理解乔治·斯沃德作品中的文化背景和时间背景，例如日舞叙述。因此，在回答“什么是具体的口头诗”这个问题时，显然不能将口头诗歌或叙述从文化语境中摘除(弗利，《如何阅读》，65)。

弗利描述了阅读口头诗歌或叙述的三种方法：表演理论、民族学和内在艺术。[24]这三者的共同之处在于对语境的特殊考虑和对诗歌或叙述本身的考虑，并提供了一致的理论重点。[25]它们用于世界各地口头诗歌和叙述的研究中。这些方法中哪一种对本研究或对美洲印第安口头传统的研究最有用？这将取决于正在分析中的特定部落口头传统，最终取决于研究人员希望得出的结论。一般而言，这三种方法有助于提高特定口头诗歌或叙述的流利程度（弗利，《如何阅读》，82）。[26]

本研究试图对拉科塔口头传统的特征进行鉴赏和理解，这些特点世代相传，是拉科塔语言中的固有特点，也是乔治·斯沃德的叙述语言。与此相反，大多数研究过这类材料的学者都认为这些叙述表现了乔治·斯沃德独特的风格（沃克，《拉科塔神话》，ix）[27] 口头叙述的表演为叙述者提供了一种环境，叙述者在这种环境中与听众进行交流，这与鲍曼关于表演理论的陈述相类似。在乔治·斯沃德的叙述中，作者和读者也会以相同的方式基于语言进行交流，虽然两者之间的媒介仅仅是文本，但语言是作者和读者之间交流的关键。(弗利，《如何阅读》，85)。一般来说，叙述表演中的所有元素都是即兴的，包括重复出现的并且有节奏的拉科塔动词、以特殊方式呈现的拉科塔语的韵律，以及运用在勇士叙述中的程式。例如，在描写勇士们为拉科塔最盛大的战争仪式——日舞做准备时，叙述者大量使用这些程式。[28] 乔治·斯沃德在进行创作时依靠这些元素和故事模式，以及它们所蕴含的文化意义。(弗利，《如何阅读》，84)。

鲍曼将“线索”称为“表演的关键”，这些“线索”是特殊的代码、比喻性的语言、并行、特殊的程式、呼吁传统，以及对表演的放弃；这些关键因素因传统和表演者而异，并且在文化上具有特定性(弗利，《如何阅读》，85)。在拉科塔口头传统中，这种特殊代码可以由乔治·斯沃德的方言体现。弗利表示，方言能够成为一种参照系（《如何阅读》，86)。虽然乔治·斯沃德使用拉科塔语进行创作，但古老的达科他方言却深植于文章中，这点从文中 om 和 ob 的使用上可见一斑。从本质上看，表演可引发自身的参照系，任何运用这一特定传统的人都必须灵活应对发生的改变（弗利，《如何阅读》，

85）。[29] 上述几类关键因素出现在乔治·斯沃德的文本中并不能完全表明该叙述基于口头传统。相反，重点是这类关键点在文本中出现的频率，以及接收者是否能够流利地运用语言进行解码（弗利，《如何阅读》，87）。[30]

乔治·斯沃德在日舞叙述中使用了比喻的手法，这种手法唤起了人们对于表演的印象，并且创造了一个传统的参照系。[31] 在日舞的最后一场描述中，他这样写道：离开圣柱之后他躺着，像一条离开水的鱼，贪婪地呼吸着空气。在描写 Hunkpapa 传统中的日舞表演者时，他写道：四根绳子拴在他的胸部和背部，将他挂在柱子上，他的双腿在空中轻轻摆动。乔治·斯沃德生动形象地描述了这些仪式，告诉观众正在发生的事情，以及他们该如何接收这些画面信息。[32]

亚里士多德将并行定义为构成整体的增量，但它们本身是离散的单位。乔治·斯沃德在构建叙述的小节时运用了这一并行性，例如，他在日舞叙述中对巫医进行了描写，这些离散的单位可以各自分开，也可以作为一个整体构成完整的叙述。（弗利，《如何阅读》，89）[33]

世界上许多口头传统中都存在特殊的程式，这在帕里、洛德、弗利、海姆斯等人的著作中都有所体现。而口头理论也基于此建立；由于口头传统具有世界多样性，包括弗利在内的学者都认为不应该将它当作单一的模式，例如遵循帕里和洛德所提出的原始模式（《如何阅读》，91）。[34] 本研究表明，特殊的程式存在于拉科塔口头叙述传统中，表现为反复出现的且具有节奏的动词、重复的短语、主题、故事模式、表示开始或结束的程式，以及表示时间流逝的词和短语。[35] 弗利认为，鲍曼所说的关键因素传达了一个普遍的信号，即呼吁传统（《如何阅读》，91）。[36] 乔治·斯沃德在叙述中使用 eya 一词也证明了这一点。Eya 为原形，它在发生词形变化后变成 eyapi，是表示叙述结尾的元素，意为“他们说过”。第三人称复数形式表明故事是由多人讲述的，这里使用 eyapi 形式表示“他们”。[37] 这种对传统的潜在诉求采用了一种策略，它将这些叙事归功于人们，也视其来自人们当中，而非叙述者乔治·斯沃德个人。的确，乔治·斯沃德曾说，“我要把所有人都知道的写下来”。(《沃克特藏》，108:1)。由此，乔治·斯沃德肯定了拉科塔传统的叙述方式。

鲍曼阐述的最后一个特征是对表演的放弃，这在拉科塔口头传统中并不常见。相比之下，在拉科塔的口头叙述中，叙述者首先给出了一个传记式的陈述，说明为什么他或她有资格进行叙述。例如，乔治·斯沃德在叙述中告诉读者：“我曾是一名巫医，因此我了解拉科塔人的古老习俗和其中的所有仪式，并且参与其中。我曾参与了日舞仪式，这是拉科塔最伟大的仪式”(沃克，《拉科塔的信仰》，74)。

阅读口头诗歌或叙述的第二种方法是通过民族志诗学，这是一种多元化的方法，与西方的思维方式有很大区别。由于美洲印第安的口头诗歌缺乏节律诗行，它被归为散文(弗利，《如何阅读》，95)。芬尼根认为民族学的方法侧重于非西方人的观点：“对诗歌中的文化细节进行重新定义，重点在于传统，如西方人所说的‘异教徒’、‘外邦人’、‘部落’、‘口头’，以及‘种族’”(《口头传统》，16)。因此，在民族志诗学中，人们处在口头诗歌或叙述所处的文化模型中，根据其自身所具有的属性对其进行评价。(弗利，《如何阅读》，95)。对于美国印第安人的口头诗歌和叙述来说，其起源、形式和发展都具有文化特殊性。在识别拉科塔口头叙事的共同特征时，本研究试图分析在拉科塔文化中被理解为以歌曲的形式构成口头叙事和诗歌的特征。海姆斯所做的分析描述了一个以伦理学为基础的过程，更适用于评价乔治·斯沃德文本的结构。

特德洛克对祖尼诗歌和故事进行的研究包含了祖尼的文化模式，在该模式中，每篇诗歌和故事被接收都是通过声音的质量、音量、语调，甚至是沉默（弗利，《如何阅读》，95），特德洛克通过在排版上的变化来实现这一点，从而重新塑造了口头表演（《口语词》，20－21）。海姆斯重点关注结构性，因此更适合于乔治·斯沃德的作品；在过去翻译时，我在乔治·斯沃德的文本中发现了“诗节”，从而确定并验证了叙述的结构组成。[38] 这反映了一种由西方观点变化而来的本土观点。该观点认为行、诗或诗的构成规则是根据西方的思维方式来确定的。[39] 在本研究中，叙事和诗歌被定义为拉科塔口头传统的起源和形式。由乔治·斯沃德讲述，他以歌唱的形式吟咏诗歌。[40] 如果想要接受乔治·斯沃德叙述中独特的文化模式，我们需要借助他运用于叙述中的“诗节”，以及拉科塔歌曲中由音节组成的诗行。男性和女性所创作的歌曲具有不同数量的音节（弗利，《如何阅读》，95）。[41] 当这些在文本中幸存下来的基本单位和组织被术语所承认时，我们重新建立了他们的原始诗歌形式。（弗利，《如何阅读》，103）

此前研究人员通过翻译对乔治·斯沃德的作品进行了评估；这些翻译产生于 20 世纪初期，有些是由不会说拉科塔方言的人完成的。例如，埃拉·德洛里亚翻译了乔治·斯沃德的日舞叙述，很少有学者注意到她通晓的是达科他方言，而非乔治·斯沃德所讲的拉科塔方言。这一点在当时也许并不重要，但如今大多数学者都认为方言可以为口头传统的研究提供一种参照系统，它不容忽视。（弗利，《如何阅读》，86）德洛里亚在进行翻译时是唯一一个能够接触到乔治·斯沃德材料的人。如今有人也许会争辩，因为德洛里亚的拉科塔方言并不流利，所以她的译文并不精准，使得乔治·斯沃德的译文没有按其自身条件进行评价。[42]

为了本次研究，我选取了四篇乔治·斯沃德的叙述，共2240行，将它们从原始拉科塔语翻译成英语。我以逐字逐句翻译的方式组织了我自认为仍忠实的译文。[43] 我无法将叙述中的暗语和内涵忠实地翻译出来，这是因为在基于传统的叙述中，叙述者和听众之间存在某种不言自明的默契，即叙述者向听众讲述时，要对叙述内容十分理解，并假设听众能流利地运用叙述所用的语言，从而接受叙述者的信息。[44] 民族志诗学的目的是按照自己的方式来读诗或叙述（见切菲茨，76）；从本质上说，它力求将声音重新注入叙述中，但这不在本研究的范围内。

尽管如此，海姆斯和其他学者所提出的民族学方法对于研究乔治·斯沃德这类文本很有价值，因为该方法以诗歌自身的本土文化模式为基础进行分析，关注口头叙述的结构和组织。从结构上看，乔治·斯沃德的叙述富有条理性，每一个字、每一个音节都具有意义。歌词运用了押韵、明喻和隐喻等手法。它们代表了拉科塔的诗歌，还可以被进一步细分为勇士诗歌和女性诗歌，或者男性歌曲和女性歌曲。乔治·斯沃德叙述的译本出现于20世纪初期，当时学者们从人类学的角度研究了叙述中的文化内容，如拉科塔的仪式和信仰，但忽视了叙述的文学价值。当人们注意到这一点时，海姆斯强烈要求采用民族学的方法，这可以帮助学者了解乔治·斯沃德作品的真实结构。对于这类文本而言，它们缺少了民族论所倡导的行为表达，因此使用目标语言的文本至关重要（弗利，《如何阅读》，103）。该文本表现形式允许以源语言呈现。在乔治·斯沃德的叙述中，第3篇叙述的第6节有这样一个例子：

拉科塔原文

Maka he amaniya zuya aye kta ehatanhans ohanhepi wan el oyasin witayapi tipi wanji el ogna na tokel igluza omanipi kte ca on iyecehce igluzapi witayapi na oiyokipiya woiyuskin ou woglag yankapi tehan sni hehanl inapapi na hocokatanyan

英文逐字翻译

Earth, that, upon, war party, go along, shall, from, on a certain night, a, in, all, gather, dwelling, [45]one, in, in, and how, to hold one's self up, travel, shall, when, just like, hold one's self up, together, and, pleasant, gladness, talk, sit, long in time, not, every now and then, to come out, and, in a circle

民族志诗学逐字翻译

在与敌人作战的旅途中，所有勇士在夜晚聚集在一个地方。[46]在那里，打仗时穿什么样的衣服，他们当天就都身着相应的服装。他们坐在一起，愉快地交谈着，很快便走出营地，聚集在空地中央。

其目的是将拉科塔叙述传统的口头诗歌特征尽可能地转移（弗利，《如何阅读》，105）。按照民族学的方法进行逐字翻译需要语言的流利使用，以及对语言结构的信任。本研究的目的是将三篇较短的叙述和一篇较长的日舞叙述从拉科塔语翻译成目标语。在附录中，我们可以看到经过翻译所形成的叙述是一种传统的勇士叙述，源于拉科塔的口头传统。[47] 乔治·斯沃德叙述的诗节中存在文本的口头衍生物，虽然这不在本研究的范围内，但阅读和重现文本也具有一定可能性。本研究并未调查叙述表演中观众的参与情况，这是因为观众的反应是即刻的，当时与现在存在一定的时间差。

第四章描述和分析了在乔治·斯沃德的文本中反复出现的程式化短语、场景和故事模式。这些程式中包含重复出现的动词。[48] 许多口头诗歌和叙述都包含这类特殊的程式，以至于一种由帕里创立、经洛德发展的口头程式理论在学者中流行起来。弗利将口头理论定义为"内在艺术"，他认为该方法专注于从结构到意义的转变（《如何阅读》，107）。内在艺术与口头理论的不同之处在于，它并不是将程式化的短语、场景和故事模式看成它们自己本身，而是如同"内在"一词所表示的，在本质上将它们与意义结合在一起。（弗利，《如何阅读》，109）因此，本文运用帕里和洛德的研究，对乔治·斯沃德的叙事结构进行了分析和解释。这是一个复杂过程中的第一步，而从逻辑上说下一步将是运用内在艺术的方法。[49]

口头叙述的传统含义

1960 年，洛德的巨作《叙事歌手》出版 40 年后，帕里和洛德的理论在欧洲、俄罗斯、中国、日本和其他传统中得到了较为广泛的应用。学者们普遍认为，这一理论的广泛应用存在一个问题，即过于强调结构而忽视了意义和艺术。为了解决该问题，弗利等学者发展了口头理论，他们超越了结构，探究了口头诗歌程式化方面的传统含义。在这种方法中，反复出现的短语、主题和故事模式通过弗利所说的"一种特殊的暗语"开拓出更宏大的语境（《如何阅读》，113）。事实上，在乔治·斯沃德的叙事中，他使用了这种特殊的语言，在更大的语境下获得拉科塔的传统身份。这种特殊的语言就像一个“记录簿”，海姆斯称之为“与反复出现的情况相关的主要的语言风格”(440)。因此，乔治·斯沃德的叙述方式反映了拉科塔口头叙述的构成。也可以说，乔治·斯沃德选择使用这个特殊的“记录簿”，因为他知道他的听众会使用拉科塔方言，对该“记录簿”有特殊的了解。[50] 总之，乔治·斯沃德根据听众来选择用词和修辞，使两者相融合；可能有人认为，他的用词完全是从这个特殊的“记录簿”中挑选的，而修辞则反映了他自己的风格，这展现了他对于传统的精通。乔治·斯沃德叙述中的诗节反映了他使用这门特殊语言的能力；如此一来，他便能够与其他熟悉这个特殊记录的人分享。(弗利，《如何阅读》，115) [51]

当沃克收集乔治·斯沃德和他同时期的叙述与歌曲时，拉科塔人分享了口头传统的一种语言记录方法，斯沃德和其他人能够利用这种特殊的语言在他们自己和包括沃克在内的外人之间传达拉科塔口头传统。他们的叙述反映了一种古老而保守的语言方式。[52] 在乔治·斯沃德的例子中，他能流利地运用这种特殊的语言生动而形象地进行创作。这种特殊的语言是拉科塔口头叙述和歌曲创作的基础；一旦掌握了这种语言，它便能对叙述创作产生帮助。人们对于该语言的掌握程度取决于他们的叙述能力。[53] 弗利表明，“这种记录……相比日常语言有更多的暗语……‘词’与传统含义产生了共鸣”。实质上，这种记录是将基于口头传统的叙述与口头传统联系在一起的纽带（弗利，《如何阅读》，116）。[54] 在这一背景下，对于内在艺术，弗利认为，“每一场表演都发生独属于它在自己的时间和地点”，“所有的表演……都在一个特定的传统中，在特定的表演舞台……（发生)”，其中“表演舞台”表示的不是一个真实的物理场所或历史时间，而是任何时间点。[55] 因此，乔治·斯沃德会使用一些表示开始的短语来唤起表演舞台，这时流利使用拉科塔语的人就会明白，并从普通的拉科塔语过渡到口头传统叙述的语言（弗利，《如何阅读》，118－119）。[56]

口头理论为乔治·斯沃德的文本提供了最优的分析方法，它能够识别程式化的短语、重复的场景或主题，以及重复的故事模式，以便在本质上为记录叙述建立语法；[57] 接着，这种方法再对记录进行分析，以确定这一记录的工作方式（弗利，《如何阅读》，120）；最后一步是找出语法是如何将叙述与拉科塔口头传统联系起来的，并探寻这些反复出现的短语、场景、故事模式的含义。

整个研究过程中的一个关键问题是，什么是传统含义？[58] 例如，在拉科塔口头叙述中，反复出现的动词和节奏动词是构成叙述的单元。[59] 作为词或词单元，它们为叙述者提供了叙述所需的词汇；实际上，传统的创作方式必须依靠这些特殊词汇的使用。本研究的目的是描述传统口头叙述语法的这一部分，它解释了这些重复出现的动词和节奏动词，即拉科塔语词和词单元，如何在创作过程中起作用，以及如何识别它们的主题和故事模式，从而使研究取得了重大进展。我们的目的不是这些词和词单元本身，而是在诗节中对它们进行观察，并找到这些词和其暗语的传统意义。而实现这一目标的唯一途径是流利地使用诗歌呈现的语言。[60] 叙述所表达的意义和文化内涵被编码在口头传统的语言中，而这些叙述的文学翻译对拉科塔口述文学做出了重要的贡献。

综上所述，可以引用帕里的一句话来表示本研究的总体目标以及它对美国印第安研究的普遍意义："由此得出的口头传统的原则在两个方面起作用。首先，它是口头诗歌比较研究的起点，试图了解人们的生活方式是如何产生一种特定类型的诗歌和一定程度的美德。其次，它有助于研究那些无人问津的古老的伟大诗歌：我们可以从这些诗歌的形式中追溯它们的起源，从而了解它们被创造的方式”（《荷马史诗的形成》，469）。

本研究的主要目的是描述和检验乔治·斯沃德作品中的口头叙述实践，从而具体分析某种形式，确定该形式的必要因素。其次，是将由此获得的知识应用到其他拉科塔叙事和歌曲中。最后一步可能是通过鉴赏传统结构中的文学价值来评价文本，解决其中的重要问题：拉科塔文化是如何定义拉科塔的口头叙述的。

注释

[1] 包括海姆斯、弗利，以及其他人。

[2] 弗利在“南斯拉夫口头诗歌生态”一章中讨论了悲叹的目的，他说道，“哀叹者以一种基本的方式塑造现实，并且使用头口诗歌来完成这一壮举。在读这首口语诗时，我们需要读懂其中的文化”。(《如何阅读》，199)

[3] 在结构上，其遵循了塞尔维亚－克罗地亚或南斯拉夫诗人创作英雄史诗的十音节韵律。

[4] 尽管弗利并没有对“习惯表达”一词给出一个简洁的定义，但似乎暗示其为习语，或是一个民族特有的语言、方言或说话风格。

[5] 洛德表示，“在学习口头叙事的模式和系统时，我们需要观察诗歌的‘语法’，就如同语言中的语法一般相互重叠的语法。或者转换观念，我们在语言的语法中找到一个符合诗律的特殊的语法。程式便是这类特殊的诗歌语法中的词组、长句、分句，这门语言的使用者一旦掌握了程式，他就不会像我们在平常讲话中那样按部就班地使用”(《歌手》，35－36)。关于特殊的文学语言和存储，芬尼根表示，“原先人们认为口头形式较为简单、通用、差异性小，但复杂性的增加改变了这些想法。实际上他们并非总是提出一种人人皆懂的语言……这种风格对参与者或阅读转录本的人来说可能是‘自然的’，这也为有意识的调研提供了更多理由”。(《口头翻译》，174)

[6] 乔治·斯沃德在书中使用了“特殊语法”的技巧，巧妙地传达了拉科塔人现已失去的本质，这也表现了这些学者发现的拉科塔人口头传统的关联性。海姆斯借助爱德华·萨皮尔所收集的材料，承认了“特殊语法”的概念。(151)

[7] 见帕里的评论，“我们知道荷马式措辞的形成已有几世纪之久”。(《形成》，314-315)

[8] 关于该话题，弗利写道，“所有的诗歌都是由口头传统开始的，所以我们应该期待口头和书面表达之间的连续性”(《如何阅读》，19-20)。而谢菲茨却鼓励读者去期望口头与书面之间的不连续性 (55) 芬尼根表示，“书面文学研究的方法论……呈现了丰富的资源，但不幸的是，制定某种‘口头’形式经常隐藏了其可

能的相关性”。(《口头传统》178)

[9] 帕里表示：“这是我个人的观点，阅读过我对荷马史诗所做研究的人都知道，只有当荷马式诗歌由口头的、程式化的、传统的措辞构成时，我们才能抓住它的本质。”(《形成》，328)

[10] 洛德写道，“歌手一直在不断地积累、重组、重构程式和主题，从而完善歌曲，丰富其艺术形式。他从这两个方面进行了研究：他开始改进已知的内容，并学习新的歌曲。此外，他正在学习合适的名称以及歌曲的主题。故事正是他所需要的：因此在这一阶段，他能够在听到一首歌曲的同时立刻复述——当然不是逐字逐句地重复——但是他可以使用自己的语言将故事复述出来。”(《歌手》，26)

[11] 关于对口头传统的研究，芬尼根表示，口头传统研究在过去主要关注它的来源和“古老”的特征，而最近研究的重点转为其意义、结构和如今的动态……人们对于这种转变也早已司空见惯……在早期研究中，其构成要素是单向的进化模型——在 19 世纪尤为强大。但其中仍存在许多诸如“发展”、“现代化”等概念。这……影响了对于任何可阐述的内容的分析，如“早期”或属于“口头传统”的内容，尤其是收集的“神话”……或是源于欧洲传统的民间传说……“我们 / 他们”的二元对立在社会理论和大众理解中均得到了发展。(《口头理论》，26-27)

[12] 露丝 · 芬尼根和其他学者曾讨论过这个问题。

[13] 海姆斯表示，“这里我想要研究那些被忽视的诗歌，或者更准确地说，研究歌曲的语言内容，并且展现某些方式，可能包括还未被感知的结构组织、‘胡扯’的语言、某些义务、结构功能”(36)。海姆斯和弗利都精通口头创作理论，因为它适用于除美洲印第安文化之外的其他文化。

[14] 正如我在前言中所提到的，拉科塔叙述是美洲印第安传统的一部分，就其本身而言，它们属于世界各地的口头传统。

[15] 弗利警告人们切忌将所有种类的口头叙述归为口头理论所提出的“单一亚属”。(《如何阅读》，36)

[16] 芬尼根表示，“口头和书面的区别体现在某些作为分类基础的方法……然而，这种易于理解并且广泛使用的区别也掩盖了许多问题和争议，以及一些已有的分类术语（史诗、传说、神话、谜语），打乱了明显的分类。如今许多学者认为这种反差充其量是一个相对的、多方面的、不断变化的连续体，而不是绝对的分歧……而且无论如何也无法理解沟通的所有方面”(《口头传统》，141)。她继续胡说道，

“影响也并未从口头到书面。”（179）

[17] 弗利指出：“为了顺利开展研究，我们应在研究对象上寻找最合适的度。如果研究对象过于宽泛，过于注重类型，将导致泛泛而谈……如果研究对象过于狭隘，过于注重案例分析，那我们将只见树木不见森林。难点在于找到一个度……既足够综合，具有全方位的概括性，又能为理解……提供实践基础，而且……灵活……包容每个人表达方面天生的不同。”（《如何阅读》，39）

[18] 弗利写道：“《过去的声音》，包含了什么？（它）为我们提供追寻那些口头诗歌传统的途径，而这些诗歌传统早已消失，我们只能通过书面形式去了解它们。”他进一步说，“鉴于第三类口头诗歌的多样性，我们并不期待存在一种涵盖面很广的原型。但如果特定的信号和结构存在形态和语篇特征上的特异性，则显然不能将其制式化或将其多样性控制在一定范围之内。尽管《过去的声音》通过重复多样的语言以口头诗歌的形式出现，但或许存在一种特定的诗歌语言。口头诗歌在这些无声的文本中留下了能够辨认的信号。”（《如何阅读》，46，48）

[19] 考虑到誊写的基本问题，芬尼根写道：“和常识相反，口头和书面文本之间的‘对等’既不是不言自明的，也不能脱离文化。鉴于这个原因，如果誊写的过程无误，那誊写的模式（不论是由研究者誊写还是有其他人誊写）将最有可能影响到最终结果。”（《口头传统》，195）

[20] 弗利及其他学者针对美洲印第安基于口头传统的文学提出了一个至关重要的问题，即这些叙述是如何建构的？（《如何阅读》，48）其他类似的问题还有：这些叙述是如何组织的，它们的意义是什么？弗利从直觉出发，将美洲印第安基于口头传统的叙述看做美洲人（早期）文学的宝库，很长时间以来，他和其他学者因为既无法将这些叙述置于上下文中分析，也不能译出其蕴含的诗意而困惑不已。因此这项研究往正确的方向踏出了一步。这里以拉科塔族的方式引用了弗利（1947－2012）的著作，是向他本人以及他穷其一生投入的口头叙述过程的研究致敬，他接过了帕里和洛德的工作，将口头叙事研究的成果交到了当代口头叙述的读者手上。

[21] 乔治·斯沃德称：“我边说边写。”（《沃克特藏》，108）

[22] 弗利称：“一旦将叙述文本化，诗歌传统便消失了。”他强烈建议口头诗传统作品的读者能够在这些作品“表现出的上下文和诗学传统”的基础上进行阅读。（《如何阅读》，61，63）

[23] 帕里写道：“口头诗歌的创作从最广义来说在当代塞尔维亚（20 世纪 30 年代）

以及其他许多地方依然存在……显而易见，想要了解一种文体是否是口头的、传统的，就应该去听该文体在使用中的情况……但针对希腊史诗……我们无法这么做……如果我们想要对荷马的文体做一个确定的概括，只有一个办法。想要找寻‘文本中的结论’，我们必须探寻《伊利亚特》和《奥德赛》中的择词是否只能看做一种传统的、口头的，通过某种程式创作诗歌的技巧……这种程式的本质即诗歌择词的公式越多，那能够运用到单首诗歌中的程式数量就越少。”(《形成》, 272)

[24] 针对“阅读是什么”这个问题，弗利指出：“阅读……即解码。”此外，“这些符号从最本质的角度来看和写作毫无关系。”(《如何阅读》, 77, 80)

[25] 弗利表示：“简而言之，这些方式殊途同归，都指向我所说的字词力量这个概念。所谓字词力量，即能让口头诗歌达意的一种符合语言习惯的特殊方法。不论采取什么方式，这些方式都试图将语言解码，并呈现出超越文本的含义。”(《如何阅读》, 82)

[26] 弗利指出：“唯有通过多种视角，我们方能公正、合适、细微地欣赏口头诗歌作品，了解这样的作品本质是什么，听众是如何回应等问题。”(《如何阅读》, 82)

[27] 编辑了《拉科塔神话》的雅纳称：“教授沃克知识的拉科塔族男子个个身强体壮，是一个了不起的族群。从现存的历史记录中我们能够了解拉科塔族的政治生活，但唯有通过沃克的文章，我们才能了解他们的艺术能力。乔治·斯沃德等人文学能力出众。他们通过行之有效、潜移默化地展现的传统故事主题，创造了扣人心弦的艺术效果。他们创造性地将信仰意义戏剧化，是口头文学的典范。”(沃克，《拉科塔神话》, ix)。

[28] 弗利所谓“凭借传统字词宝库中对于战马、盔甲，以及其他声源进行恢弘的描写”。(《如何阅读》, 83)

[29] 弗利写道：“我们应该记住，任何语言，不论看起来多么有力、多么稳定，都离不开善听善说之人。”(《如何阅读》, 86)。

[30] 弗利写道：“一个负责的读者必须学习专门的口头诗歌语言，从而了解哪些特点在表演上是关键，了解这些语言在特定体裁中的传统形式。”(《如何阅读》, 85)

[31] 弗利指出：“在《过去的声音》中，音调成为了口头文本的媒介，或多或少是这样。《荷马史诗》中多行的明喻十分典型，《伊利亚特》中，许多明喻将军队交锋的景象和平和的自然景象并行，营造出一种讽刺的效果。”(《如何阅读》, 88)

[32] 弗利指出：“在书写下来的口头诗歌中，传统的口述语言特点能够并且的确保

留了下来，原本现场吟诵的口述诗歌变成了永远无法现场领略的文稿。而传统语言的力量和灵活性哪怕在口头诗歌的文稿中也得到了保留，因为读者能够‘听到’信号。”在这些情况下，比如在乔治·斯沃德的文稿中，“表演依然提供了能够让人诠释的框架。”(《如何阅读》, 48, 88)

[33] 在乔治·斯沃德诗歌的章节中，字词环环相扣，行行相续。值得再次指出的是，是否流利掌握拉科塔族口头传统语言，对于“阅读符号”和“知道它们代表什么”至关重要。(弗利，《如何阅读》，90)

[34] 弗利提醒道:“没有一种特征能够作为跨系列口头诗歌表演的试金石。”(《如何阅读》，91)

[35] 见引言中我对《日舞》第 81 行的分析。另，见附录 1 中对第 5 行第 1 个叙述中连结名词的使用。

[36] 弗利写道:“(其实)，它构建了一个引用的框架，在这个框架中，诗歌能够为读者指明方向。”(《如何阅读》，91)

[37] 音节 pi 暗示复数的“他们”。

[38] 弗利针对海姆斯的作品写道:“海姆斯创造这一方法，旨在让美洲印第安文本重生，因为当时留存的印第安文本都是苍白的、流水账一样的文字，而原作本是复杂、成熟，富有诗意的。他敦促我们构思一种新的诗歌形式，这种诗歌的遣词造句都按照故事线走。按照美洲印第安人自己的规则构建文本，而不是按照我们未竟证实的设想来构建文本。他让这些文本重获诗意。”(《如何阅读》，103)

[39] 见引言中我对乔治·斯沃德《日舞》第 81 行有关停顿的分析。这一节由 tka anpetu wanji 开头，这个词组通常会接时间，稍许停顿之后是 wanjica ca，接着又停了一下，然后是 okata kin wanica，再停，是 iyolilita ca，然后是表示顺序的词组 ognaya om ite，之后又停一下，接着 wayecila kin（wayecila 是 wanyanka 的动词形式，意思是看)。这一节中的形式首先见于 17 节。

[40] 随后的研究应就拉科塔族诗歌严格意义上的构成展开。这一研究已经做了类似尝试，将拉科塔族歌曲当做诗歌的模型。

[41] 弗利将之定义为“其自己的形态、身份、规则”。(《如何阅读》，95)

[42] 对此，弗利称 :“多数人看盎格鲁－萨克逊史诗《贝尔武甫》都看的是现代英语翻译本。可以预见，这些译本都努力译成现代意义上的“好诗歌”，以便立足。

如果诗歌和读者只能通过翻译形成联系，那这样的翻译是不能回头比照原文的。自身必须是一首诗，哪怕再“不忠实”于原文都无所谓，尽管这个目标值得赞许，但掩盖了一个深层问题，即在这种情况下，我们并非在阅读原汁原味的《贝尔武甫》。说得更精确些，只有当古英语和现代英语诗歌有重合的地方，我们才能读到原汁原味的《贝尔武甫》。”（《如何阅读》，102－103）或许我们也可以从这个角度看拉科塔和拉科塔族的诗歌。

[43] 我能够流利地用拉科塔族方言交流。

[44] 乔治·斯沃德指出他边说边写。

[45] Witayapi tipi，意为“集会地”。

[46] Witaya，意为“一起，结伴”。

[47] 乔治·斯沃德分节组织叙述的方式反映出拉科塔族的口头传统，以及他自己的修辞方式。

[48] 弗利写道：“密集的特殊动词的多样性起到了至少两个典范作用。第一，口头诗歌确实五花八门，一种诗歌中的关键特征可能在另一种诗歌中非常罕见。第二，再补充一下，没有一种特征是万金油。”（《如何阅读》，90－91）

[49] 出于实际原因，当下的研究无法完成这一点，但今后的研究可能可以。

[50] 尽管我和乔治·斯沃德不在同一历史时期，但在翻译他的作品的时候，我发现自己作为一个说拉科塔族方言的人，能够逐渐熟悉他置入语言中的特定知识。

[51] 根据弗利的说法，因此，“凭借口头诗歌的媒介，说者和听众共享着语域”。（《如何阅读》，115）

[52] 根据弗利的说法，“一旦成为口头媒介，特定的语域将延续，它被框定在一个严格的框架内，而非日常用语……在界限内变化是语域的生命”。（《如何阅读》，115－116）

[53] 与此相反，这项研究是否能够将乔治·斯沃德的叙述打造成当下拉科塔口头叙述中的佼佼者，取决于我对这一特定语域有多熟悉。“内在艺术”这一概念似乎暗指这一艺术形式须对讲述着和接收者都行之有效。

[54] 弗利写道：“‘内在艺术’展示了口述诗人如何在传统含义和特定结构之间做转化。”（《如何阅读》，117）

[55] 弗利指出："从这个观点看，诗歌的创作（或称规矩）创造了一个空间……表演由此开始（尽管以象征的形式）产生变化：适合创作和接受的规则一一就位，参与者开始使用规定下来的语域。"（《如何阅读》，116－117）帕里和洛德称之为"因循"。

[56] 针对语言的流利度，弗利写道："真正意义上的流利不限于机械地掌握一种语言。"（《如何阅读》，120）这个说法很关键，先前的学者主要研究乔治·斯沃德作品的译本，而对源语言并没有做到流利掌握。

[57] 实际上，口头理论提供了分析诸如《贝奥武夫》《奥德赛》《伊里亚特》等作品的最佳方法。

[58] 这个问题的字面意思是乔治·斯沃德所使用的"词"的传统含义。（弗利，《如何阅读》，123）

[59] 因此，这些动词与弗利所谓的"口头传统叙述的支撑物"相类似。（弗利，《如何阅读》，109）

[60] 实际上，如果一个人对于乔治·斯沃德在叙述中所使用的某种特殊的语言存储很流利，他会知道自己在说什么，因为这门语言在口头传统中被程式化地使用。一旦学者发现了存储器中语言的运作方法，他或她就能够获得有关语言背后的文化含义的重要信息。（弗利，《如何阅读》，10）

附录 1

NARRATIVE 1

1 ikce wicasa wakinyan owiciyakapi wan le Wakinyan kin wiyohpeyata tipi keyapi iciu ohinyan heciyatanhan unkiye sa kin on

2 hean Wakantanka ta akicitapi keyapi na on hena wicasa hecapi keyapi ca re tanka hel otipi ce iyapi

3 na on ruwekeciyas nonge wanil wanaronsni na woope nahon sni canna Wakinyan ktepi eyapi

4 na hena isiya oyate wan onpi kin iyececa ya onpieyapi na on maka kin ataya wanyag omagipi na amagajuya omanipi

5 Na maka kin waicaga keyapi na on taku kesa waste Kagapi na icaga kagapi na wamakaska na is wicasa hena is isam icagapi kta on na tuktel maka wanji howinyapi canna yujajapi na taku el onpi oyasin kahintapi

6 Na heon sunka wakan kin he itancanya Wakinyan tawapi na wicayuhapi wamakaska oyasin wicayuhapi tka sunka wakan he aitancanya un wica kiyapi

7 tka Wakinyanpi kin el wicasapi kin ecakel tuwini wicasa tang gnayaha wanwicayaka okihi sni eyapi tak tuwa Wakinyan iwicahabla keya ehatanhans he wicasa wanwicayaka keya oihanble ognaya ecela

8 hehal Wakinyan el wamakaska tona wicayuha oonyapi kin hena lena eepi sunka wakan sunka zitkala wicatankala pisko uupijata icapsipsicala ocaje istanica tanka miniyata oonyapi

kin agliska gnaska tuswecal mini mahel onpi sni

9 tohanl lilahci Wakinyan ahli canna agliska kin Wakinyan agli kin el opapi nakun gnaska kin hecel hena mini hiyu kin opeya huyupi na makata hinhpaypi keyapi

10 Wamakaska unmapi kin hena Wakinya iyowajipi sni

11 taku wanji Wakinyan towanpi el hiyu ca Wakinyan ktepi eceyapi kin he hecel cajeyatepi Wakinyan etanhan Heyoka iwicahabla na wakiciconzapi tka ecel econ sni kin on he ktepe es eyapi eya taku wamakaska kesa kapi

12 Na heon wicasa ekta wanna Wakinyan Heyoka ihanbla wan lecel woglaka ihanbli wai wiyohpeyatahan ista nicatanka wan mahiyohin ca hecel wakangli iyecel iblable na Wakinyan wicoti egna ewacin maksapa wicasa san iciyayapi ca huha iyohila sa on yuglaksiksa wicanape kipiya on oiciwapi na Hoksila wicasa ankantula wasteya wacin ksapayo wicoskate kin lena nita oyate ekta yuha yaki na lena tain yayin kta ce eyapi

13 hecetu kin on yuinahniya Heyoka woze kta ca wicasa tuwa ehana Heyoka ihanble wan icu icekiya na heya woihanble wan iwahanble na he itahenakeya Wakinyan u kiya canna ekta tuwa akecita pasa nawahon eon eya

14 hecel ehantanhan Heyoka kin wayupta ca heya he heyoka woyaze kta econnisipe le eya hecel tokel econnisipi kin ognaya oyate egna tainiyayin kta ce eya

15 hecel wana heyoka woze kta ca oyate wicoti kin Hocokata wizi tipi iticagapi tipi cigala na tipi taninla wizila na tusin ota sni conala ticage wowapipi hena Heyoka ihanble taninpi kin hecapi wipa ipaha tusin nonpa ipaha iglepi na tona Heyoka ihatanpi hena oyasin el wicakicopi

16 Canna Heyoka kin wanji glahnigapi na Heyoka teca eon he

yutan na tokel slolya keyapi wanglake cinhan iyecel owa na Heyoka teca kin sunka wakan hin tokeca ca ankanl yanke kta keya ca iyecel sunkanl yanke kiyapi na ataya wicasa sanyapi Hu ha oyasin sa on yuglaksiksin sayapi na iyujipa el pehin oyasin yugmigma iyakaska na el ticanicahu wan el iyakaska wahukeza wansanyapi ca huha

17 hehal Heyoka oyasin lecel iglutanpi wizi Hanska pahcihcipi otanpi na wizi ogle wahlokapi onpi na nata el tacanta ogi wan nata ataya ite ko okigi na pesleta el wahlokapi na etanhan pehin okaske wan hinapayapi na wizi eya wica nape coka iskoya na iyehankeca baslecapi na nonge el owinpi na najute entanhan kangi sin owecinhanhan ksinpi ca iyaglaskapi na eon tuweca kes itazi hayapi Hanska wahukeza Hanske wahehanyan kannacega wan hinkpe nonpa is yanmi ece iyagna yuhapi tka hena ecakel itazipa sni ecakel wan sni inahni econpi on iyacinya

18 hehanl teca Heyoka kin lecel igluza san ipeya epe can he hecetu na sunkawakan ankanl iyotanka na wahukeza he yuha na heyoka olowan wan ahiyaya ca olowan kin lee

Mahpiya mimeya u kiye lo
Mahpiya mimeya u kiye lo
Wamiconze co wanna ka
Ecetu wakiye
Mahpiya mimeya
U kiye lo
Wamiconze co wanna ka
Ecetu wakiye

19 hehanl Heyoka wohanpi kin el pte ceji ece wohapi kin el El wahinkeza on iyeya ca taceji wanji icapa icu hehal Heyoka oyasin wohapi cega ikanyel najipi na hena Hiyupi na cega etanhan taceji eon hena Heyoka kin nape on yuze Eyayapi

iyabya yuha iyayapi na tuktel wicasa wicahca iyeca yankapi wanwanyag yankapi el taceji he Ewicaqupi cana wicasa eon Haye eyapi na yutapi tuwe wan teca heyoka woze kin he kici yuonihanpi on

20 he oicon oyasin Heyoka oyasin woiha woecon ece econpi oyate wan wanyakapi Na iha wicayapi kta Heyoka teca kin Wakinyan wakiconzapi eon wanna tanyan iglusta kin on ikiciyuskinpi eyapi

21 Heyoka oyasin cajepi wan lee ciyeke sni iwicakiyapi Heon Heyoka oyasin iyapi eyapi oyasin Unzihekta eyapi sa

22 Na hehal Heyoka oyasin kolakiciyapi Na ruktel anpetu wan el witaya wohanpi Na el Heyoka lowanpi Na el Heyoka tuwiahan oyasin tanin kiyapi

23 Na ake anpetu wan kahnigapi na Heyoka wicaece oyate wicoti kin Hookawinge Heyoka waci ahiyaya na lowanpi na cancega kabupi kin Heyoka kin wacipi tka yuonihanya wacipi sni tka skatapi iyecel lila wankanlkanl iye iciya wacipi

24 Hehal Heyoka wan iye isnala anpetu wan el Heyoka iglutan na oyate wicoti Hookawinge Heyoka hiyaya na Pehin ka ablel yeya na pecoka el kangi san owecinhanhan iyakaska Na tancan sa iciya na Oyaya oyasin wase on yuglaksiksa akiya o inkpa oyasin okijata owa na pte ha sina wan Hin kin ataninya yuhinyaka tanhan in leska el akicaska aceskikan glaksa Na ecakel itazipa wan yuha wan eya iyustag nakun cancega sayapi wan yuha nape ogan

25 Na olowan kin lecel ahiyaya ca cancega kabu na tancan koya iglu homnimni anongnong etowan wacici Hiyaya na eyasta canna wanbli hupahu siyo tanka wan owatanla yajo

26 Olowan kin lee
Wi wan wakanya
Yake kin cante
Iyapa maye

Wi wan wakanya
Yanke kin cante
Iyapa maye

27 Na hehal tuwa Heyoka woze eeyas nanhahci tokehci Econsipi iyecihci Econ sni kecin na Nahanhci Wakinyan kowicakapa na ake Heyoka woze ici nonpa woze na aki eci yamni woze Hehanyan Wakinyan kokipe sni tka hecena Heyoka ihlawa on

NARRATIVE 1 LITERARY TRANSLATION

1 Common men tell of Wakinyan in this way: Wakinyan dwells in the direction where the sun sets at the west,the people say. Always from this direction it arrives.

2 Those soldiers belong to Wakan Tanka and the way they are, theyare like men, the people say. So, they dwell there in the great mountains, so the people say.

3 And whomever heeds not nor obeys custom or law and hears not, when at such time Wakinyan kills them, the people say.

4 Wakinyan, are beings like us; resemble us. Everything is transparent to them; they are all-Knowing. All of the earth they see as they travel with the rain.

5 And everything on earth is made to grow and flourish; and animals and men, too. The places on earth where it is purtrid, there, a cleansing comes.

6 And that is why the horse is the one in charge of all animals because he belongs to Wakinyan.

7 Whoever has a dream about Wakinyan, if that man says he saw Wakinyan, it is only through dreaming. It is something that cannot be lied about.

8 Certain animals belong to Wakinyan, including the horse and dog. Birds that fly that belong to Wakinyan are gulls, nighthawks, swallows, and the horned lark. The lizard belongs to Wakinyan. The water creatures that belong to Wakinyan[are] frogs and those that live near the water such as the dragonfly.

9 Whence Wakinyan arrives, lizards follow,as do frogs. Where the water falls, they, too, fall to the earth.

10 All other animals Wakinyan is not concerned with

11 Where Wakinyan looks something comes from it so it is killed. That which is called by name is Heyoka.

12 Therefore, among men, now Wakinyan Heyoka dreamers, in this way, I know. It happened this way: From the west, a bird came for me and with great haste I went to the dwelling of Wakinyan. There I was greeted by a man who painted himself white all over his limbs. He approached me and spoke to me in the following manner: "Boy, purify yourself; clear your mind. Wicoskata, the things that belong to you, you will return to your nation with these, and show them in a good way. Do this." He implored.

13 That is why when a Heyoka ceremony is called, I as a dreamer and others who have had this dream rush forward as warriors and line up in formation when we know that wakinyan appoaches.

14 The Heyoka must do the ceremony according to the way he is told. The event must occur in full view of the people. This shall be done, it is said.

15 Therefore, when a ceremony is to occur, in the center of the camp, a small, old, and worn tent is set up. There are not many tent poles; however, the wind flaps are propped open. It

is decorated accordingly. Whoever is a Heyoka is invited.

16 The Heyoka select a new Heyoka as one of their own. They honor the new Heyoka by helping him adhere to the details of his dream. He is painted a certain way.

17 So then, all Heyoka dressed in fine clothes according to custom.

18 Now then, a new Heyoka dresses in this way: painted white,he sits upon a horse with a spear in his hand and he sings this song: The clouds in a circle, they have arrived. A vow is being fulfilled. The clouds in a circle,they have arrived A vow is being fulfillde.[1]

19 At the Heyoka feast,a buffalo tongue is boiled and taken and given to the old men. They cry out in joy, "haiye!" and eat it.It is the new Heyoka that is honored at this feast.

20 A custom is that the deeds of the Heyoka are done to amuse the people and make them laugh.The new Heyoka's commitment to Wakinyan is thus completed and all are glad for him

21 All Heyoka have a name and they are called "Ceye ke sni." Therefore they speak and say things backwards.

22 Now then, all Heyoka form a fellowship with each other. On a given day, they gather and make a feast. At that time all their customs are made manifest.

23 And again, they select a day and only the Heyoka men gather where the people are camped. They dance a certain way within the circle of the camp.

24 Sometimes, a Heyoka, alone, on a give day dresses as a Heyoka and where the people are camped, comes into the circle. He carries a bow to shoot with and holds a red-painted drum in

his hand.

25 And he sings a song as he beats the drum. He dances to his song, turning his body and looking from side to side. Dancing he comes and goes past. When he finishes he blows straight into an eagle bone whistle.

26 The song he sings is this:
Sun mysteriously sits
Causing my heart to stir
Sun mysteriously sits
Causing my heart to stir.

27 The fear of Wakinyan motivates the Heyoka to do as he is told. He performs the ceremony a second and a third time for this reason. The time comes when he no longer fears Wakinyan; even then, he still considers himself a Heyoka.

Note

[1] This is a personal statement having to do with the Heyoka's belief.

附录 2

NARRATIVE 2

1 Wicasa is wamakaska Wakinyan wakangli he na katapi kin hena otuya sni eyapi tka hecel wowicala tawapi kin le e

2 Tuwa katapi kin he Wakinyan iwicahanbla ca tokel wakinconza pi na iconsipi tka ecel econ sni kin on he akicita ktepi le eyapi

3 Na wicasa wan wakangli agli he cinhan he pehin el agli heca yummiya yugmigma selececa kin hel hecel eyapi e he nata heciyatan yugmigma pahtin kta wakiconzapi tka iyecel econ sni kin ou he iyecel oyaka iyecel heconpi

4 Henhanl tancan el hiyu na oyaya tokeyatan yumnimisya iyaya cinhan he ake iyecel eyapi e heciyatanhan hecel oiciwa kta tka wakiconzapi eyapi he eyapi

5 Na wicasa Wakinyan ktepi he kape na hecel eyapi he Wakinyanpi kin ekta opeyapi eon wanna ekta glokiyaglapi ca wanna ekta ou welo[1]eyapi na

6 He ktepi iyahakan Wakinyan ukiya canna wicasa eon he Wakinyan ukiye kinhan heciya opa na om[2]kin keyapi

7 Na akes heyapi wicasa Wakinyan ktepi kin he tukta kin he can ognakapi eonpapi ohakam el Wakinyan ountan hanpe lo[3]eyapi he opeyapi kin ou tuktel hpaya hecinhan el Wakinyan onajinya onajinya oupi

8 Na on wicasa Wakinyan ktepi kin he Wakinyan te on kecinpi on cekiyapi na taku cinpi kin kila icekiyapi

9 Wakinyan kin hena wakinyan ukiye kin el opa na taku makatakiya taku kte keyapi iyapi na on wicasa wan wakinyan ktepi he cekeyapi na heyapi nita oyatel lel yankapi el iwastegla yaku kte na onsi ewicayakiyin kta

10 Wowicala hena hecetu hca lakapi tka ehantanhan isiya wicasa wanjigji woksape yuhapi kin hena wowicala kin hecetu sni eyapi yunkan na on wicasa ota slolyewicakiyapi kin he wowicake

NARRATIVE 2 LITERARY TRANSLATION

1 Man or animal Wakinyan strikes dead with lightning for a reason, they say, and[this is it] according to their beliefs.

2 The one who is killed had a dream of Wakinyan and vows and receives orders but heeds them not; for that reason, an *akicita* kills him, they say.

3 And the man lightning arrived ,whose hair, where he was stuck is balled up, there they say; his head is bundled up [in that way], on his forehead. [He was to]fulfill his vow but did not do so, for that they tell of him.

4 Then, his body, where his limbs are curled, it is, again, said accordingly, that where he is afflicted, he was to adhere to his vows in total but did not, they say.

5 And the man Wakinyan killed, they speak of him and say, "That man that Wakinyan killed,they speak of him and say, he is designated as one of them, that is why, now, they take him and return home, now they come," they say.

6 In the time after, preceding the time after his death, whichever Wakinyan *ukiye* occurs then he who was killed joins, takes part

in Wakinyan *ukiye,* they say.

7 And again it is said that wherever the man is laid to rest, afterward, at that place Wakinyan strikes. The reason for that is because they allowed him to join them, wherever he is laid to rest, in that place Wakinyan is present.

8 And on account of that, the *wakinyan* dreamer killed by Wakinyan, it is thought that *wakinyan te ou,* therefore or for that reason, the people pray to him [*wakinyan* dreamer]and ask for whatever they desire in their prayer.

9 Wakinyan, when *Wakinyan ukiye,* joins in and is permitted to kill as he strikes earthward,thus to the *wakinyan* dreamer,the people pray, "Nita oyate lel yankapi el wastegla yaku kte na onsi ewicayakiyinkte" (These are your people, gently return among them and pity them and protect them).

10 The beliefs are thus firmly held, a long time ago, each man had wisdom and those beliefs are sometimes doubted. But many men are taught [*slolyewicakiyapi*] that is a truth.

Notes

[1] See Buechel, *Lakota Dictionary* 575, we, and 325, lo. . . for the sake of emphasis.

[2] Translated as"with."

[3] Buechel, *Lakota Dictionary* 325, . . . for the sake of emphasis.

附录 3

NARRATIVE 3

1 Ikce wicasa ozuye econpi wicasa tuwe wanji toka wicayapi ekta zuya yacin kin

2 tokala wicaya wanji is nonpa ecel om aokiyapi na tukte wanji kahnigapi

3 canna anpetu wan el wohan na tuwewe wicacin kin wicakicopi na wanna tipi ogna ahiyotanke canna canonpa opagipi na hupagluzapi na Ho wakantanka le iyahpeyaya taku wowahtani wanil misna wasanica wanji kte eya hehal iye onpa na unmapi nakun oyasin onpa

4 Nakun wohanpi kin he waksica ognakapi na ciska nonpa el ognakapi na hoihanke eciya tanhan onpa yutapi na ake iyeyapi canna ake ciska nonpa icupi na ake nonpa yutapi na woyute wacanla okawinge yutapi na tebyapi

5 Na tuweni nonpa okawinge sni wasuyapi tuktel zuya wohanpi wanji nonpa okawinge cinhan he ozuye kin secaya wa a kipapi keyapi

6 Maka he amaniya zuya aye kta ehatanhans ohanhepi wan el oyasin witayapi tipi wanji el ogna na tokel igluza omanipi kte cin iyecehce igluzapi witayapi na oiyokipiya woiyuskin ou woglag yankapi tehan sni hehanl inapapi na hocokatanyan

7 Inajin na sunk lowanpi na yahan ahiyayapi na eyastapi na lila ungnahala akisapi na hehal olowan he lila ahiyayapi na itazipa

el wauhinkpe on icatasahan lowanpi apapa najinpi na oyasin yusisi iwacici najihpi na lowanpi

8 Olowan:
Kolapila tohal wagli keciyas ecin homawaniye
Kolapila tohal wagli keceyas ecin homawaniye

9 Olowan ota on lowanpi

10 Lecel igluzapi wanjigji ptehinca haji mahel ogleyapi iyakanl pteha sina inpi na wajin wan ogna kinpi nakun wanjijgi wahukeza yuhapi kta na wikan okakse wanji kinpi hanpa okazante wan kinpi waksica mignakapi na wizi hanska otonpi hecel hiyayapi icahan winyan kin lowanpi na tuwe zuya iyayapi kte con hena cajeyal wicakici lowanpi na heyapi"ohitika con ake wanna iyayinkte," eya[1] lowanpi

11 Na ihinhannna el wanna zuya eyaya titanhan eyotanka na ipahlalya iyotankapi toka azuye wicayapi itkiya etonwan iyotonkapi na wanjigji ehake upi kin "sunk kagi lowan" aon na leya lowan au "takomni tiwohanhan inajin omawani keyas tuwa caje omayake ca epe na ake wa u welo," eya lowan au

12 Na tuktel iyanka canna canna peji ko wokiya kagapi na hena otipi nahahci okapi sni han koska nonpa iwicacinpi na "Blotahuka oti" el awicaglipi na pte waste wanji owieasipi na on takuku agli wicasipi wakceyapi nonpa tan owasopi na tacante ogin hena aglipi "Blotahuka oti" el aglipi

13 Canna hena spayapi na blotahuka el opewicayapi kta tuwe kagapi sni ka icuppi na tuwa Blotahuk opeyapi kta con kico yesepi na hena wicakico i na awicagli tuwa heconsipi kin he Blotahuka wowase eceyapi na on wowitan glawapi

14 Ozuye wan wicotapi ehantanhans Blotahuka sagloga wahecetuya wicakagapi hena ozuye kin hel wiyukcanpi kta ca on hena wicakagapi

15 Hehal akicita wicakagapi kta on Blotahuka wowasi ion ake koskalaka waste nonpa wicakico i na awicagli hehal ataya zuya itancan con koskalaka kin hena he wicakiya "ozuye kin le waste kta ca on Blotahuka kin lena wicakagapi ca nis leniyas akicita itancan nicagapi Blotahuka ho anawicayagoptapi kta nanita hoksila [honge][2] kta on akicita wicayakage kta" eyapi hehas akicita wicakagapi

16 Hehal tuwepi nonpa atokanyan wahukeya nonpa kagapi inkpata okijata na el okijata iyokijin el sonkaha ohiye nonpa baslecapi iyakaska pi na okijate nonpiya kangi son ptaptaya iyakaskapi na tacante ogi con i el akagegepi oikan yamni kagapi na wahukesa he el iyakaskapi na koska sinte nonpa koska wastepi kta itepi na heca nonpa iwicacupi na wacaconpi canna hena koska kin mni aku wicakiyapi canna "ozuye wicoti" ataya mni wickagli omanipi hena toka sankanyan ata wicayapi kin iye toka ktepi wowitan yuhapi kta wowicakican

17 Wanna toka tahmakoce ekta wapaya ihuni kin icohan koska nonpa na etan owicakiyapi yunke ehatanhans hena toka ta otoweya[3] onpi ca hena tunweya sa ewicakiyapi na koska kin tuwe hecel econsa kin he woyuonihan yuhakiyapi

18 Na hehal Blotahuka kin wanna toka ekta takul atogyapi canna Hocokam iyatankapi na koskalaka tuwe wicakahnigapi tuwekesa Blotahuka wanji na is akicita tuwekesa el opa cin kin okihi na hena aglimna wicayapi na hena tuweya yapi kta ca okihipi canna wicasa kin tuweyayin kta yuowecinhan ewicaglepi

19 Is hoka eya ipahlalya inajin na lowanpi na tukte tokeya eglepi he cajeyatapi na ake wanna ake iyayelo tiyata heyapi na tona ewicaglepi otiyohi cajeyal ilowan ihuni wicayapi hehal inyag iyayapi ca awicasapi na wicakice lo wanpi

20 Iyayapi con ekta wanna sunka ho kupi kin on ozuye kin he

nahonpi kin hehal heyapi “hochanhe tuweya u kiyelo” eyapi na oconhegla canna iyaye wicayapi conhan wicasa eya el lowanpi ion hena eepi is wanji tokeca el aopeya ake ipahlalya inajin cokata ptece ptayela egnakapi na el wicasa kin wanji canonpa opagi

21 Na yuha inajin canna ozuye eciyatanhan tuweya u kiye etkiya wicasa tona okihipi etkiya anawicatapi tuweya kupi kin iwastegla awicapapi he wacanhiye koyag kupi kin he iye tokeya icupi cinpi on heconpi wasigla sni tka woyuohihan heca na ake tiya takeya gliheconpi wasigla sni tka woyuonihan heca na ake tiya takeya gli.

22 Hehal tuweya u kiye[4] kin ogla wecinhan kupi tuwe tokeya wan wicayake he takeya kin ozuye etannan ipahlalya najinpi na tuweya lowanpi hecel tuweya ku kin tokeya kin ku na ptece wasamglip[5] con na ongihpeya canna “haye”eyapi na tuweya glipi kin ipahlalya iyotanke wicakiyapi na

23 Canonpa opagi yuha najin con he iyatan na tuweya tokeya con unapon kiya na ecel oyasin u pan wicakiya na hehal wicasa tuwe eye sipi kin he heya inayaji na sungmanitu oskiciye esa wanlaka kin omakiyaka yo na ungna mayagnaye cinhan hehal tuweya gli kin he taku wanyaka hena oglaka

NARRATIVE 3 LITERARY TRANSLATION

1 Of ordinary men, warriors,[6] whoever,wants to go to war against a hostile nation.[7]

2 His particular fridens, one or two men will assist him and whoever is selected and to war will go along.

3 When at such time on a given day, a feast[is prepared]and those who he want are invited. And they arrive and fill a house

as guests[sit]. Upon their arrival a pipe is filled and held in the hand.And he who prays with the pipe implores, "Ho Wakan Tanka,[8] this prayer I send to gain your favor,without[any] transgression,on my side,[9] join as one, so it shall be," he prays, then he smokes and the others also smoke.

4 Also, the food perpared is placed in a serving vessel; [10] two buffalo horn spoons are placed in it. At either end of the circle it is sent around.Each one takes and eats two spoonfuls; this is repeated again by each.Then it is passed around clockwise until they eat it all.

5 Moreover, never does it come around twice. That is, in a war feast, the food is not passed around a second time. The people say that if the food is passed around a second time, misfortune will befall the warriors.

6 On account of the upcoming journey against the enemy, on a certain night, all the warriors gather in one *witayapi tipi.*[11] There, in whatever way they are to dress [for war]they dress accordingly. Tohether in company, they sit and converse gladly [in camaraderie]; wihtin a short while, they emerge and in a circle [gather].

7 They stand and sing. "Sunk kag lowanpi"[12] and finish singing; and very suddenly shout. They start again and sing the song, keeping time with the arrow hitting the wooden side of the bow, as they crowd together.[13] All dance, shaking their shoulders, they dance.

8 The song they sing is:
Friend, rejoice
When
I return
To think
Yes,

I walk Howling, I walk.[14]
Friend, rejoice
When
I return Suppose
Howling, I walk.

9 They sing many songs

10 In this manner they dress. Some wear calfskin under a female buffalo skin shawal worn over the shoulder.Some have spears and sharp weapons. A coiled leather chord they carry on the[ir]back[s]. Moccasin strings they carry. They carry for each other a serving dish. And old leggings they put on and wear. In this way they pass by. In the meantime, the women sing. All of those going to war are named as the women sing, "Ohitaka con ake wanna iyayinkte," they sing, "He who is brave, is getting ready to leave, again."

11 The next morning, they emerge from their homes and sit together facing the direction they will leave for war. Those coming last sing, "Always among the tents I roam, but someone betrayed my name [called out my name], that I is why, I say [this] and come again," with these words they sing as they approach.

12 And wherever this is going on,even grass is used and made into a dwelling. Still or before *okapi*, two young men are selected and to Blotahuka dwelling they are brought and told to find a good female buffalo and given the task of bring one thing or other: two ribs of the animal; a strip from the body; and the sheath covering the heart of the buffalo. These they bring to Blotahuka dwelling.

13 Then these are cooked.
Who is asked to serve Blotahuka does so with honor.[15]
Especially in the selection of those who will join the

Blotahuka. No one is made a Blotahuka but are invited to it. Those who are invited are called.The one who is asked to serve is told to go and bring those who are invited to join the Blotahuku.

14 They select about eight to be Blotahuka from the many warriors. They will think about the war, that is why they are selected.

15 Then warriors are to be inducted so again the servant for the Blotahuka goes and brings back two good young men and all the war leaders speak to the young men and say, "Our effort at war shall be good [fortuitous] thus the Blotahuka are made and you are made *akicita*, obey the voice of the Blotahuka. Some of your young men [boys] shall be made warriors," and they are indeed made warriors.

16 [This stanza is actually two separate thoughts. I have diveded it into (A)and(B):]
[A.] Two young men, good and pleasant, are selected. Then those young men are allowed to bring water. They bring water for the eneire camp.[16]
[B.] Those in the camp all prepare to meet the enemy so that they will have the honor of killing the enemy.

17 Now with good fortune they arrive in enemy country. Meanwhile the two young men and some who have come to help [them]. In the enemy village arc scouts [who come to aid and assist them] and the young men that do this, honor is given them.

18 When the Blotahuka seek revenge upon the enemy, at such time,the young men selected are brought to the center of the camp circle. The men who want to join and are able to go, whether a Blotahuka or an *akicita*, whoever is able is placed in [a]row [single file]

19 Some singers stand together and they sing. The one they placed, they call him by name. "Now again he goes homeward," they say. Those they placed, all are called, singing their names, they make them come. Then running they leave so they yell out for them and sing with them.

20 Those who left return with wolf howls: the call of war.Those listening say, "*Hon hon he,* a scout approaches." In response to these words a commotion ensues and the men go forth. In the center they join the singers.Among them may be one who is different who joins in. In the center a man fills a pipe near a pile of buffalo chips.

21 And with it he stands.The scouts return from the direction of the enemy. All men who can charge toward the returning scouts and strike gently and deliberately. They return with goodwill and he who touches them first is blessed by it. Therefore they do this. To be struck this way is not an insult but an honor. Afterward they turn homeward.

22 Then the scouts,forming a line one behind the other, return.The one who first sees them starts the line, and they line up behind him. They sing "tuweya lowanpi" as they approach. The first of the scouts stops at the place where the buffalo chips are in the center. As they dismount,they say, "ha-ye," and give thanks. They are thus allowed to sit together in a line.

23 The first scout who returned is allowed to smoke the pipe first. The rest are allowed to smoke.Then the man who is told to speaks and says, "This country that you passed through where you stand looking around,some wolf movement did you see? Tell me, perhaps, I do not know but you might lie to me." After this is said, thus, the man speaks and tells all he saw.

[1] When *eya* follows a phrase or sentence, it may be rendered, "he said what precedes. " Riggs xxxi.

[2] "Some" is *honge*.

[3] Buechel, *Lakota Dictionary* 783: *Otonwahe*, pl, n. town(vil-lage, city).

[4] The narrative difference between *u kiye* and *ku* is very significant in stanza 22, so that Sword switches from "they arecoming" to "he come. " See Buechel, *Lakota Dictionary* 505, "ukiya, " v. col. Pl: "They are on their way home, . . . this is said of many," whereas *ku* is said of one.

[5] This word may be *wasabglepi*, meaning to place something black for a sign. Buechel, *Lakota Dictionary* 549.

[6] *Ozuye econpi wicasa,* a Lakota concept that literally trans-lates to "war-doing work-men. "

[7] *Toka*, meaning one of a hostile nation.

[8] Translated as "Great Sacred. "

[9] The phrase appears to me to read, "misna [I alone] wasanica wanji kte. "

[10] *Waksica* is not just a plate, but in the old language it means acommon vessel. One common eating vessel.

[11] *Witaya*, meaning "together,in company. "

[12] A certain song.

[13] *Ica* ta *s'a han lowanpi*.

[14] Like a wolf.

[15] *Blotahuku el opewicayapi*, or *blotahuku opeyapi kta*. Kta indicates that it will happen. They will join.

[16] *Ozuye wicoti*, or war camp.

附录 4

SUN DANCE NARRATIVE

1[1] Wi wanyag wacipi oyakapi
Wicasa ecela wi wanyag waci itancanpi na tohani winyan wanji heca kte sni

2 Wicasa wan wi wanyaga waci kin he toka kici yapiel yapi na om kicizapi kta itokam wi wanyag waci hoye iciyapi kta

3 Tuwe tokeya he econ kte con he itancan kta wan hee na tuwa iye iyokipi kin kici itancanpi

4 Itancan nonpapi heniyoslalapi eya otapi eyas nonpalala ececapi

5 He cel wasuyapi

6[2] Na istakukesa wonihiceye wicahiyagle canna hoye iciyapi

7 Tka iyeska kicizapi hel opa sni

8 Na hoye iciyapi kin he iye takunni sica akipapi kte sni tka isna wasanicayapi kta eyapi

9[3] Na wanna tona wi wanyag waci hoye wicayapi kte con oyasin iglujujupi na iparla ya[4] wihinape etkiya etowan inajinipi

10 Na wicasa wakan iglawan wan hoyeye sipi kin ins iglujuju na wicilazata inajini na okihi kin lowan iye wakan olowan tawa wan heca ca

11 Iho hanhan he topa eya ca ehake eye cinhana ihecegla woglag hanbloglaka[5] na lecel eya

12 Anpe wi kin wasteya nongopta icuwo peji hinyapaza oyasin ite tokeca ahinape cinhan hoksila wahehatu kin lena ite wanwicalakin kta ce eyapi

13 Tka wamakaskan yeye cinhan hena om ite wankiciyakapi kta ce eyapi

14 Na wokicize kin le el taku wacanrize[6] oyasin nagi wasakala kte na wacanrize hena oyasin mitawa kte

15[7] Tka miye etkiya taku wowartani[8] wanil mita oyate ekta wakinajin kta eya ce kinhan

16 Hehal tate ouye topa kin ekta tuwa warupakonza ewicakiyapi kin na ihukuya wamakaskan wanbli cetan tehan houtka hena oyasin ca nonpa niciyuzapi kta ce eyapi

17 Anpetu wanji towanjica ca iyolilita ca iyablageyela okatakin wanica hena kici ite cokaya kici wanyecila kapi kta ce eyapi ce eyasta hehal wicasa el najinpi oyasin haye eyapi
Eyasta hehal wicasa el najinpi oyasin haye eyapi

18[9] Hehal[10] olowan kin le ahiyaya

19[11] Oyate waste wakage lo

20 Oyate waste wakage lo

21 Kola lena micage con
Oyate waste wakage lo
Kola lena micage con
Oyate waste wakage lo[12]
Kola lena micage con

22[13] Hehal enakiyapi na wokicize el opapi eya taku icekiyapi na tanyerce[14] iyeceturce[15] sni eyas hecena econpi kta na

23 Wicasa wi wanyag waci kte cinhan hehanyan wicasa kin he yuwakanpi eciyapi na on wakan iglawa on na takuni sicaya

econ sni na tokecincinya ou sni

24[16] Wicasa wakan otapi tka conala o wi wanyag waci kaga okihipi[17]

25[18] Hecel anpetu wan taku owi
wanyag wacipi kin he el woilagyapi hena igni ou

26[19]

27 Ptehicala cepa waste ha wan na he yuwakanya kpayapi na tanyan kagapi hin kin opeya kagapi na pehanpi na yuwakanya yuhapi takuni asape sni ya he waonyapi tokahe kin he e

28[20] Hehal pte tan wasin wan wica nape iskoya

29 Tacante oge wasin wan

30 Pau wan

31 Houpe wan

32 Maka wase tan

33 Canli etan

34 Nazonspe cigala

35 Mina[21]

36 Wizileye wacanga

37 Hehal[22] wi wanyag waci kin iye taku koyag
waci kta cinhan lena ee kta

38 Peyoza ipaza oskapi topa hena pecokan el aopaza

39 Wanapin tahasaka mimela ohommi waskiskitapi na tosan inyuupi na cokanya wanbli wiyaka wanjila iyakaskapi wikan sopi wan ikan cante el aiyopteya napin

40 Masicala ha wan wasleslecapi na owaslece wanjigji oyaya topa

ecel iya iglaska

41 Tarca[23] ha nonpa kpayapi nitehepi oicige

42 Tahasaka wan tatanka kagapi na nakun wanji wicasa toka kagapi na heniyas can wakan pa wosla eglepi el opa el iyakaskapi

43[24] Win kan sonpi hanska wan el

44[25] Can kapestopi nonpa hena on cante parlokapi is hena on okaska najin

45 Na on oigwapi kta maka ooncage tonakeca oyasin na inya to nakun

46 Hena oyasin tanyan iglustanpi hehal[26] wi wan wakicepa wi kin he el wicasa oyate el itancanpi kin oiyagle iyarwayela ominiceyapi etanhan wo iyowinkeya icupi

47 Hehal [27]wi wanyag waci itancan kin he wanna anpetu wanelpi iciya

48 Nakun kici itancan kin he kici tipi wan tuweni ogna yanke sni makoskal hocokatakiya etonwan eiticagapi iyarwayela omniciye etanhan wicasa eya owicaqupi hena wicoran[28] kin he wicakiciyuecetupi kta el skanpi

49 Ti igluska pejirota blaska owinjapi na catku el make kin tanyan kagapi

50 He owag kagapi eciyapi ti isleyata tahasaka pte ha sla eciyapi heca wan egnakapi

51[29] Wi wanyag waci itancan nonpa wicayutapi tanyan iglujuijupi na pehin kaablelyeyapi umala canonpa opagepi wan yuha na nonpi sinahinspa hinyakata inpi

52 Iyarwayel ominiciye etanhan wicasa eya owicaqupi hena om yapi kta ca

53[30] He tohanyan piciyapi kin hehanyan woyuta na mini hena yutapi kta icakis iciyapi okihaniciyapi

54[31] Tuktel wicasa wakan wan ti kin etkiya wi wanyag waci itancan nonpicaska mani yapi na ihakam iyarwayela ominiciye ethanhanpi qon is yapi.

55 Oyate kin iyarwayela awicayuta najin hiyeya

56 Wicasa wakan kin ti el inajinpi na kaetulake el tima iyayapi is iya wicasa wakan kin oyasin iglujuju na zitkala son luta ataya ojutanpi wan peleta el pegnaka na sina hinspa wan in na yanka[32]

57 Catku el owing kagapi na el pte ce wan gnaka

58 Wi wanyag waci kin nakun tona om i oyasin ti isleya tanhan iyayapi

59 Hehal wicasa wakan kin nape kin nonpi glublaya coktakiya iyotanka

60 Hehal[33] can nonpa opagepi he

61 Pahu kin isleyatan yus nape yublaya yanke el qupi

62 Hehal[34] wicasa wakan kin nape qon anogmons icu

63 Canna wicasa tona hel yankapi[35] haye eyapi wopila he e

64[36] Hehal wicasa wakan kin owanka kagapi el wiziliye izilyapi hena wacanga heca ca izil yapi hehal izcilyapi yin kta

65 El epazo naake ipazo na ake epazo na hehal icitopa el izilya

66 Hehal wicasa wakan kin cannonpa opagepi kin pte ce el ankanl egle na oyape kin wankanl kiya yuza ca Hanbloglaka[37]

67[38] Wakantanka kamaka takiya ahiton wan na usi[39] emakiyayo

68 Na tate ouye topa ektakta warupa koza yankapi ihukuya

zitkala ooncage nankapi kin hoksila wastepi wahehatuyerci waicionyapi kta hoyeniciyapi qon he wanna iyapi otkonzela kta on taku oyasin winyeya yanka tka anpetu wanji to wanjica ca iyablakela ca iyolilita ca he kici ite cokaya ite wanjecila kin kta ce eyapi ce

69 Taku wowartani wanil tanyerci woecon ihuwiyakiyapi kta eya ce

70 Hecel cannonpa kin le iyarpe onyececayapi[40] kta ce eyapi ce

71 Ake haye eyapi

72[41] Hehal iyata na hupagluza ca wi wanyag waci itancan he tokeya onpa hehal oyasin unpapi henala

73 Hehal ake cannonpa he ikikcupi na iye upi etkiya oyasin glapi

74 Hehal is wicasawakan kin ohakam ticagapi na taku oyasin winyeya eglipi ekta i

75 Hecel wanna wasteya wi mahel iyaya hehal taceji ohanpi ceg wanji el aipi na wicasa oyasin el ipi na[42]

76[43] Wicasa wakan kin owanka kagapi el cannonpa pahu isleyatan kiye tonwan opage ompapi he icu kta yamini ayugata na icitopa el icu

77 Na na iconhan[44] is el wizilye izilyapi kta isiya yamini epazo na icitopa el zilya

78 Hehal wicasa wakan kin canonpa kin icu na Ptecel el ankanl pahu kin egle na oyape kin wankanl kiya yus yanke ca kiya yus yanke ca oyasin a inila yankapi

79[45] Wakantanka kamaka takiya ahitonwan ca unsi emakiyayo

80[46] Hoksila waste wahehantu lena om ite wayecila kte con wana iyapi otkonzela

81 Tka anpetu wanji to wanjica ca okatakin wanica iyolilita ca he ognaya om ite wayecila kin kta ce eyapi ce

82 Oyate mitawa om taku wowartani wanil wani kta ce eyapi[47]

83 Na tatank na tawicu cincala opeya mi ito kaga wapaya[48] ca oegle miciciya yunka hena on oyate wani kta ce eyapi ce

84 Oeyasta oyasin oyate kin Haye eyapi hehal lowan

85[49] Heyaya le hibu we[50]
Heyaya le hibu we
Heyaya le hibu we

86 Wakanpi[51]make sitomniya henake taku waye lo
Eyaya le hibu
Wakanpi maka sitomniya henake taku wayelo[52]
Eyaya le hibu we lo
Heyaya le hibu we
Heyaya le hibu we

87[53] Hehal canonpa kin iyarpeyapi na onpapi

88 Hehal wi wanyag waci oyasi iglujujupi na sina wanhiyakata inpi na wanblirupahu hohu wan ahiyohi siyotanka yapi catku ta iparlalya najinpi

89[54] Wicasa wi wanyag waci roka wayupika oyasin tahaska qon he oksa iyotankapi na lowanpi na lila iyasape canna wi wanyag wacipi kin oyasin ceyapi he

90 E Toqo weceyapi eciyapi

91 Olowan tokeya kin he ahiyayapi na yamini tahasaka kin iyuswu apapi na icitopa el iwacipi apapi

92 Hehal wi wanyag waci oyasin wacipi

93[55] Hehal olowan ota on lowanpi

94 Na hehal cega ogna taceji ohanpi qon he wicasa wakan kin itanhan hanke ciqala yuspa icu na waglurtata

95 Hehal oyate kin oyasin wotapi

96[56] Olowan ospaye topa ahiyayapi na hehal enakiyapi

97[57] Na he topa econpi na tukte el woinarni canna nomnom kaska econpi

98 Na hehal yuonihanya iglakapi oyate kin ataya na tuktel makoce wan waste el kiyela etipi kta

99 Hel wi wanyag wacipi kte cinhan hel

100 Canna wakiconza eya blaye conka iparlalya eyotanke canna wi wanyag waci itancanrca hee ca ake iglujuju na sinahinspa wan yuhiyakata in na canonpa opagepi wan yuha na wakiconza yankapi wicitokam iyotanka

101 Tohanl oyate iglakapi oyasin iglustapi hehal wakiconza kin yapi kta canna wiwanyag waci itancan kin tokeya inajin na ya hehal ihakam wakiconza aye

102 Hehal iglaka oyasin aye na etip kta

103 Itahena yamini ipage eyarpapi na icitopa el hocokatonya oyate kin eti wicakiyapi

104 Iyarwayela ominiciye etanhan qon hena eepi ca hecel eti wicakiyapi

105[58] Hehal tatanka pa seca wan aglipi he yuwaknpi kta on

106 Wanna can wakan atuwe ayin kta on tuktel owi wanyag waci tipi kta makoce el wicasa waecon wicaya itancanpi hena maka omaniya cacega gluhapi na eyotanke

107 Na tuwe tuweya yapi kte con hena yus awicaglipi

108[59] Wanna uyowecinhan ewicaglepi na roka kin is iparlalya inajinpi na

109[60] Olowan kin le ahiyayapi na tuwe tokeya najin kin he cajiyatapi na hecel owecinhan caje wicayatapi

110[61] Ake wanna ka iyaye lo

111 Sunka hetan he iyaye lo

112 Tiyata heyape lo
Ake[62] wanna ka iyaye lo

Hoksila sica[63] he iyaye lo
Tiyata heyape lo

113 Wanna oyasin cajeyal ihuni wicayapi hehal yu owecinhan iyayapi hehal iyawicasapi na winyan kin ugnayicala[64] hotonpi

114 Na winyan wan titakuye can wakan atoweya iyaye cinhan kici lowan na heya

115 Ehanna wicasa kin he wihitika kici lowan
Sunka hetan ohitike con ake iyaye eya lowan

116[65]

117 Hehal can wakan hel el ipi sni tka waktogla oranpi kin on kal inajinpi

118 Na eciyatanhan yuowe cinhan kupi

119 Hehal koskalaka hena aokawinge awicaupi na kohan roka najinpi etkiya buhigla na cokam warpe ptayela paslal glipi

120 Ca tuwe tokeya he ape cinhan iye tokeya toka wanji hecel kte kta eyapi kin

121 On iye tokeya el ipi kta rci

122[66] Hel tuweya kupi olowan ahiyayapi tuweya kin kupi na roka wicicokam gliyotankapi canonpa opagipi na onpa wicakiyapi

123 Na hehal wicasa wan wi wicayugi na heya

124 Tuktel inayajin na sungmanitu oskiciye esa wanlake hecinhan owotanla omakiyakayo[67]

125 Ungna mayagnaye cinhan

126 Eya tuweya gli kin is heya eya le

127 Hecinskayapi wakpa reska el remahel iyeye el oblaye hel kangi wicasa oyate tanka ahi wicoti can tanyerci wan wicablake lo eya

128 Haye eyapi na

129 Hehal tuweya glipi oyasin oturanpi na hehal enakiyapi

130[68] Ihecegla wanna can wakan kakse aye okolkiciye oyasin cancega gluhapi na iyarwayela aye

131 Wi wanyag waci itancan na wicasa wakan kin koya yapi

132 Wi wanyag waci itancan ake sina hiyakata glowin na canonpa opagi gluha na is wicasa wakan iye tokel cin kin iyecel igluza na sonluta yugahapi ojutonpi wan peslete el pegnaka na

133 Can wakan tuktel he cinhan el eyotanke na okolakiciye hena lowanpi na iyasa wacipi

134 Wicasa wakan kin wacanga izil kiya kta ca yamini ipazo na icitopa el izilya

135 Na hehal canonpa icu na heya

136 Wamakaska marpi hepiya okiyapi oyasin wasteya nongeopta icu wo

137 Tuwa sonluta eciyapi na tuwa wagnonka eciyapi tuwa skeluta eciyapi tuwa wasnasnaheca eciyapi hena can nitawapi na akanl hoksi icaga yakiyapi hoksila waste wahehantu wan waicionya ca

138 Can nitawa owalote tka tokel tanyan hoksi icaga yakiya he iyecel mita oyate hoksicala icagapi kta eya ce[69]

139 Na taku wowartani wanil oyate icagapi kta ce eya ce[70]

140 Hehal olowan kin le e

141[71] Aupe cokanya wakan nawajin qon
Aupe cokan wakan nawajin qon

142 Oyate iyekiyaya wakan nawajin qon

143 Hocokata wakan nawajin qon

Aupe[72] cokanya wakan
Nawajin qon
Oyate iye kiyaya wakan
Hocokata wakan
Nawajin qon

144[73] Hehal canonpa iyarpeyapi

145 Hena glustapi iconhan can wakan kaksa sagloga yus ewicaglepi

146 Topa wicapi
Topa winyan

147 Wicasa waste koskalakapi
Winyan wastepi wikoskalakapi

148[74] Koskalaka hena tokeya yuowecinhan wanji tokeya he toka kte waktoglaka na yasta na hehal can wakan hute el nazonspe wan on yanmi ape konza na icitopa el oyataya ape ca ayusta

149 Canna he can wakan kakse kiyapi eciyapi

150 Titakuye hena ungnagicala hotonpi na outran kiyapi na

151 Hehanyan wica kin oyasin yuowecinhan is iyecel econpi

152 Hehal winyan topa qon hena can wakan kin kaonkapi

153 Insiya oturanpi kaonkapi canna

154 Okolakiciye hena iyapapa asapi na wacipi lowapi na

155[75] Can wakan tanyan yustapi hehal[76] wicasa cankaksapi na can wakan orlateya iyeyapi na akiyuhapi otapi anonka ta wicasa wicota akiyuhapi na wicasa iyuha can wape yuhapi na

156 Kupi na topa yuha gli najinpi

157 Hehal koskalaka lila wicota tiya takiya ehake sunka hopi

158 Hehal hena iyuha bu wicahigle hel wicakata wanjigjicake lila inyakapi kin on iciyahapapi na lila ricahanpi[77] on hecila

159[78] Can wakan wanna aglipi na itawoksa warpe hena oiyohanzi eglepi na el okolakiciye lowanpi na wacipi

160 Canna okolakiciye titakuye el woyute wicakicicaipi canna opapi sni eyas koya wica wota

161[79] Hehal[80] wicasa wakan kin wiwanyag waci itancan kici hocokata kiya upi

162 Canna oyate iyasa wacipi qon oyasin inila yankapi

163[81] Lecel wayuha upi eya tuwe hena wowasi wicagapi hena koya

164 Wi wanyag waci itancan sina hiyakata in na canonpa opage yuha na tokeya u na wakan kin is ihakam u na wowasi hena taku aupi kta hena yuha upi

165[82] Pte hicala cepa waste ha qon
Na pau
Na honpe
Na canpahu etan
Na tahasaka tatanka
Na tahasaka toka kagapi
Na pte tan wasin
Na cante oge wasin

Make wase ipagmiyayapi wan
Hena yuha wicahakam upi na

166 Can wakan el hipi na wicasa warwala na waste wan karnigapi na can wakan bosla hin kta hute maka mahel hin kta he oqe[83] kiyapi

167 He woyuonihan kin nakun he wanji e e el ipi na

168 Ake wicasa wakan he canonpa opagipi he on hupagluza na iyarpeyapi na ciqalyela hanbloglaka

169[84] Hehal pte hicala ha qon can wakan inkpata can ape ptaya kin el iyakaskapi ehatanhan

170 Ptehicala ha qon oyaya kin ka iciyoptaya can ipasisapi yublag

171[85] Na is

172 Can wakan okijata tka uma hanke kaksapi ca he okajaya el pau qon he na mahel houpe qon he aopemni na canpahu qon hena yuptaya na pau houpe hena yuptaya partapi na okijata el yuglakiya iyakaskapi icipawega iyakaskapi na tahasaka tatanka kagapi he e

173 Na tahaksaka toka kagapi hee hena el okakosya iyakaskapi

174[86] Na tacante wasin
Na maka wase iyugmiyayapi he can wakan on sayapi

175[87] Na pte tan wasin qon is he can wakan hin kta maka orloka mahel egnakapi

176[88] Wicasa wakan kin can wakan he saye kte con han olowan wan on lowan

177[89] Ho taninya hibu we lo[90]
Ho taninya hibu we lo
Ite taninya hibu we lo
Mita makoce kin han

Tatanka omani wakage lo
Hena cicu we

178[91] Ho taninya ibu we lo
Ho taninya hibu we lo
Ite taninya hibu we lo
Mita makoce kin han
Tatanka omani wakage
Lo hena cicu we

179[92] Hena yustapi hehal[93] okolakiciye oyasin najipi na can wakan wikan sonpi ota ikanyapi na nakun can wakan el wicasa ota oyuspapi yubosla ayapi na tohal yu wosla eglipi hehal cancega oyasin kabubupi na lila iyasapi

180[94] Hehal oksa can okiyata pastatapi na tusu on tipi tanka hena etan aglipi na on ticagapi na tiohomni warpe on keyapi

181[95] Hena tanya yustanpi hehal[96] roka eya cancega gluhapi na tima ipi na owanka onasto lowanpi canna wica ece iglutapi na wapaha wahaconka wahukeza hena kiconpi na tiyatanhan yuowecinhan inyag au na tankatanhan tipi kin aohomniya aokawinge inyakapi na hehal tima eyaya na mazawakan yuhapi ehatanhans tahaska toka qon he ai uta wacipiiciyapi

182[97] Hehal tona okicize wohitika wicaka onspepi hena sagloga wahecetuya hena sagloga wahecetuya cokam yus ewicaglipi

183 Wanjigji iye yus iwicacupi cinyakel najinpi tka iwica cupi sni hena woriyapi na canzeka wacipi na lila maza wakan uta wacipi

184 Wanna enakiyapi kta canna tuwe tuweya ta toka kte he wicapaha wan can iyakaska yuha tiyopatakiya wicitokam waci gla na ake is wicotapi kin ihakam waci agle na tiyopa el kihuni canna wicapaha he kamakatakiya koskoskos[98] ku ca opayate ataya uziheta waci ukiya ca mazawakan utapi.

185 Yamini kawingapi na icitopa el oyasin akinape

186[99] Yus ewicaglipi hena oturanpi

187[100] Hehal[101]wanna wi wanyag waci oyasin tipi el au kta kican iciyapi tka

188 Tuwa itancan he tokeya yin kta apepi wanna itancan he tantanka pa qon he nape anonkata on oyuspe na pute kin tokeya tokatakiya pazo yuze

189 Na wi wanyag waci oyasin iparlalya inajinpi tipi etkiya[102] mani yapi na

190 Oyasin ceya yapi

191 Ake he toqo weceyapi eciyapi

192 Na tipi kin aokawing aohomnipi na hehal timaiyayapi ti islya ta iyayapi catku ekta yapi heciya yankapi kte ekta

193 Pte pa qon tiyapatakiya catku el ahu onpa

194[103] Wi wanyag waci tipi oyasin wi hinape etkiya tiyopa

195[104] Hehal[105] wi wanyag waci tawoyuha ohakam el wicakicicahipi

196 Ihecegla roka kin el a i na tahasaka pte ha sla wan yublayapi na he wopagiyapi

197 Na olowan tokeya kin he yamni iyuswu ahiyayapi na hehal wi wanyag waci kin toqo weciya najipi na icitopa el iwaci apapi hehal yastapi na wacipi na eyastapi na iyakisapi

198 Hehal hanhepi he ataya waci wicakiyapi na

199[106] Ayanpapi hehal aupao owasteca wahehal wi wanyag waci itancan he can wakan el iconya najin na toqo oweceya najin Wi wanyage wace oyasin[107]

200 Tima hiyupi hehatan wotapi sni na mini yatkapi sni tka

tawicicalapi wanjigji tona naharci wicayuzapi sni tka owicakiyapi na kici iciyokipipi heca wan aupao hehal opehatanhan narmala mini na canha pastotahanpi

201 Waga ca canhan heca ogna icicahiyapi wan tawicusa ka I he

202 Woiyowinkiye selececa

203 Is koskalaka lila icante waste uo wi wanyag waci hena om glatka

204[108] Anpetu nonpa na hanhepi nonpa hena wacipi hena el wotapi sni na skiran iciyapi

205[109] Wicasa eya rokapi etanhan wicakarnigapi hena mini hiyoya wicakaga omanipi nakun wikoskalaka wastepi ecel cancega icabu oska wicasi omanipi

206 Hena oyasin wicayustapi hehal[110] hena iyuha wi wanyag waci tima oturan ahipi

207 Mini nakun woyute koya ahipi

208[111] Is icabu oskawicasipi hena outran ahipi na

209 Icabu hena roka el wicakicupi isiya mini na woyuta koya

210[112] Na wi wanyag waci oyasin hinhana hehal arwayela yanka hiyeya iconhan

211 Wi wanyag waci wakan kage itancan he[113] owanka wakan kage maka tanyan kalape na mina na nazonspe aqel heniyas on

212 Owanka kage tka taku econ oyasin yamini epazo na icitopa el epata na kage

213 Owanka cokanya maka el canicipawega wan kage na el wase eya icu na ecegce akala nakun canli icahitonpi is iyecel akala na

214[114] Hanbloglaka ca lecel eya

215 Wiyorpeyata tate ouye ekta tuwe warupakoza ewicakiyapi ihukuya tuwa wanbli ewicakiyapi hoksila waste wahehatu wan hekta canli onicignake kta keye qon wanna canli onicignaka tka

216 Anpetu wanji to wanjica okataki wanica iyolilita ca he kici ite coka ite wanyecilake kta ce eya

217 Mi I itokaga wapaya tatanka tawicu cincala opepeya ca oegle mi ciciya yunka hena on oyate wani kta ce eya ce

218 Tate sica maka sica hiyaya yunka mitahococka el iwastegla miyohomimiya iyaye yunka hena on oyate wani kta ce eya ce

219[115] Tate ouye topa hena iyuha hecel owanjila eya

220[116] Na wankanl wakan tanka eya ca is iyecel ake eya

221[117] Makatakiya hecel eya onci nisnala wowicagayaye eya ca is ake iyecel eya

222[118] Hehal tatanka pa he owa

223 Maka wase on sa icaguhanhan na ista ogna na poge ogna hena peji rota blaska yusanpsan opurle na hena el lowan

224 Olowan[119]

Taku sitomniya kola le maqu qon
Taku sitomniya kola le maqu qon
Tatanka kin sina
Maqu keye lo

225 Waste keye na maqu qon

226[120] Taku sitomniya kola le maqu qon
Tatanka kin sina maqu keye lo waste
Keyin na maqu qon.

227[121] Woecon lena el tuktektel lowanpi tka lena el ca ake olowan wan.

228[122] Kola mitasunke ota
Wanlake lo

229 Kola mistasunke ota
Wanlake lo
Oyate kin hena mitasunke wanlakape lo.

230[123] Kola mitasunke ota
Wanlake lo
Oyate kin hena mitasunke wanlakape lo.

231[124] Hena kagapi iconhan oyate kin tona wi wanyag waci tipitanka el oupi iconhan warwakiya oupi na tiopa el itankata tuweni opta iyaye sni wasuyapi.

232[125] Hehal wi wanyag waci oyasin wakan owicawapi eciyapi

233 Iyakilecel owica wapi sni tka kita ayutokecaya owicawapi

234 Ehatanhan owicawapi sa kin he le e

235 Ite ataya maka wase on sayapi ite okawinge wicanape kipiya inyan to on icazopi na parte etan kahuku pahute ikiyela icazo ahiglepi na tapon anonkata isiya iyecel icazo ahiglepi na iku etan iha hukuta el icazo ahiglepi

236[126] Na tancan ataya sayapi inyan to on wicanape kipiya hinyete alia el ogna icazopi

237 Nape okihe he isi iyecel na naju opa sni econpi sni

238[127] Peji rota blaska yupehan nata iyuskita na i ogna wanbli rupahu hohu siyotanka wan na oyape ogna peji rota opemni yapa na inkpa el wanbli wa cehin siyotanka el iyayuskitapi sutaya kapmniya sni na he tohal wacipi hehanya yajo nartakapi

239[128] Tahasaka wan hoksicala nata inskoya mimeya waspapi waskiskitapi na coka oika yunke he tahu el anpinpi to sam inyupi na cokaya oiyakaske el wanbli gleska situpi aukaza

wanjila iyakaskapi[129]
Masti ska ha waslecapi

240 Oyaya ociqa topa kin hena iyakaskapi na is hee sni canna ptehinparpa yupehapi wan heca ca onpi

241 Peji rota etanhan yuhanskeya yukcalaya kagapi na nape ogna yuhapi nape sani

242[130] Tarcaha sla kagapi kpayapi nonpa miyapaha yapi

243[131] Pe el peyoza ipazo topa oskapi ca pecoka kisonpi el aopazapi

244[132] Na hes wapaha is wahukiza wahaconka hecegce yuha wacipi yunke

245[133] Wanna wi wanyag waci oyasin tanyan wicayustapi hehal[134] wacipi kta canna tahasaka yublayapi na roka oyasin el yankapi

246 Icabu oskapi hena wicasa wan karnigapi na hena iyuha qupi canna icu na yuha inajin na wicasa wohitka nonpa iwicacu na icabu oskapi hena okihans wicaqu

247 Canna yuha wakte oglakapi

248[135] Na roka kin wicakicu hehal wiwanyag waci oyasin ecel igluzapi na ospaspaye tonton ewicaglepi

249[136] Roka kin olowan tokahe wan ahiyayapi yamini iyuswupi icitopa el iwaci apapi

250[137] Yamini iyuswupi iconhan wi wanyag waci tuwa cin kin toqo weceya najin ite ogna peji rota parta yuha qon hena ite el gluza na hecel ceya

251 Wasicun eya is wakanpi eya sitomniya canonpa wakiyuze con toka wanji taku wowartani wanil wakte kte eya is mitasunke yunke kte hena eglasta

252 na hehal[138]siyotanka i ogna ekigle na olowan ya wankanl icupi

iconhan is siyotanka oniyahanskeya yajo na cancega iyapapi

253 Hehal is siyotanka kpakpayela yajo

254 Wacipi oyasin pehin ka ablel yeyapi

255[139] Hehal wicasa wan wanbli situpi su koza wanjila aopayan na ta wicu na titakuye tona okihepi on sunka wakan wasterca wan na tona okihi sunka wakan topa is yamni naceca waqiupi koya na is

256 Woyute spayapi koya hena roka kin wicaqupi

257 Is tuwa cinpi hena hoksicala nonge parloka kta on hena wowiyuskin wicaqu

258 Is hoksicala he tanyan wokoyake kica tonpi na ite sa is gi hecel kicon kiyapi

259 Na he nonge parolokin kta on pehila kin oyasin yugmigma wankanal ipakicirtapi

260 Hehal wicasa qon he tokeya na tasunke na tona om u qon hena

261 Winyan kin lowan upi na winyan leya lowan

262 Owokiye tawa

263 Toka wan paha najin ca tayakpe na el hiyuniya tka ya kte e qon

264 Ehanna niti na ya on we

265 Blihiciya ye

266 Eya lowan u na eyasta ca ugnagicala hoton

267[140] Wi wanyag waci tiyopa ogna timahiyu hehal roka yankapi hena cancega kabubupi

268 Ho iyaye lo eyapi tasunke outran kta hena

269 hena kapi iyuonihapi hinajin na sunka wakan itancan he

wicasa iye tawa kin he tona ta opi el oyasin weyarara kage na tona toka kte hena owa hecel tuwe cin kin he otukiran eyiyapi

270[141] Owinja taku waste wan hoksicala he okin winjapi na el eonpapi na wicasa otukiranpi he el hinajin na wakteoglaka mina pestola wan yuha najin na he eglasta na hoksicala he nonge orloka orlateya owin kitonpi hel mina pestola on capa

271 Nakun nonge wankanlkiya yuksa el capi iye

272 Hoksicala atkuku he hecel cin ehatans eya

273 Hoksical he ceya ate eya is ina eya ceya esa nanronpi cinpi sni

274 Heca kin el winyan wanjigji cinca ceyapi kin owicakiyapi tka lila ceyapi sni narma ceyapi

275 Hecel wicasa nonge cawicape glusta na hoksila taku waste owinja con he yuha na sung itanca hena yuha naku woyuha ota na hel sunka wakan tona awicahi hena abya outran na ecel kinape

276[142] Wi wanyag waci kin wanji cante parloke kta ca wicasa tuwe ehanna cante parloka heca wan el ya canonpa opagepi wan yuha na opage qu tka wanjigji tehan wicala sni konzahanpi naharci taku cinpi wicaqupi keyapi sni hehanyan wicalapi sni konzahapi

277 Wanna wicala na canonpa opage qupi qon iyarpeya na hehal wanna cante parloke kte con he can wakan el wikan sonpi hanska nonpa wankanl iyakaskapi na cante parloke kte con ikiyela inajin na wicasa cante wicakiparloke kte con el u na wi wanyag waci wicasa najin el hi najin na pagopta yuza ca yuwankanl icu na yuon eonpa yu itonkam eeonpa na aze icokam oyuspa ca coku yuzigzil icu he itokam

278 Wi wanyag waci yunka eonpapi hehal ceya rpya

279 He toqo weceyapi eciyapi yuzigzica hehal mina pesto on conica ha icartagya yuzil yuza ca glakiya capa na can kapestopi wan el iyeya nakun aze unma eciyatanhan isiya iyecel iyekiya na

280 Hehal yunajin kiya hehal toqo weciya he yasta na hena we arara kul kiya au

281 Titakuye hena wanyag najinpi na oterika akipapi na is tawicincala lila cante sica najin na narma ceya he naharci yuze sni.

282[143] Hehal cante parloka wicasa he u na isto el oyuspa ca winkan sonpi hanska nonpa winyeya iyakaska otke con el au na cankapestopi ipasisapi i on winkan el ahi ikoyag ya sutaya iyeya

283 Hehal winkan el oyuspa ca yutigtitan icu heha wana canwakan el okaska najin hehal[144]

284 Wi wanyag waci lowanpi canna cante parloka qon waci na winkan ikoyake eon etahan iyurci eyayin kte rci lila yutitan waci

285 Coku na ha hena lila yuzigzil eyaya hehal iyurce wacin tka okihi sni on glakikiya[145] ihuno waci ci hiyayin na tuktel el lila rci yutitan ka itonkam iye iciya he conica iyurci icu wacin tka okihi sni

286 Hehal titakuye he wanji hiyu na can wan qu he sunka wakan ca karol iyeye si ca cante parloka can kin icu na wan wanyaka najinpi el karol iyeya hecel lila winyan unsikapi na is hoksila unsikapi hena akinignila ahiyayapi

287 Roka etanhan he tuwe tokeya icu kiciyasupi na he tawekiyapi

288 Ota sung outran kiyapi

289 Hehal cante wicakiparlo ki con el u na cante parloka qon

glakikiya waci yutitan waci qon el u na ilazatanhan hiyu na hinyete anong oyuspa na yuha ka i tukam glirpayapi cante parloka iyurci glirpaya

290 Hecel cante parloka he owots honya ta rpaya akiyuha icupi na onajin tawa ekta akionpapi

291 Toka yutita kici irpaye hehal canteparoloka ta glirpaye

292 Hogan iycel I camcam iyaya na hehanyan skaskasni ta rpaya

293[146] Nakun is atokaya waji okaska najin kta on isiya wicasa tuwa econsi na canonpa opagi qu

294 Isiya iyecel canswoju topa paslatapi na wi wanyag hel okaska najin kta

295 Ake canpaslatapi el wi wanyag waci wicasa kin inajin na tuwa econsipi he el una pagopta yuza ca yuonka eonpa na yuitonkam eonpa na tokel parlokapi oblake con iyecel econ na

296 Ake kikta na ake aglapsiya eonpe na ablo orlateya kiparloka

297[147] Hecel ataya topakiya parloka ca can wakan ciqala otiyohi winkan ikoyake el ikoyagya na isi yutitan waci yaka

298 He kitala tehan ikoya najinpi iyuskapi kin el lila wicayaza

299[148] Waci kin wanjigji ipuza tapi na tarpaye konzapi tka tohani wanjini hecena te sni

300 Watukapi koya otitapi eciyapi

301 Wi wanyag waci na tasunke wan kici econ kta ehatanhan anpetu wanji tasunke he tima kaska kigle na anpetu isiya miniyatke sni na is wote sni gle na hehal wi iyaye hehal sunka wakan he yuskapi

302 He wlcasa tawa kin kici waci kin on wicasa kin hiyete el kiparlokapi conica el na sunkawakan ikan kin el iyakaskapi

303[149] Nakun tasunke parloke sni kes gluha wacipi

304[150] Nakun tatanka pa seca topa is nonpa qu cerpe tapetu el parlokapi na qin wacipi sa

305[151] Wi wanyag waci wan okaska otke kta napco el nonpakiya kiparlokapi na winkan iyoyake kte cinhan maka icartake sni ikoyagyapi

306 Wicasa kiparloka yustapi na yuwankanl icupi na

307 Maka kin icartake sni e ikoyag yapi hehal si kin maka kin icartake sni tancan kin maka icartake sni ikoyaka ca wi wanyag waci lowapi icunhan wicasa tuwa kipartoke con he el u na hohotela oupe se paha yeya canna okokos yeya canna pa kin kahukul iyayin kta kecin na si kin lila nagwagwaka he Lakotapi tka Honkpapaya ewicakiyapi he ta wicoranpi

308[152] Wi wanyag waci wanjigig cerpi wawicaspapi heya tankapi iskoya wawicaspapi hena yawapi na waonyapi na isiya titakuye winyanpi owicakiyapi na winyan kin hiyete aliya tonana waspapi

309 Hena cerpi wakonyapi eciyapi.

SUN DANCE LITERARY TRANSLATION

1 Only men are to be leaders of the Sun Dance and one who is a woman is not ever to be one.

2 The man who is dancing the Sun Dance, that man is going to fight one of a hostile nation and to participate in a battle. Prior to this he cries out, that is, he sends out his voice in a vow to dance in the Sun Dance.

3 Who first is to do the Sun Dance, as previously mentioned or

told, that one shall be the leader and whomever he pleases he joins with him to lead.

4 Although there are many, only those two men are leaders.

5 That is the law.

6 Or anything feared that has come upon the people, [153] then is a voice sent out or a crying out indicating a vow is made.

7 But, a battle among the whites is not one of those instances when a vow is made. [154]

8 And those who sent out their voices and made vows, nothing bad shall befall them but one's self [is protected from evil], they say.

9 And now how many Sun Dancers have sent out their voices and made vows among the people, as previously told, all undress and line up like soldiers in rank formation, facing the east where the sun rises. They stand looking eastward.

10 And a man who considers himself sacred is asked to send out a voice. He undresses and behind them he stands and if he is able, he is asked to sing. Such as sacred songs that belong to him.

11 Be it so, he sends his voice out four times and at the last, when he finishes, he at once speaks. He tells of his own dreams and visions.

12 Thus, he prays, "In a good way listen and accept, when the grasses, its faces appear different, then young boys about that time, these faces you shall see, "he implores.

13 "But, when creatures, with them, their faces you shall see, "he implores.

14 The man's prayer ends here: And at the battle, what is

wacanrize all nagi wasakala and all *wacanrize* shall be mine.

15 "As for me, without hardship, I will return to stand with my people," he cries out when.

16 "Then from the four directions all those that fly and far below them all the creatures, the eagle and hawk, all of them, the two of you they shall take hold," he implores.

17 A calm clear blue-sky day that is not too warm, your face in the center, along with his, you shall see, so they say.

18 Then he sings this song:

19 *I made a good nation*
I made a good nation
Friend, these you made for me

20 *I made a good nation*[155]

21 *Friend, these you made for mel*[156]
I made a good nation Friend,
these you made for me
I made a good nation
Friend, you made these for me.

22 Then they finished and join the battle. Although whatever they prayed for, even if it is not exceedingly done accordingly, even so, they shall do it and[157]

23 The man who desires to Sun Dance, that man dedicates himself to it and considers himself consecrated and for that reason he does nothing evil nor does he live as he pleases.

24 There are many holy men, however only a few are able to accomplish the Sun Dance.

25 Thus, on a given day, what is needed for the Sun Dance is sought.

26[158]

27[159] The first offering is a good fat calf's skin that is consecrated and is tanned and made well. It is folded and kept pure and unsoiled.

28[160] Then, the meat and fat from the middle back of the buf falo, about the size of a man's hand.

29 The fat from the membranous bag that surrounds and protects the buffalo's heart.

30 The head ot an animal. [161]

31 A stick.

32 Some red earth. [162]

33 Some tobacco.

34 A small axe.

35 A knife.

36 Sweet grass for incense.

37 Then, whatever is the one who is to Sun Dance shall wear to dance these are it.

38 Four decorated eagle feathers to wear at the scalp lock.

39 A round circular piece of dried parchment, its edges toothed as a feather, is worn as a necklace. It is painted light blue and in the center a single eagle feather is tied. A braided leather cord is used to wear it over the heart.

40 A rabbit hide is cut into small strips. And one small strip is tied to each limb.

41 Two tanned deer hides are made into a skirt for one's self.

42 With a dried parchment a buffalo effigy is made and also a

man who represents one of a hostile nation and both of these are tied to the sacred tree when it is raised.

43 A long braided cord

44 Two sharp wood pieces, those to be used to pierce the heart, or to stand tied.

45 And with some kinds of earth shall they draw upon themselves and also blue stone.

46 Those things they complete the things pertaining to themselves.

Then in the moon of the calf-fattened moon, the men who are leaders of the people, from the gentle society they obtain counsel[163] and permission.

47 Then the Sun Dance leader, on a given day, prepares himselt and gets ready.

48 And also, the man that he is leader with joins him to construct a tent previously unused, far from the others, facing toward the middle of the camp. Some men from the gentle society are given to help them, that is the custom.

49 In the tipi, they spread sage and at the back part of the tent prepare the dirt well.

50 They prepare a place to the right of the back of the tent, they place there a dried skin from a buffalo hide from which the hair is removed and is bare.

51 Both Sun Dance leaders are honored, in a good way, they dress and the hair of the head is loosened. Only one holds a pipefilled with tobacco. Around their shoulders they both wearbuffalo robes.

52 From the gentle society some men are given to them, the

reason being to accompany them.

53 For as long as they prepare themselves, for all that time, food and water, [they] shall consume [not]. They make themselves suffer and go without food and water.

54[164] Wherever the holy man lives, both the Sun Dance leaders walk toward his tent. In the procession are the men from the gentle society given to them as previously mentioned.

55 The people get up and watch the procession quietly.

56[165] They stood at the house of the holy man and after a while they went inside. He himself, the holy man, dressed himself and [a fan] of a bird feathers all filled out to be worn in the hair adorns his the top of his head and a buffalo robe he wears around his shoulders as he sits.

57 In the place of honor an altar is constructed and at[166] it lay a buffalo chip.

58 And also, together with some of the Sun Dancers[167] he arrived and all went to the right of the place opposite the entrance.

59 Then the holy man holds out his hands spread out toward the middle he sits.

60 Then that pipe filled with tobacco,

61 The bone of the pipe,

62 Then, the holy man takes it in his hands.

63 When he does this, some men sitting there said, "haye!" They do so in gratitude.

64 Then, the holy man, where the altar is prepared, incenses, such as sweet grass is used to incense. Before he does this, he takes the sweet grass to incense.

65 He takes some sweet grass in his hand and points it and again he points it, and again he points it. Then at the fourth he burns it.

66 Then, the holy man places the filled pipe upon the buffalo chip. And he takes a hold of it and raises the small end of the pipe stem that is taken in the mouth, points it high and speaks in the manner of a dreamer.

67[168] "Creator of all things, look toward the earth and command me to speak.

68 And at the four quarters of the wind, winged ones dwell and under them small birds in likeness grow. A good boy, about that age, shall assist and take his part. You have sent out your voice and cried out on your own behalf, now you go. However, all things shall be equally well prepared and ready on a day that is calm, clear with blue skies, and not too hot. In the center, you shall join him, his face you shall see, "he implores.

69 He cries out, "No hardships shall we endure as we successfully complete these deeds. "

70 "Thus, this pipe, we take a hold of and believe, "he implores.

71 Again, they express joy and gratitude.

72 He lights it and raises it while praying, so that the Sun Dance leader is the first to smoke it, then all smoke it until it is done.

73 Then, again, the pipe, they retrieve and whence they came from they return.

74 Then, the holy man goes to where, afterward, a tent is erected for him and all is set up, prepared and ready.

75 Thus, now the sun sets in a good way, then[169] the tongue of a buffalo is boiled in a kettle and it is carried there and all the men come there.

76 Where a place is prepared, the holy man is to take the pipe that is offered and smoked. He reaches for it three times and at the fourth he takes it.

77 And in the meantime, he is to offer incense to burn, and this too, he offers it three times and at the fourth incense is burned.

78 Then the holy man takes the pipe and puts it on the buffalo chips, places the stem and the mouthpiece upward and takes hold and all sit silently.

79[170] He says the following prayer: *Great mystery There earth toward look with pity toward me*

80 With innocent youth, together as one shall be. *Now they equally go.*

81 A blue day without heat, a pleasant day, as one shall we proceed along that way, the holy man implores.

82 Our people shall live without tribulation

83 And the buffalo together with his wife and young, I seek to set for myself, prosperity and good fortune. And also, together with my people shall we live, he implores.

84 He finishes speaking, all the people express joy and say, "Haye." Then he sings.

85[171] *Saying this, he arrives,*
Saying this, he arrives,
Saying this, he arrives.

86 Sacred ones all over the earth, those also, I am related to,

saying this, he arrives.
Sacred ones all over the earth, those also, I am related to,
saying this, he arrives. [172]
Saying this, he arrives,
Saying this, he arrives,
Saying this, he arrives.

87 Then the pipe they seize[173] and smoke.

88 Then all the Sun Dancers dress and wear a robe, fur out, and bringing eagle-bone whistles, they stand at the place opposite the entrance, lined up in s row like soldiers in rank formation.

89 All of men who are skilled Sun Dance singers gather around the aforementioned dry skin and sit. And sing and shout, then the Sun Dancers weep. [174]

90 That is, they lament for the enemy.

91 The first song[through]the third, they sing and lightly beat the drum. And at the fourth song, for dancing they strike it.

92 Then all the Sun Dancers dance.

93 Then they sing many songs.

94 And then in a kettle they boil a tongue of a buffalo as aforementioned and the holy man takes from it a small piece and makes an offering.

95 Then all of the people feast.

96 They sing four verses of a song and then they finish.

97 And they do this four times but where they are in a hurry, they repeat it twice.

98 And then all the people in a reverent way move camp to where the land is pleasant and there[175] they camp.

99 In the desired place where the Sun Dance will be.

100 Then some magistrates, in the middle of the plain, they sit down in a row, lined up like soldiers in rank formation. Then the Sun Dance leader dressed and wearing a buffalo robe with the fur out, carrying a pipe filled with tobacco, sits before the magistrates.

101 When all the people move camp then the magistrates shall proceed. Then first the Sun Dance leader stands and goes, then behind him go the magistrates.

102 Then all prepare to[176] move, go, and camp.

103 On this side, three times they seize the pipe and at the fourth, in a circle, the people are allowed to camp.

104 As mentioned before, the gentle society are they who allow them to camp.

105 Then, to consecrate the dry buffalo skull they brought back.

106 Now, the sacred tree, to seek they are to go, on account of that, where the Sun Dancers'tent shall be placed, the men who are made leaders prepare. Those men travel on foot and carry a drum and sit.

107 And those who are to go seek the tree are taken a hold of and brought.

108 Now in a row they are made to stand and then, the singers in a row rise up and stand.

109 This song they sing and who is first to stand they call by name and thus, in succession they call out their names.

110 Again, now, there he goes.

111 A wolf, from that place he goes.

112 *At home they say this*
Again, now that one is going,
Boy, pitiful one, he is going,
At home they say this.

113 Now they finish calling all of them by name then in a row, one behind the other, they leave. Then all shout for them and the women cry out like the screech owl.

114 And the women and her relatives who are to seek the sacred tree, she sings with him and says,

115 The man who was long ago courageous with him she sings, a wolf from that place and time he gained courage, as aforementioned, again he goes, saying that she sings.

116[177]

117 Then, although they have not arrived at the sacred tree, they stop there and tell of warlike exploits and deeds.

118 And from there, they return, in a row, one behind the other.

119 Then, they bring the young men in a circle they bring them and meanwhile where the singers stand a loud, sudden drum noise is made and in the midst with leaves[or branches] together they return.

120 Thus, who wishes to be the first to strike, he will be the first to kill one of the enemy nation, they say.

121 For that reason, they strive to be the first.

122 Coming back from seeking they sing a song. The scouts return and the singers, before them sit down on their way home. A tobacco-filled pipe they allow them to smoke.

123 And then, a man questions them and says this.

124 In what place, you stand and wolf movement, perhaps you

saw? I would like to know, tell me in a straight forward way.

125 Perhaps, if when you deceive me?

126 Well, the scout who returns, he says, well, this.

127 At Mountain Sheep River in the Big Horn Mountains, a mountain ridge continues to a plain, there I saw a large Crow encampment. I saw it accurately.

128 "Haiye, "they say in gratitude.

129 Then, those who were seeking returned and all gave gifts and then they finished.

130 At once, now they go to cut the sacred tree. In fellowship all have their own drum and quietly proceed

131 The Sun Dance leader and the holy man also proceed.

132 The Sun Dance leader, again, wears around his shoulders a robe with the fur out and has atobacco-filled pipe. And the holy man, he dresses in what way he wishes. In like manner and a prepared, stuffed, and red-shafted flicker[178] he wears as headgear on his head.

133 The sacred tree wherever it is, there they stop[179]and in unison sing and shout as they dance.

134 The holy man is to offer sweet grass to incense and so he points it three times and at the fourth he burns it.

135 And then the pipe he takes and says this.

136 All animals, of the clouds, they assist, all, in a good manner listen and accept.

137 Who is named the red-shafted flicker, and who is named the red-headed woodpecker, and who is named the oriole, and who is named the kingbird. In that place, the wood is yours

and upon it you allow your young to grow. Good boys around that age assist.

138 The tree that belongs to you, I borrow, however, in what way, in a good manner you allow your young to grow, accordingly my people shall nurture their infants, he cries.

139 And without hardship the people shall grow and thrive, he implores.

140 Then, the song is this.

141 Bring forth, in the center I shall stand in a sacred manner.
Bring forth, in the center I shall stand in a sacred manner.

142 The people acknowledge I shall stand in a sacred manner.

143 *In the center I shall stand sacred*
Bring forth, in the center, I shall stand sacred.
The people recognize holy
in the center
I shall stand.

144 Then, those who smoked the pipe.

145 They finish their own. In the meantime, to cut the sacred tree with an ax, eight are chosen and made to stand.

146 Four men, four women.

147 The men, they are good young men. The women are good young women.

148 The young men first are placed in row, one behind the other. One of them is first and he tells of killing the enemy and warlike exploits and finishes speaking. Then at the root of the sacred tree, an ax with, three times he pretends to strike and the fourth, he directly strikes it and leaves it.

149 So then, he is named he who is allowed to cut the sacred tree. [180]

150 His immediate relatives cry out like the screech owl and allow him to give gifts away.

151 So far, all the men, placed in a row, one behind the other, they themselves do so accordingly.

152 Then, those four women, as aforementioned, cut down the sacred tree.

153 They, too, give gifts when it is cut down.

154 Those who came in fellowship shout as they beat the drum and they dance and they sing.

155 They finish the sacred tree. Then the men who cut the tree, quickly beneath it, lift it and carry it. Many hold it on both sides. Many men lift it and carry it. And all men carry small branches and have them.

156 They come home and four times they have it and they return and stand.

157 Then, the young men, very many, toward home, one last time, like a wolf they howl.

158 Then, all of them, where loud noises are, there they assemble and one by one they run very hard. Because of that they collide and really stumble on account of that, and that alone.

159 The sacred tree they now bring back and all the leaves they use to construct a shade. And there they sing fellowship songs and they dance.

160 So then, the immediate relatives of the fellowship bring food for them and even though they do not take part, they feast.

161 Then, the holy man and the Sun Dance leader both come toward the center place.

162 So then, the people shout as they dance, as aforementioned. The rest are still and quiet.

163 Thus, they come, with things. Well, also those thatare put to work.

164 The Sun Dance leader wears around his shoulders a robe with the fur out and holds a tobacco-filledpipe. And he comes first. And the holy one comes behind. And the assistants who are to bring things come bringing them.

165 A good fat calf hide, as aforementioned.
And a workbag,
And a stick used to dig wild turnips,
And a chokecherry wood,
And a buffalo e fiigy,
And an e fiigy of the enemy,
And the fat meat from the middle back,
And the membranous bag from around the heart.
A ball of red earth used as paint.
They carry those and behind them they come.

166 They arrive at the sacred tree and a mild and good man is selected. The sacred tree shall stand, its root in the ground, there he is appointed to dig.

167 That is an honor also. It is one of them. They are there.

168 [And][181] again, the holy man, that tobacco-filled pipe he seizes and raises and speaks briefly of his vision.

169 Then, the calf skin, as aforementioned, above the sacred tree, where the tree leaves are bunched, there, it is tied from the tree.

170 A calf skin, as aforementioned, past the limbs of the tree, it is fastened and spread out.

171 Or

172 The sacred tree forks, but the other half they cut off. So that, at the fork, the *pau*, as aforementioned, those, within, *houpe*, as aforementioned, roll up and chokecherry wood, as aforementioned, together and *pau houpe*, those are tied together. Where it is broken, they tie the buffalo effigy that they made.

173 And the effigy of the enemy, that is tied and hangs loosely.

174 And the fat from the buffalo heart and the red earth that is made into a ball to paint the sacred tree red.

175 And the fat from the middle back, as aforementioned, that one, where the sacred tree shall be, in a hole in the earth.

176 The holy man, sacred tree, to paint red, as aforementioned, while he does so, a song he stags for this.

177 *Voice clearly visible [he] arrives,*
Voice clearly visible [he] arrives,
[His]face clearly visible, [he] arrives,
My country, if when,
Buffalo journey I make
Those I give you.

178 *Voice clearly visible [he] arrives,*
Voice clearly visible[he] arrives,
[His] face clearly visible, [he]arrives,
My country, if when,
Buffalo journey I make
Those I give you.

179 Those they finish, then, the whole fellowship stands and they attach leather cords and also on the sacred tree many men take a hold of and carry and set upright. And when it

stands upright, they beat the drum and shout.

180 Then, around, tree forks are set in the ground. And with lodge poles a large tent, those from what they bring back, with them they erect a shade. Around it they put up leaves for a roof.

181 Those are completed well. Then some singers their drum they have and they go inside. And to flatten the open space they sing a song for this. When at such time only the men put on fine clothes. They put on a headdress, shield, spear and from their camp, in a row one behind the other, they come running. From the outside, surrounding and encircling the tent, they run. And then they go inside and out. All along they possess guns, the enemy effigy they shoot at while they dance together.

182 Then how many battle brave and can impart knowledge, about eight of those. Those eight are led to the center and placed there.

183 One by one, they desire to be taken and lead. They stand but they are not taken. They take offense and dance in anger.

184 Now, they shall finish, then who is a scout, that enemy he killed, a scalp he ties to a piece of wood. He holds it and toward the door, he goes before, dancing he goes. And again, the crowd, they go after dancing. And he reaches the door, then, scalp, toward the ground, he swings back and forth. Thus he comes so the whole crowd, dancing backward they come, thus guns they fire off.

185 Three times they go back and at the fourth all exit.

186 Those that are placed they give away things.

187 Then, where all the Sun Dancers dwell, they shall go there

so they get ready.

188 But[182] who is the leader, that first with the rest following, shall go. They wait. Now, that leader, a buffalo head, as aforementioned, with both hands he holds. And nose first he points forward in full view [of the people].

189 And all the Sun Dancers, lined up in a row, stand and toward the tent they proceed walking.

190 And[183] all weep as they proceed.

191 Again, in unison they lament for the enemy.

192 And the tent they encircle and surround. And then they go in and out to the right of the tent, at the place of honor they proceed and go, to[184] sit at that place.

193 As mentioned before, the buffalo head is placed facing the door at the place of honor.

194 All Sun Dancers camp with their entrances facing east.

195 Then afterward, their possessions are brought to them.

196 At once, the singers arrive there. A dried buffalo skin they spread out. They use it for a drum.

197 And the first song, three slow beats they sing. And then, the Sun Dancers stand lamenting the enemy. And at the fourth, a dancing rhythm they strike then they finish. And they dance and stop. And they shout.

198[185] Then all through the night they make them dance.

199 Come morning, the dawn is pleasing. About that time, the Sun Dance leader, in the meantime stands at the sacred tree and laments the enemy. All the Sun Dancers weep.

200 Since the time they entered they fast. And do not drink water.

But their young women, some still not yet married, but courted and fondly attached. In the morning, such a young woman secretly brings water and the inner bark of a tree *opehatanhan*.

201 It is cottonwood bark that is mixed in which she brings to her man.

202 Seeking permission so it seems.

203 Or a young man with a good heart drinks water with the Sun Dancers.

204 They dance two days and two nights. On those days and nights they do not eat and they starve themselves.

205 Some men are singers from those they selected. Those men are made to seek and fetch water. And also, good young women, thus, seek drummers and singers.

206 All this they accomplish. Then all came into the Sun Dance area to present gifts.

207 They bring water and also food.

208 Or those they told to drum and sing came to give gifts away.

209 And the drummers, they too repay the singers, water and food also.

210 And in the morning, all the Sun Dancers are quiet.

211 In the meantime, the Sun Dance sacred leader makes an altar. Some dirt is well sprinkled and with a knife and ax he prepares the altar.

212 But everything he does three times and at the fourth he touches with his hand and makes it.

213 In the middle of the dirt, a cross he makes and there some

red earth he takes and just so he pours it. And also some tobacco is mixed in and in a like manner he sprinkles it.

214 He prayed and this is what he said:

215 To the west at the four quarters of the wind, there [are those] who are called wingflappers, below who are called eagles, a good boy about that age, before he said that he would place tobacco for himself, as aforementioned. Now he places the tobacco for himself, however.

216 "On a pleasant day, with blue skies, and without heat, you shall see his face in the center with mine, "crying he says.

217 "I face the south, at the lead position, I place the male buffalo, his wife and young, to set down and carry a place for me. With those the people shall live, "he implores.

218 "Unfavorable winds and unpleasant lands come and pass by, around my sacred center, and leave. It is because with those the people shall live, "he beseeches.

219 "Thus, the coming of the four winds are alike, "hesays.

220 And, above the great sacred said so, and thus, accordingly, again.

221 "Toward the earth, "he says, "well, grandmother, you alone nurture, "thus again, accordingly.

222 Then buffalo skull he writes on.

223 With red earth he marks it. In the eyes and nose he stuffs flattened sage that is balled up. And all the while he sings.

224 The song he sings is:
Something, present everywhere, this he gave me, as before.
Something, all over, friend, this he gave me, as before.
He bid the buffalo to give me a robe.

225 He rendered it good and gave it to me, as before.

226 *Something, present everywhere, friend, this he gave me, as before.*
He bid the buffalo to give me a robe.
He rendered it good and gave it to me, as before.

227 At these traditional events songs are sung but again, one song is:

228 *My friend, l have many horses,*
As you know,

229 *My friend, l have many horses,*
As you know,
A nation, my horses, you have seen.

230 *Myfriend, I have many horses,*
As you know,
A nation, my horses, you have seen.

231 While they make those, some people are where the large Sun Dance tent is. During the time they are quiet and no one crosses the entrance. That is a law.

232 Then all the Sun Dancers made sacred markings upon themselves.

233 The markings are not all alike but unique to each.

234 The way it has always been done is this.

235 The entire face is painted red with vermillion. Around the face is painted a mark, about the width of a finger, with the blue stone. And from the forehead, below, near the upper part of the nose, a mark is placed. And on both sides of the cheek a similar mark is placed. And from the chin below the lower lip a mark is placed.

236 And the whole body is painted red. With the blue stone, a

mark, about the width of a finger, is made, all along the shoulder.

237 Only the hand joint and not the nape of the neck.

238 Flat sage is folded and tied and worn around the head. And in the mouth is an eagle-bone whistle. At the end of it is an eagle plume tied tightly and not loose. And as long as they dance, they blow into it and kick up high as they dance.

239 A piece of dried skin about the size of an infant's head is cut in a circular form, its edges feathered. On a cord, it is worn around the neck. In the middle is tied a spotted eagle feather. A rabbit fur is cut.

240 To arms and feet small pieces are tied. Or, if it isn't that, then tags of buffalo hair are folded up and such are worn.

241 Some sage is lengthened out to make it longer and it is made to fan out and it is held in one hand.

242 Two deer hides are finely tanned. These are made to cover the loins.

243 On the head, at the part, four hair ornaments with ornamental work, in the middle of the head where they braid their hair it is worn as a decoration.

244 And, it may be, a headdress, or a spear, shield. In this way, just so, they carry them to dance. Then,

245 Now all the Sun Dancers are perfectly ready, are prepared to dance. The dried parchment is unfolded and the singers all sit at it.

246 The singers select a man and give him the finely decorated drumsticks. He takes them and stands with them. He takes two courageous men and gives them the decorated drumsticks.

247 Then, they have them and they tell their war exploits.

248 And he returns them to the singers. Then the dancers all dress accordingly and by groups they physically place them.

249 The singers sing the first song. Three times, the beat is light, at the fourth, the beat is to dance to.

250 During the time three light beats are struck, any Sun Dancer who desires, can stand and lament the enemy. The bundle of sage that he has, as mentioned before, with these, he holds them at his face and thus cries.

251 Speaking mysteriously, in a sacred language, to say, I raise the pipe all oven. An enemy I shall kill without difficulty or my horse will throw him down.

252 He finishes speaking and then puts the flute into his mouth. And some songs they start up, while with a long breath he plays the flute. And the drum is struck.

253 Then he blows the flute in swells.

254 All dance with their hair loosened and free from braids.

255 Than a man with a hair ornament, a single decorated eagle tail feather sewn [comes]. So, his wife and immediate relatives, how many are able [come] with a very good horse. And how many are able [bring] four horses or three. Perhaps the horses carry gifts.

256 Or cooked food as well. Those they give to the singers.

257 Or those who wish to, their infants' ears shall be pierced. In gladness, they give those.

258 The infant, he or she, in a good manner, is dressed in fine clothing. And his face is painted red or rust colored. Hence he is dressed.

259 And he is to pierce his ears so his hair is gathered and pulled up for him.

260 Then the man, as before, is first. And his horse and how many he comes with, as mentioned before.

261 [Those][186] the women come singing and this is what the women sing:

262 His is to be helpful.

263 An enemy, on a hill, stands. So, you charged him. And he reached for you, but you overcame him, as before.

264 Long ago, *niti*, and you are

265 Put forth.

266 Saying, she comes singing and she finishes and cries out like a screech owl.

267 The Sun Dancers enter through the entrance. Then the singers, sitting at the drum, strike it.

268 They say, "Thus, he goes." They mean those who are to gift horse.

269 They mean the honored one. He comes and stands. The man who owns the leader of the horses. However many wounds he has and how many of the enemy he has killed, he makes himself bleed. Those who wish prudently say that they will give away gifts.

270 A good robe is laid out for the infant and the infant is placed there. And there, the man who is given the gifts, he comes and stands. And he tells of his war exploits, all the while he has a sharp knife that he holds as he stands there. And he finishes speaking and the infant he pierces his ear below where they wear earrings, there he stabs him.

271 And also the upper ear above where he pierces, he cuts there.

272 He, the infant's father, well, that is what he desires.

273 The infant cries out "fathe" or "mother," but he hides his crying so no one can hear.

274 At such times, a woman wants to help her child who is crying but they do not cry harshly but only mildly.

275 Thus, the man who pierces the ear is finished. And the good robe the child spread, as mentioned before, he now owns. And the leader of the horses, he now owns. And many things, he now owns. And, there in that place he brought some horses. Those he separately gives away. And thus, he exits.

276 One of the sun dancers is to pierce at the heart so a man who long ago pierced. He went to such a man. A tobacco-filled pipe he has and offers it, as mentioned before. But some men[such as that], for a long time pretend to refuse. Still yet, they want something. They say, what they want is not given them. For a while they pretend to refuse.

277 Now, he agrees and seizes the tobacco-filled pipe, as mentioned before, that is offered. And then the one who is to pierce, as mentioned before, he stands close to the sacred tree. There two long leather cords are tied up high. And the man, as mentioned before, who is to pierce him approaches him and takes a hold of him around the waist, moves him. He takes him and lays him carefully, face up, on his back. He takes a hold of the skin at the chest [above the breast] and stretches it.

278 Prior to that, the Sun Dancer whom he lay carefully on his back, lies there weeping.

279 He is lamenting the enemy. The [man who is to pierce] stretches the skin, with a sharp knife, the fleshy part of his skin he touches and while he stretches, he pierces transversely, not crosswise. And a sharp stick, he quickly puts it through it. And also, the other breast, he also does so in like manner.

280 And then, he lifts him up and makes him stand. And [the Sun Dancer]stops lamenting for the enemy. And then, he makes him come forth.

281 His immediate relatives who are watching feel grief come upon them. And his fiancée stands with great sadness and silently weeps. She is not yet married to him.

282 Then the man who does the piercing comes and holds him by the arm. Two long, braided ropes, made ready and tied, are hung, as told before. He brings[the Sun Dancer]there and the sticks that protrude from his chest are quickly tied securely to the ropes.

283 Then, the leather chord catches so he takes a hold and pulls[not with his hand], and now he stands securely fastened to the sacred tree.

284 Then as they sing the Sun Dance songs, the one who is pierced at the heart, as told, dances. And from the leather chord to which he is fastened, as told, he pulls hard to tear himself free while he dances.

285 The underside of the skin and the outer skin stretch as he pulls. Then he tries to tear as he dances but is not able to. On account of that, he moves transversely, dancing all the while. And where [he can] he pulls very hard, putting all his weight back as if to fall. He is trying to tear theflesh but he is unable.

286 One of his immediate relatives comes forth and the stick he gave, it is a horse that he says to give away. So, the one who is pierced takes the stick and throws it to the spectators. Thus destitute women or destitute boys, fight over it quietly.

287 Someone from the singers is first to take it, it is ruled, and they say, it is his to own.

288 Many give horses away.

289 Then, the man who pierces, as mentioned before, approaches. And the pierced [man] as before, moves transversely, dancing all the while, pulling, as before. He approaches [the dancer] and from behind he comes and takes a hold of both shoulders, falling backward. His flesh tears as he falls backward.

290 Thus, the pierced man, for a short while lies fainted. They lift him and place him returning him to where he had stood before while dancing.

291 First, pull, each other, to fall, then, heart, pierce, faint, to fall down.

292 From that time, he faints and lies like he is dead. He trembles like a fish.

293 And also, in a different manner, one stands fastened. He is to stand thus, and on account of that, he, too, asks a man [to do this for him] and gives him a tobacco—filled pipe.

294 He himself in a like manner where there are four wooden poles set up, the Sun Dancer, in that place shall stand fastened.

295 Again, where the posts are set, the Sun Dancer stands. And whoever is ordered he approaches. And around the waist he holds him and lays him down. And in what way, I[187] have

told you of the piercing, as before, accordingly he does so.

296 Again, he sits up and again, [on his stomach] prone, he is placed carefully. And on the shoulder, beneath, he is pierced.

297 In this way, all four places he is pierced [in the front, as before], so [where] the smaller sacred tree [is] where he dwells, a leather cord is tied and he is fastened there. He quickly pulls as he dances in place.

298 There, very close, fastened they stand for a long time. When they are loose they feel much pain.

299 The dancers, each one is very thirsty and faint. And they pretend to attack, but, never one, thus, ever dies.

300 They are weary and exhausted.

301 The Sun Dancer and his horse with whom he is to do so, from the first day, his horse is inside. It is tied and placed there. And during the day, the horse does not drink water nor does he eat. He stands and then when the sun sets, then, that horse is untied.

302 That man whose horse it is with him he dances. On account of that the man is pierced at the shoulder. His flesh is tied to the horse's cord.

303 And also, his horse is not pierced but to have it and to dance.

304 And also two or four buffalo skulls he carries. His flesh at the upper part of the back is pierced. And two or four buffalo skulls he carries [pulls] on the back, always, while he dances.

305 A Sun Dancer is fastened and to be hung up. When this occurs then he does not touch the ground. Near the backbone, in two places he is pierced and a leather cord is

attached.

306 They finish piercing him and they lift him up.

307 His feet do not touch the ground, his body does not touch the ground, thus, fastened. In the meantime, they sing Sun Dance songs. The man who pierced him approaches him and he pushes him as if he were on a swing. When he does this, he causes him to move back and forth. He thinks that his head will be thrust down and he struggles. This custom belongs to the Lakota but those they call Hunkpapa.

308 Each Sun Dancer gives flesh offerings, to say they are large. The arms are cut, and those are counted and are sacrifices offered. And their immediate relatives, women help them. And the women, along the whole shoulder, a few are cut.

309 Those are called flesh offerings.

Notes

[1] Sword's numbering system designates this as stanza 1.

[2] This is Sword's stanza 2.

[3] This is Sword's stanza 3.

[4] In *iparlalya*, the *r* represents a guttural *h* sound. Although there are no *r*'s or *q*'s in Lakota, Sword uses an *r* to indicate aguttural *h* and a *q* to represent a *k*'sound, as in *k'un*.

[5] Buechel defines *hanbloglaka* as: "v. a. (*hanble-oglaka*). To tell ofone's own intercourse with the spirits, relate visions; to speak unintelligently; to pray"(*Lakota-English Dictionary* 165).

[6] In *wacanrize,* the *r* represents a guttural *h*.

[7] This is Sword's stanza 4.

[8] he *r* in *wowartani* indicates a guttural *h*.

[9] This is Sword's stanza 5.

[10] *Hehanl* is a narrative device.

[11] This is the first verse of the song he sang.

[12] This begins the second verse of the song the man sang in the original numbering system.

[13] Sword's stanza 6.

[14] The *r* in *tanyerce* represents a guttural *h*.

[15] The *r* in *iyeceturce* represents a guttural *h*.

[16] Sword's stanza 7.

[17] Here appears to be a break in the narrative here, according to Sword's numbering system.

[18] Sword's stanza 8.

[19] There is no stanza 26 in the numbering scheme. George Sword's original journal utilizes a different numbering scheme as well. The numbering sequence used here does allow the reader to compare this translation to the one Delo-ria published in the *Journal of American Folklore* in 1929.

[20] Sword's stanza 9. Stanzas 28 through 36 are thus numbered 9 through 17 in Sword's original numbering system.

[21] This could be *mila*, meaning a knife.

[22] *Hehal* or *hehanl* is a narrative device used to transition from that which was told previously to what follows. It refers more specifically to what was previously narrated than *k'un* does.

[23] The *r* in *tarca* represents a guttural *h*.

[24] Sword's stanza 24.

[25] Sword's stanza 25.

[26] *Hehan* or *hehanl* is a narrative device to move the narration forward, perhaps in this case as a transition to move on from what was previously said or told.

[27] Narrative device.

[28] *Iyarwayela omniciye etanhan wicasa eya owicaqupi* is repeated verbatim in stanza 52.

[29] Sword's stanza 27.

[30] Sword's stanza 28.

[31] Sword's stanza 29.

[32] *Yanka* seems to differ from *iyotanka*, which appears in stanza59. Buechel defines the two words as follows: *yanka* "v. n. , to be; to sit. *El yanka* is to be home. " *Iyotanka* "see iyotaka, v. n. to sit, sit down, rest, camp perhaps. Be sitting"(*Lakota-English Dictionary 624, 260*).

[33] Narrative device.

[34] Narrative device.

[35] *Yarnka*, "v.n. , to be; to sit. *El yanka* is to be home" (Buechel, *Lakota-English Dictionary* 624).

[36] Sword's stanza 30.

[37] The concept of *hanbloglaka* has sacred connotations beyond its literal meaning (see note 5). There are many words like this in reference to the sacred, culturally.

[38] Stanzas 67-69 are a prayer.

[39] This word is *usi* and not *unsi*, which is used as *unsikapi* in stanza 278, meaning *onsika* or "poor and destitute"(Buechel, *Lakota-English Dictionary* 398).

[40] There is no direct definition of this word. The base word is *ececa*, a word meaning "to be so, to be affected with"(Buechel, *Lakota-English Dictionary* 137). It is a verb that is conjugated to mean "you shall cause us to be affected by it. "

[41] Sword's stanza 32.

[42] In the numbering system used by the Colorado Historical Society,stanza 76 begins here at *na*.

[43] Sword's stanza 33.

[44] *Iconhan* is a narrative device.

[45] Sword's stanza 34.

[46] Repeated in stanza 68.

[47] End of prayer.

[48] *Wapaya* as a word is not defined.

[49] Sword's stanza 35.

[50] This is the first verse of the song, according to Sword.

[51] *Wakanpi* is difficult to define.

[52] This is the second verse of the song, according to Sword.

[53] Sword's stanza 36.

[54] Sword's stanza 37.

[55] Here the songs are sung.

[56] Sword's stanza 38.

[57] Sword's stanza 39.

[58] Sword's stanza 40.

[59] In the original text both this stanza and the next are numbered 109.

[60] Sword's stanza 41.

[61] Sword's first verse of the song they sing.

[62] Sword's second verse of the song they sing begins here.

[63] This word may be *sika*, an interjection meaning "pitiful one !"It is something of an aside by the person telling the story,to stir pity in their hears for a character in the tale(Buechel, *Lakota-English Dictionary* 462).

[64] Here Sword, for the first time, seems to hesitate over how to write this word, *ugnayicala*.

[65] In the copy of this narrative maintained by the Colorado Historical Society,there is no stanza 116.

[66] Sword's stanza 42.

[67] A similar question was asked at the end of narrative 3.

[68] This is Sword's stanza 43.

[69] This might be a shortened version of *eya cekiya*, "v. to have said, praying" (*Buechel, Lakota-English Dictionary* 145).

[70] *Ce eye ce* is said after a prayer.

[71] Verse one of the song sung.

[72] Sword's second verse of the song starts here.

[73] Sword's stanza 44.

[74] Sword's stanza 45.

[75] Sword's stanza 47.

[76] Narrative device.

[77] *Ricahanpi*, "v. i. stumble" (Williamson 232).

[78] Sword'S stanza 48.

[79] Sword's stanza 49.

[80] Narrative device.

[81] Sword's stanza 50.

[82] Sword's stanza 51.

[83] *Oqe* means "to dig. "

[84] Sword's stanza 52.

[85] Sword's stanza 53.

[86] Sword's stanza 54.

[87] Sword's stanza 55.

[88] Sword's stanza 56.

[89] Sword's first verse of the song.

[90] *Welo* is a particle. See *ye* (Buechel, *Lakota-English Dictionary* 632). It follows the close of a sentence to give emphasis to what is said. It is used by men only.

[91] Sword's second verse of the song.

[92] Sword's stanza 57.

[93] Narrative device.

[94] Sword's stanza 58.

[95] Sword's stanza 59.

[96] Narrative device.

[97] Sword's stanza 60.

[98] *Koskoskos* has an illocutionary effect.

[99] Sword's stanza 62.

[100] Sword's stanza 63.

[101] Narrative device.

[102] Sword's stanza 65 begins with *mani yapi na*.

[103] Sword's stanza 65.

[104] Sword's stanza 66.

[105] Narrative device.

[106] Sword's stanza 67.

[107] Sword's stanza 68 begins with *wi wanyage waci oyasin*.

[108] Sword's stanza 69.

[109] Sword's stanza 70.

[110] Narrative device.

[111] Sword's stanza 71.

[112] Sword's stanza 72.

[113] Sword's stanza 73 begins here.

[114] Sword's stanza 74.

[115] Sword's stanza 75.

[116] Sword's stanza 76.

[117] Sword's stanza 77.

[118] Sword's stanza 78.

[119] Sword's song, verse one.

[120] Sword's song, verse two.

[121] Sword's stanza 79. This is numbered as stanza 226 in the copy maintained at the Colorado Historical Society.

[122] Sword's stanza 80, verse one of the song.

[123] Sword's song, verse two.

[124] Sword's stanza 81.

[125] Sword's stanza 82.

[126] Sword's stanza 83.

[127] Sword's stanza 84.

[128] Sword's stanza 85.

[129] Sword's stanza 86 begins here.

[130] Sword's stanza 87.

[131] Sword's stanza 88.

[132] Sword's stanza 89.

[133] Sword's stanza 90.

[134] Narrative device.

[135] Sword's stanza 91.

[136] Sword's stanza 92.

[137] Sword's stanza 93.

[138] Narrative device.

[139] Sword's stanza 94.

[140] Sword's stanza 95.

[141] Sword's stanza 96.

[142] Sword's stanza 97.

[143] Sword's stanza 98.

[144] Narrative device.

[145] *Glakikiya* has an illocutionary effect.

[146] Sword's stanza 99.

[147] This stanza, as well as the preceding one, is numbered in error by the Colorado Historical Society. There are two 296s in the copy maintained at the Colorado Historical Society.

[148] Sword's stanza 100.

[149] Sword's stanza 101.

[150] Sword's stanza 102.

[151] Sword's stanza 103.

[152] Sword's stanza 104.

[153] In *wicahiyagle,* the prefix *wica* refers to all the people, in general.

[154] This is a curious statement. Is it a colonized statement, in which Sword is trying to make sure that the whites don't take it wrongly and punish the Lakota (or Sword) for practicing this ceremony?

[155] At the end of this stanza is the word *con* or *k'un*, a narrative device. It also refers to something that was said before.

[156] See appendix 4 note 11.

[157] The original numbering sequence truncates the stanza here, but this text

seems to belong with *Wicasa wi wanyag wacikte*, the first words in stanza 23.

[158] There is no stanza 26 in the numbering scheme. George Sword's original journal utilizes a different numbering scheme as well. The numbering sequence used here doe sallow the reader to compare this translation to the one Deloria published in the *Journal of American Folklore* in1920.

[159] What follows is a list of what is needed for the Sun Dance.

[160] Sword's stanza 9. Stanzas 28 through 36 are thus numbered 9 through 17 in Sword's original numbering system.

[161] Perhaps a buffalo skull.

[162] To use as paint.

[163] Course of action.

[164] In stanza 54 the narrative is exceptionally skilled.

[165] Sword's stanza 31.

[166] The word is *el*, and in this stanza it is very important to precisely define that term.

[167] The narrator accounts for everyone present. The main participants and all others.

[168] Stanzas 67-69 are a prayer. These are more difiicult to translate culturally.

[169] Perhaps because this is the greatest of all ceremonies, Sword uses all the symbolism and power of narrative to put his thoughts down.

[170] Stanzas 79-87 are culturally specific.

[171] This is the first verse of the song he sings.

[172] This is the beginning of the second verse of the holy man's song, according to Sword.

[173] *Canonpa iyarpeya* is a Lakota concept. *Seize* refers to the verb; the cultural connotation is larger.

[174] Here the numbering sequence(not Sword's)truncates the stanza at the word *he*, or *that*. I have instead in cluded it in stanza 90, as it appears to say, *he e*.

[175] *Kta* in this context is translated as "there, at that place, shall they camp. "

[176] *Kta*, "shall" is translated in this context as "to".

[177] In the copy maintained at the Colorado Historical Society, there is no stanza 116.

[178] This bird signals that good weather is coming.

[179] The actual word is *eyotanke* (rest) but the stanza ends with "as they dance."

[180] See stanza 120.

[181] This word was at the end of stanza 167 but belongs here.

[182] *Tka* is placed at the end of stanza 187 in the copy main-tained at the Colorado Historical Society, but it belongs at the beginning of stanza 188. Sword did not truncate this stanza.

[183] *Na* is placed at the end of stanza 189 in the copy maintained at the Colorado Historical Society, but originally Sword did not truncate that stanza with the word.

[184] *Kte* is translated in this context as "to".

[185] The narrative moves forward in time abruptly, into night.

[186] *Henna* is appended at the end of stanza 260, but it belongs in stanza 261.

[187] Sword's voice comes in. The *I* is Sword.

参考文献

REFERENCES

Ashcroft, Bill, Gareth Griffiiths, and Helen Tiffiin. *Post-Colonial Studies: The Key Concepts*. London: Routledge, 2004. Print.

Barry, Peter. *Beginning Theory: An Introduction to Literary and Cultural Theory*. Manchester: Manchester University Press, 2002. Print.

Bauman, Richard. *Verbal Ar as performance*. Prospect Heights IL: Waveland Press, 1977. Print.

Blaeser, Kimberly M. "Cannons and Canonization: American Indian Poetries through Autonomy, Colonization, Nationalism, and Decolonization." *The Columbia Guide to American Indian Literatures of the United States since 1945*. Ed. Eric Cheyfitz. New York: Columbia University Press, 2006. 183-287. Print.

Brown, Michael F. *Who Owns Native Culture?* Cambrindge: Harvard University Press, 2003.

Brown, Joseph E. *The Sacred Pipe: Black Elk's Account of the Seven Rites of the oglala Sioux*. Norman: University of Oklahoma Press, 1989. Print.

Buechel, Eugene. *A Grammar of Lakotm The Language of the Teton Sioux Indians*. Rosebud Indian Agency: Rosebud Educational Society, 1939. Print.

______. *Lakota-English Dictionary*. Pine Ridge SD: Red Cloud Indian School, 1983. Print.

______. *Wowapi Wakan Wicowoyake Yuptecelapi Kin: Bible History in the Language of the Teton Sioux Indians*. New York: Benziger Brothers, 1924. Print.

Buechel, Eugene, and PaulI. Manhart. *Lakota Tales and Text; In Translation.* 2 vols. Chamberlain SD: Tipi Press, 1998. Print.
Bynum, David E. *Oral Literature at Harvard since 1856.* Cambridge MA: Harvard University, 1974. Print.
Catches, Cindy, and Pete Catches. Oglala Lakota College Case Statement. Lakota Language Survey. Pine Ridge Reservation: Oceti Wakan, 2013. Print and web.
Cheyfitz, Eric, ed. *The Columbia Guide to American Indian Literatures of the United States Since 1945.* New York: ColumbiaUniversity Press, 2006. Print.
Chickering, J. H. D. *Beowulf: A Dual. Language Edition.* New York: Anchor, 2006. Print.
Connell-Szasz, Margaret. *Education and the American Indian: The Road to Self-Determination.* Albuquerque: University of New Mexico Press, 2003.
Deloria, Ella. "The Sun Dance of the Oglala Sioux." *Journal of American Folklore* 42, no. 166(October-December 1929): 354-413. Print.
Densmore, Frances. *Teton Sioux Music & Culture.* Lincoln: University of Nebraska Press, 1992. Print.
Evers, Larry, and Barre Toelken, eds. *Native American Oral Traditions: Collaboration and Interpretation.* Logan: Utah State University Press, 2001. Print.
Finnegan, Ruth. Literacy and Orality: *Studies in the Technology of Communication.* Oxford: Basil Blackwell, 1988. Print.
_____. *Oral Poetry: Its Nature, Significance, and Social Context.* Cambridge: Cambridge University Press, 1977. Print.
_____. *Oral Traditions and the Verbal Arts: A Guide to Research Practices.* London: Routledge, 1992. Print.
Foley, John M. *How to Read an Oral Poem.* Urbana: Universitv Ofi llinois Press, 2002. Print.
_____. *Oral-Formulaic Theory and Research: An Introduction and Annotated Bibliography.* New York: Garland, 1985. Print.

______. *Teaching Oral Traditions*. New York: Modern Language Association, 2002. Print.

______. *The Theory of Oral Composition: History and Methodol-ogy*. Bloomington: Indiana University Press, 1988. Print.

Greene, C., and Russell Thornton, eds. *The Year the Stars Fell: Lakota Winter Counts at the Smithsonian*. Lincoln: University of Nebraska Press, 2007. Print.

Hassrick, Royal B. *The Sioux*. Norman: University of Oklahoma Press, 1964. Print.

Hymes, Dell. *"In Vain I Tried to Tell You": Essays in Native American Ethnopoetics*. Philadelphia: University of PennsylvaniaPress, 1981. Print.

Lord, Albert B. "Homer, Parry, and Huso. "*American Journal of Archaeology* 52(1948): 34-44. Print.

______. *The Singer of Tales*. Cambridge MA: Harvard university

Mihesuah, Devon A. *Natives and Academics: Researching and Writing about American Indians*. Lincoln: University of Nebraska Press, 1998. Print.

Neihardt, John G. *Black Elk Speaks: Being the Life Story of a Holy Man of the Oglala Sioux*. Albany: State University of New York press, 2008, Print.

New Parry, Milman. "A Comparative Study of Diction as One Of the Elements of Style in Early Greek Epic Poetry. "MA thesis, University of California, 1923. Print.

______.*The Making of Homeric Verse: The Collected Papers of Milman parry*. Edited by Adam Parry. New York: Oxford University press, 1984, Print.

Paul, R.E. *Autobiography of Red Cloud: War Leader of the Oglalas*. Helena: Montana Historical Society Press, 1997. Print.

Porlides, Michael G. Lakota Research Collection. Torrington CT. Originally held by the Robinson family of Bennington VT. Print.

Price, Catherine. *The Oglala People, 1841-1879: A Political History*. Lincoln: University of Nebraska Press, 1996. Print.

Red shirt, Delphine. Introduction. *My Indian Boyhood*. By Luther Standing Bear. Lincoln: University of Nebraska Press, 2006. V-xii, Print.

______. *Turtle Lung Woman's Granddaughter*. Lincoln: University of Nebraska press, 2002. Print.

Rexroth, Kenneth. *American Indian Songs: Assays*. NOrfolk CT: New Directions, 1961.

Riggs, Stephen Return. *Dakota Grammar with Texts and Ethnography*. Edited by James Owen Dorsey. 1893; rpt., St. Paul: Minnesota Historical Society Press, 2004. Print.

Ruoff, A. LaVonne. *American Indian Literatures: An Introduction, Biblographic Review, and Selected Bibliography*. New York: Modern Language Association of American, 1990. Print.

Sell, Henry Blackman, and Victor Weybright. *Buffalo Bill and theWild West*. New York: Oxford University Press, 1955. Print.

Smith, Linda Tuhiwai. *Decolonizing Methodologies: Research and Indigenous Peoples*. London: Zed Books; Dunedin NZ: University of Otago Press, 1999. Print.

Starita, Joseph. *The Dull Knifes of Pine Ridge: A Lakota Odyssey*. New York: Putnam, 1995. Print.

Tedlock, Dennis. *The Spoken Word and the Work of Interpretation*. Philadelphia: University of Pennsylvania press, 1983. Print.

______. *2000 Years of Mayan Literature*. Berkeley: University of California Press, 2010. Print.

Utley, Robert M. *The Last Days of the Sioux Nation*. New Haven CT: Yale University Press, 1963. Print.

Vaughn, Lewis. *The Power of Critical Thinking: Effective Reasoning about Ordinary and Extraordinary Claims*. New York: Oxford University Press, 2008. Print.

Walker, James R. Collection. MSS#653. Colorado Historical Society, Denver. Print.

______. *Lakota Belief and Ritual*. Edited by Raymond J. DeMallie and Elaine A. Jahner. Lincoln: University of Nebraska Press,

1986. Print.
______. *Lakota Myth. Lincoln*: University of Nebraska Press, 1989. Print.
______. *La kota Society. Lincoln*: University of Nebraska Press, 1982. Print.
______.*Then Sun Dance and Other Ceremonies of the Oglala Division of the Teton Dakota*. Anthropological Papers of the American Museum of Natural History, vol. 16, pt. 2. New York: Trustees of the American Museum of Natural History, 1917. Print.
Weaver, Jace, CraigS. Womack, and Robert Warrior. *American Indian Literary Nationalism*. Albuquerque: University of New Mexico Press, 2006. Print.
Williamson, John P. *An English-Dakota Dictionay: Wasicun Ka Dakota Ieska Wowapi*. New York: American Tract Society, 1908. Print.
Yule, G. *The Study of Language*. New York: Cambridge Universitypress, 2010.Print.

致谢

首先，我想感谢论文委员会的负责人拉里·埃弗斯博士，在本书的写作过程中承蒙他提出了许多宝贵建议。我们一同研究拉科塔口头传统，他认为，分析在历史上和现代文化及社会中拉科塔部落所用的语言十分重要，尤其需要重点关注那些没有约定俗成和特殊传统的叙述。而之后的研究工作一再证实了他的观点，并以此作为指导。我还要感谢艾琳·露娜－法尔博，感谢她给予我的帮助和悉心教导，当我在亚利桑那大学求学时她在身边的陪伴，以及她的铮铮骨气，都是我的灵感之源。下一位要感谢的是玛丽·乔·福克斯博士，是她的坚韧不拔教会了我何谓坚强、不屈而又不失风度。我很感激他们能在专业领域对我施以援手，并且在许多不同层面对我个人进行的帮助。

感谢 *pila maya ye* 科罗拉多史学院的负责人基思·施鲁姆，这项研究的成功他功不可没，他为我们提供了许多相关的历史文献。

感谢我的丈夫理查德·哈丁·肖，是他带领我接触到如此多优秀的学术团体，其中包括斯坦福大学。在斯坦福这个大家庭中我得以继续教书、做研究，并且尽我所能辅导那些信任我的本科生，教授他们拉科塔语。我想特别感谢斯坦福大学教务长约翰·艾切曼第；巴克内尔大学现任校长、斯坦福大学前任本科生教务长约翰·布拉夫曼，以及斯坦福大学图书管理员迈克尔·凯勒。

感谢那些信任我，并在一旁默默支持我的工作的人——我的女儿 *Canku Waste Win na Hoka Win na takoja Wigmuka Waste Win* 梅根、克里斯汀、安吉丽娜，还有我的儿子 *Anpo Wakinyan* 贾斯汀。

我想向拉科塔族人以及拉科塔语表达最深厚的敬意与感激，尤其感谢在此之前对其有过研究的亲属们，包括我的 *ina na ate unci na kaka mitawa henaa* 父母及祖父母。

我想把我特别的感谢献给拉科塔 *wicasa waste kin he* 乔治·斯沃德。以士兵的角度看，他是伟大的勇士，他英明果敢，深谋远虑，为我们叙写了这样一段传奇。我想感谢这位伟大的勇士的 tiospaye 大家庭和他所有的亲属，包括怕熊家族。

感谢如今还在使用这门语言的人。感谢我所有居住在红衫山①附近的亲属们，他们欢迎我每年都回松树岭印第安人保留区参加日舞，以及居住在玫瑰花苞印第安人保留区的亲属们。除此之外，我还要感谢 Tusweca Tiospaye②组织，每年都资助召开语言峰会。*Na Lakota oyate mitawa kin hena le nitawapi* 以及我的家人——所有的拉科塔人，这项研究成果属于你们。

---

① Red Shirt Table，平顶山，位于拉科塔南部苏族奥格拉拉部落。

②拉科塔非营利性组织，旨在松树岭印第安人保留区的青年中推动和加强拉科塔语言与文化的保护。

图书在版编目（CIP）数据

乔治·斯沃德的勇士叙述／（美）德尔菲娜·瑞德·舍特著；王焱，王喆译. -- 海口：南海出版公司，2018.11

ISBN 978-7-5442-9406-5

Ⅰ. ①乔… Ⅱ. ①德… ②王… ③王… Ⅲ. ①美国印第安人-文学研究 Ⅳ. ①I712.06

中国版本图书馆CIP数据核字(2018)第206550号

著作权合同登记号 图字：30-2018-137

乔治·斯沃德的勇士叙述

〔美〕德尔菲娜·瑞德·舍特 著

王焱 王喆 译

出　　版　南海出版公司　(0898)66568511
　　　　　海口市海秀中路51号星华大厦五楼　邮编 570206
发　　行　新经典发行有限公司
　　　　　电话(010)68423599　邮箱 editor@readinglife.com
经　　销　新华书店

责任编辑　马秀琴　李玉珍
特邀编辑　陈　芃
装帧设计　李照祥
内文制作　田晓波

印　　刷　北京中科印刷有限公司
开　　本　787毫米×1092毫米　1/32
印　　张　9.5
字　　数　200千
版　　次　2018年11月第1版
印　　次　2018年11月第1次印刷
书　　号　ISBN 978-7-5442-9406-5
定　　价　58.00元